·大河文丛·

小说集

旅途

鲁兴华 著

黄河出版传媒集团
宁夏人民出版社

图书在版编目(CIP)数据

旅途 / 鲁兴华著. — 银川：宁夏人民出版社，2018.4（2023.8 重印）
（大河文丛）
ISBN 978-7-227-06887-7

Ⅰ.①旅…　Ⅱ.①鲁…　Ⅲ.①短篇小说 – 小说集 – 中国 – 当代　Ⅳ.①I247.7

中国版本图书馆 CIP 数据核字(2018)第 084299 号

大河文丛
旅　途

鲁兴华　著

责任编辑　管世献
责任校对　杨敏媛
封面设计　叶　莉
责任印制　侯　俊

黄河出版传媒集团
宁夏人民出版社　出版发行

出版人	薛文斌
地　址	宁夏银川市北京东路 139 号出版大厦(750001)
网　址	http://www.yrpubm.com
网上书店	http://www.hh-book.com
电子信箱	nxrmcbs@126.com
邮购电话	0951-5052104　5052106
经　销	全国新华书店
印刷装订	三河市嵩川印刷有限公司
印刷委托书号	（宁）0027096

开本　660 mm × 960 mm　1/16
印张　13
字数　161 千字
版次　2018 年 7 月第 1 版
印次　2023 年 8 月第 2 次印刷
书号　ISBN 978-7-227-06887-7
定价　42.00 元

版权所有　侵权必究

《大河文丛》之序

张学东

我始终以为，但凡有河水流经的城市，总是令人产生无限的遐思；那些被河水长久滋养的土地，必能诞生神奇和壮美。

青铜峡素有塞上明珠、鱼米之乡的盛誉，山川锦绣，人杰地灵，滔滔黄河之水千百年来在此奔流不息，向世人诉说着一段段自秦汉以来的农耕历史。2017年金秋时节，青铜峡作为宁夏引黄古灌区被正式列入世界灌溉工程遗产名录，这是中国黄河流域主干道上产生的第一处世界灌溉工程遗产，全世界将目光聚焦在这片创造了农耕文明的古峡圣地。而今适逢宁夏喜迎60年大庆之际，六卷文学丛书《大河文丛》即将付梓行世，这既是青铜峡作家们的一次集体亮相，更是向自治区60年大庆呈上的一份厚礼。

《大河文丛》主要囊括了近年活跃在宁夏文坛的鲁兴华、董永红、袁鸣谷、包作军、孙海翔以及秦兵六人的文学作品选集。此前他们的作品多发表在宁夏的《朔方》《六盘山》《黄河文学》等刊物上，并在区内外多次获奖。这六本书的作者有一个比较普遍的特点，即他们都扎根于青铜峡，有教师，有护士，有公司职员，也有机关干部等，他们长期生活在这片土地上，且是利用业余时间进行文学创作。他们的作品散发出泥土的气息、花草的香味，有时甚至如河水那般温润蕴藉，给读者带来美好的阅读体验。

鲁兴华在创作短篇小说之前，曾写过大量的微型小说，最典型的当数《"骆驼"的罗曼史》，可谓构思精巧，语言简练，故事不蔓不枝，通过寥寥数笔，就把小人物的喜怒哀乐惟妙惟肖地刻画出来。后来，她又改作短篇小说，依然延续了那种近乎白描式的创作手法。《旅途》可以说是她转型之后，最为出色的一篇短篇佳作。故事依旧非常简单，从旅行团队的一日游写起，大巴车上坐了形形色色的旅客，在短暂的相遇相识之后，看似美好的观光旅游开始了，可美中不足的是，旅途中人们发现团队中居然有一位按摩小姐——她其实是位心地良善、完全靠双手谋生的普通劳动者，而几乎所有的旅客都用有色眼镜看她。作者巧妙地通过那些冷漠的表情、猜疑的心态和世俗的眼光，洞悉了人性中很不光彩的一面，从而歌颂了来自底层的按摩工作者的淳朴与正直，批判了所谓中上层社会人士的狭隘与自私。

鲁兴华的另一篇小说也堪称出色,《一只羊的独白》以第一人称即动物的视角，生动展示了一只羊短暂的人世遭遇，从而唤醒读者久已麻木的心灵，就像老子所倡导的"齐观万物"的法则，我们人类并非这个世界的唯一主宰，该对一切生命常存敬畏之心。众所周知，短篇小说最是以"短"见长的，倘若在这短小的结构中涉猎了人类那些重大的命题，它在某种程度上也就变得宏大了。鲁兴华通过个人的不懈努力和创作，让我们看到了这种可能性。

另外一位女性创作者是董永红，她已先后出版过两部长篇小说。由于长期在医院工作，董永红对病者之痛、医者之艰难等医患关系，有着更为深切的体悟和了解，其短篇小说或侧重刻画病人家属的焦虑与困境，或真实记录一线医生的日常繁重诊疗。《等你长了头发》较为生动地讲述了患有白血病的琛琛在住院治疗期间,与张大夫等医护人员之间发生的感人至深的故事。琛琛的母亲为了给孩子治病,不停奔走于单调、繁忙、压抑的医院科室之间,孩子的病情无时无刻不牵动着她的心。让人略感欣慰的是,张大夫们对小患者总是和颜悦色地加以抚慰,尤其是母亲给孩子的那句承诺"等你长了头发",在不知不觉中将故事的悲剧色彩淡化了,让人真切感受到至善亲情足以抵挡世上的一切病痛和灾难。

在董永红的《自愿书》中,有个叫蛮大胆的女医学专家,自小就在男孩子堆里玩闹嬉戏且从不甘示弱,后来做了医生果然是大刀阔斧手术精湛,而这个女医生最叫人惊诧的却是,逢人便会建议对方在生前签署器官捐献协议,经过她的软磨硬泡,最终故事中的"我和父亲"都签了这种自愿书。小说在看似闲散戏谑的叙述过程中,勾勒出一个另类医生的形象,同时,也将人们通常比较避讳的器官捐献话题推到读者面前,令人深思。在这个意义上,董永红的小说仿佛是专门为司空见惯的医院打开的一扇小窗,医者仁心,救死扶伤,ICU病室,羸弱的患者,焦虑的家属,凡此种种,使读者能更多地认识到这个平凡而又特殊的领域,从而也能更好地了解我们自己,尤其是我们的身体。

比之上述两位女作家的作品,袁鸣谷的短篇小说集《炎阳下》则更注重故事的奇特性,尤其是在语言、细节和情节等技术把握上,均有自己独到的地方。《墙上的猫》以旁观者的口吻慢慢讲述陈年旧事,"阳光下的恐惧是一种慢性病,在有增无减的过程中持续",这样感性极强的句子,让小说呈现出某种久违了的光阴的质感,同时,也能感受到作者对语言文字的反复锤炼。《子弹壳》塑造了经常受人欺辱的男孩哑锁的形象,书写童年故事几乎是每个作家的拿手好戏,好在这个压抑悲伤的故事,最终没有完全坠入阴暗,作者让那群经常欺负哑锁为乐的坏孩子良心发现,从而为暗淡的童年岁月留下美好的一瞥。《炎阳下》的光哥曾是一度入狱过的劳改犯，人们对这样的人员或多或少会冷眼相向，无奈之际，光哥巧设骗局，并以自己有所谓的大人物做后盾，竟也蒙混过关将女儿办进了理想的学校就读，在看似荒诞幽默的故事背后，折射出的却是社会百态和人情冷暖。

这套书还辑录了两部散文作品集，即《褐色精灵》和《稻花香里》，作者分别是孙海翔、包作军。喜欢读书又勤于思考的孙海翔，去年刚刚出版了首部短篇小说集《拳手》，乡土、少年、顽劣和先锋，或者可以概括为那部集子的显著特质，它们集中展示了作者在富饶的青铜峡文学创作队伍中与众不同的一面。《褐色精灵》，主要是孙海翔多年来的读书随笔和散文短章，甚至多数是他发表在自己博客上的印记性文字，这些或长或短或轻或重的作品，恰好可以为一个已经取得了不俗成绩的小说作者找到一个可靠而清晰的注脚。散文创作其实并不那么简单，它并非文学创作的某项副业，恰恰相反，它需要作者有更加深厚的语言功底和生活积累，有更加自觉的结构布局和精神提炼，所谓形散而神聚。好在这方面孙海翔已经有了很强的自我意识，也就是说，他正在通过《褐色精灵》这样的散文篇章，不断地做出自己的尝试和探索，只要在路上，一切皆有可能。

包作军可谓是个多面手。多年以来，他既写微型小说、短篇小说，也擅长于散文创作，他往往能在多种体裁中自由穿梭。发表在《朔方》上的短篇佳作《裸泳》，可以视为包作军在小说领域的一次成功突破，故事以一种惊险而有趣的形式，为读者揭示婚姻生活中女性不为人知的情感世界，读罢让人印象深刻、感慨良多。散文集《稻花香里》是作者多年散文创作和实践的结晶，这些作品中最值得称道的，窃以为还是深情描绘黄河祭坛和故乡地三的风土人情的那些篇章。青铜峡的黄河楼、黄河祭坛建成之后，吸引了大批区内外游客驻足观光，而作为散文写作者，包作军几乎是第一时间用他独特的文字记述了故乡的这两大人文景观，从古至今，像黄鹤楼、滕王阁等宏伟建筑,均被文人们一次次地吟诵赞美,包作军也不例外,他的《千年河坛》既写得通透大气,同时也融入了自己的感思和忧虑。

"地三,是我们祖祖辈辈生长的地方;地三,也是粮食的故乡。地三,从最初的包氏三兄弟在此开拓,到张王李赵刘多姓氏杂居并处,从最初一片蛮荒之地,到最终成为在整个宁夏都颇具美誉度的村落,成为宁夏确定的十个特色产业示范村之一,并且正在规划建设目前国内面积最大的叶盛地三国家级农业主题公园,展示了生命的顽强、坚韧和从容。如今的地三,村舍、青烟相映成趣;高树、低柳俯仰生姿;绿草如茵,稻花飘香,瓜棚豆架,鸡犬相闻,安静地枕在大河的怀抱。"这些排比句阵是鲜活的、走心的,既可以看作是作者爱乡之情的真实表达,也可以理解为一种拳拳赤子之心,对于故乡,每个作家都应该肩负一种神圣的使命,即如何在自己笔下进行文学性的表述和颂扬,包作军巧妙地借用了古人"稻花香里说丰年"和"也傍桑阴学种瓜"的诗情画意,为读者展示其故乡地三"开轩面场圃,把酒话桑麻"的安逸与美好。

无独有偶,诗人秦兵也借助于《山光水晕》,以简洁疏朗的话语方式,以饱满而硬朗的诗行,更以边塞诗人的一唱三叹,不知疲倦地抒发着个人的美好情感,描摹着这片沧桑巨变的神奇土地,书写大地就是书写人生,赞颂故乡,就是讴歌人民!

概而言之,此次入选《大河文丛》的六位写作者,他们笔下所展现的这方水土,或侧重风俗民情,或揭示人生际遇,或歌咏生命和自然,六部作品共同为广大读者奏鸣出的旋律,犹如一曲感情充沛的交响乐,清澈激荡,真诚朴实,既传达出一定的时代风貌,又显示了个人的艺术才华,这些作品的出版必将引领青铜峡地区的文学爱好者们潜心创作、再创佳绩。

党的十九大报告振聋发聩地将"文化是一个国家、一个民族的灵魂"向世界宣示出来,一时间让文化自信与文化创新的号角,在九百六十多万平方公里的土地上响彻。作为宁夏的作家，实际上最困难的、也最具挑战性的就是如何能够站在一个文化的制高点上，更加清晰准确地审视和描摹我们所处的这一区域。党的十九大报告用了大量篇幅，为我们梳理了这个复杂多元且瞬息万变的大时代，只有深刻把握了时代的脉搏，作家们才能在创作中更好地表达对国家和民族的责任、对人民大众的真挚情感，才能更好地书写无愧于新时代的华彩篇章。而如何记录一个正在深刻变革的大时代，如何让我们滚烫的文字与当下复杂火热的生活现场相得益彰，正是作家们需要不断体悟和深思的。

不久前刚刚结束的全区第八次文代会上，石泰峰书记语重心长地指出，作家、艺术家要"欢乐着人民的欢乐，忧伤着人民的忧伤"。鉴于此，由青铜峡市委宣传部策划出版的《大河文丛》，就不仅仅是一次文学献礼，它更是为新时代新征程而发起的一次集结和检阅。如果说时代是出卷人，那么广大作家们也可以是灵魂的答卷人，心中有定力，笔下有乾坤，铁肩担道义，妙手著文章，唯如此，我们的文学作品才有可能传得开、留得下。

在本文行将结束时，我谨祝愿青铜峡这片土地上的人们永远安宁祥和，这里的作家们能在未来奉献出更多更好的得意之作。

是为序。

2018年春节于塞上银川

张学东，1972年生，宁夏文坛"新三棵树"之一，国家一级作家。现为宁夏作家协会副主席，《朔方》副主编，宁夏政协委员。个人先后入选"国家百千万人才工程""四个一批人才工程奖""享受宁夏政府特殊津贴专家""塞上文化名家"等。

目　录

《大河文丛》之序/001

旅　途/001

一双红舞鞋/013

第 N 次/020

一只羊的独白/030

邻家虚掩的门/041

男孩与猫/048

念　想/059

林中之鸟/068

钱多的一天/077

兔　惑/085

丢失的手链/090

压岁钱/098

导　演/107

吴家的那些事儿/117

对面阳台上的眼睛/126

风雪之夜/133

列文的一天/140

一路向东/147

阿雅之死/159

猫　女/164

监控下/176

能人王/180

小　鹤/185

后　记/192

旅　途

早晨的天空被一片雾气笼罩着，有些阴冷昏暗，看上去像是下雨又似乎不像，出门旅游碰上这样的天气，让游客们担心不已。他们八个人是去旅游的，几天前几个人到一家旅行社报名，因为要去的是同一个地方，旅行社便给他们组了这个团。

车，渐行渐远，车窗外面的天色似乎亮了许多，车里的人这才开始互相打量起对方，并在司机的建议下做自我介绍，第一个说话的男人长相憨厚，体型瘦小，他说："我先做个自我介绍，我姓李，你们管我叫老李就行，这是我老婆子，家庭妇女，不多出门，路上免不了大家操心啊。"说完手指了一下他身旁坐着的一位老年妇女。话音刚落，第二个男人便接着说道："我姓王，是个做生意的，这是我婆姨赛梅花，虽说是长得不如梅花好看，可力气大呀，一麻袋粮食一口气能从一楼扛到五楼，我都甘拜下风啊。"说话的这个男人虽说是做生意的，可皮肤却又粗又黑，还长着一颗难看的大虎牙，他似乎想搞点幽默让大家笑笑，可是没等说完，他婆姨忽地一下从他身边站起来，面向后排乘客，挥着肥厚而粗大的手掌说："大家好啊，快别听我男人瞎咧咧，咱女人本事再大也翻不过男人们的手掌心。"说完，抖动着硕大的胸脯自顾自地哈哈笑起来。第三个男人戴副眼镜，等大家笑声过后，站在过道里文绉绉地自我介绍："我是个中学老师，大家叫我高老师就行，这是我夫人和女儿，

旅途

请大家路上多关照。"男人说完,一位长得柳叶儿似的少女立即站起身向大家行礼问好,男人胖乎乎的老婆戴个大口罩,眼睛滴溜溜儿在每个人身上扫了一眼算是打了招呼。

随后大家的目光齐刷刷地投向了面包车后排的一个女孩。这个女孩皮肤白皙,留着齐肩短发,长着一对水汪汪的大眼睛。从上车到大家的目光投向她之前,女孩一直将脸转向车窗外,似乎在看景,又似乎在想心事,直到车上的人大声嚷嚷着让她介绍一下自己时,女孩才转过脸,正犹豫着不知该怎样说时,长虎牙的男人突然抢在女孩前面说:"哎哟,这不是足浴城的那个女孩吗?怎么?你今天不用做生意了吗?"见有人突然认出了自己,女孩的脸刷地一下红到耳颈,之后便低垂着头不言语。虎牙男人许是觉得无论从哪个角度看,在座的乘客身份都比女孩高贵,于是继续说:"这个女孩修脚技术不错,给我修过甲沟炎,以后在座的哪位要是脚长刺了,不舒服了,尽管去找她,不过要提前预约哎,女孩的客人可是多得很喽。"虎牙男人的话立即引起其他人的窃窃私语,女孩一直低垂着头,始终一言不发。那些议论的人见女孩毫不理会,觉得扫兴,便都不再吱声,只有虎牙男人的目光久久停留在女孩身上。但不一会儿,车上三位好奇的女乘客终于忍不住开始交谈起来,有身份低微的足浴女孩在场,这几个女人突然间像是找到了知音,有了许多话要聊。面对这个足浴女,她们觉得有必要拧成一股绳,以显示自己高贵的身份和不凡的地位。因为在她们看来,足浴女孩可以和妓女相提并论,这些女人是她们这些良家妇女们所不能容忍的一种社会毒瘤。那三个男人也如此,在虎牙男人揭露了女孩的身份后,他们互相也亲近了起来,不久便开始聊起各自的家庭。体型瘦小的男人首先说:"我这辈子做人清清白白,挣的工资虽然不多但也够花,要是我的丫头儿子背着我干上这种工作,我可不饶,我宁愿他们待业在家,我养着。"虎牙男人接着说:

"我也是，虽然我的文化程度不高，但我做的绝对是让人看得起的生意，我可不能让我上大学的儿子脸上没光。"虎牙男人话音未落，眼镜男人又接上了，他依旧是文绉绉地说："是的，是的，挣钱也要看挣什么钱，年纪轻轻干什么不行，偏偏干这个，唉！也就是那些早早辍学的穷人家孩子干了，像我们家姑娘，将来就是上大学，以后考公务员坐办公室。"这三个男人一边谈论着，一边频频交换着友好的眼光。尽管他们的工作内容不同，但都为身份地位高贵而彼此感到亲近。女孩一直没有和这几个人搭讪，她只是偶尔把头抬起来看一眼车窗外面的天气，然后继续垂下去。面包车行驶得很快，三个小时后便到达了他们旅游的第一站贺兰山。贺兰山位于内蒙古阿拉善盟与宁夏的交界处，是一条东西走向的山脉，山势险峻而陡峭。

俗话说上山容易下山难。三个女人外加一个小姑娘，在三个男人的鼓动下花了两个多小时才气喘吁吁爬到山顶。山顶风光无限好啊！可惜的是他们一行人在山顶没欣赏太久，山下的司机便催促赶紧下山，说是天气预报说一会儿有小到中雨，无奈的一帮人在抱怨坏天气的同时，又埋怨司机早晨耽搁时间太久，说要不然他们就会把这美丽的景致好好欣赏一番，这损失回去后一定要旅行社赔偿。担心淋到雨里，三家人只好着急忙慌地又往山下赶。女孩许是职业的习惯，知道怎么巧妙用脚，山上得轻松下得也轻松，在一行人刚刚爬到山顶，她却已欣赏完山上美景溜溜达达往山下走去。女孩走到山下足足等了大半个时辰，眼见如线的细雨淅淅沥沥飘下来，三家人才像霜打了的茄子无精打采地从山上陆续走下来。让女孩奇怪的是一行人里的那个小姑娘竟是瘸着脚下山的。因为大家对自己的冷漠，女孩识趣地保留了自己的那份好奇心。司机打开车门，三家人依次走到了车前，突然看到女孩也掺杂其中，似乎怕挨着这个女孩沾了晦气便又有意闪开，女孩毫不理会，自顾上了车。坐定后，职业的习惯使她不由再次拿眼睛瞄了一下小姑娘的脚，见小姑娘的脚踝红肿，女孩断定必是下山慌忙不小心崴了。小姑娘的父母抱着女儿的脚心疼得不知如何是好，小姑娘却不领情地哇哇大叫。见此，女孩的脸上流露出了一丝难以察觉的表情。早晨的寒气终于迎来了晚上绵绵的细雨，车启动不久，雨水便刷刷流下来，在车飞速赶往下一个目的地的行驶中，车上的三家人又恢复了亲如兄弟姐妹般的关系，你送我一根黄瓜，我掰你一块面包，气氛很融洽，唯独没有人招呼后一排的女孩。女孩一时成了一个被人遗忘在角落的物件。

夜幕很快降临，雨也越下越大，就在大家感到寒意阵阵袭来时，一路不曾开口的司机说："大家别担心，前面有个小镇，今晚我们就住那儿，再有二十分钟就到了。"本在抱怨坏天气的三家人听司机这样说立即高兴起来。二十分钟后车停靠在了镇上的一个小招待所门口。这次三家人没有犹豫抢先下了车，又一窝蜂地拥进招待所门厅，他们按自己的喜好分别从司机手里抢过房间钥匙，然后吵吵嚷嚷着往各自的房间走去，司机看着三家人离去后，问站在一边一直默不作声的女孩说："姑娘，剩下的这一间好赖你去住，没办法。"女孩笑笑说："无所谓，我一个人好办。"说完拿起剩下的房间钥匙就要走，司机又说："半小时后到招待所小食堂一起吃饭。"

终于到了开饭的时间。三家人外加女孩很准时地到达了食堂。小食堂里有两张大桌子，其中一桌凉菜已摆好，是旅游餐。三家人正要入座，一眼瞥见一旁站着的女孩便都又推让着不肯先入座，看那意思是万一坐不好挨上了足浴女孩可不是一件幸事。女孩见三家人推推让让，就先坐到了靠门的一把椅子上，看清楚了女孩所坐的位置后，本在推让的三家人突然由推让变成了抢座。在他们手忙脚乱抢座的工夫，那个崴了脚的小姑娘一下推开自己母亲的手臂说："我就挨这个姐姐坐，你们随便。"一语众人皆惊。本来乱嚷嚷的场面，因为小姑娘随意的一句话一下变得安静起来。女孩左边挨了小姑娘，十人座的大桌子右边正好空了两个位置，似乎觉得这样坐最好不过，其他人便又友好地谦让一番才落座。虽然刚才的场面有点尴尬，但这顿饭吃得还是很愉快。看出其他人对自己的轻视，菜上齐后女孩从离自己最近的汤盆里倒了一碗汤，然后夹了一个馒头默默吃起来。小姑娘看女孩拘谨的样子便主动往女孩的碗碟中添了一些菜，并说："姐姐，这是旅游餐，你和大家交的是一样的钱，不用那样拘束，爱吃啥就吃吧。"这是一天来第一个主动和她说话并关心她的人。

早起的疲劳，旅途的劳顿，加上几个小时的爬山，三家人都感觉到很疲惫，于是刚一吃完饭，大家便都匆匆告辞回房休息。然而，女孩却迟迟不走。她磨蹭到最后，眼看着小姑娘被她父母牵着一瘸一拐就要走到房间门口时，女孩终于忍不住撵上去说："小妹，我给你捏捏脚吧，要不然明天你的脚疼得更厉害了。"小姑娘突然意识到什么，立即高兴地说："那太好了，谢谢姐姐，就到我们房间捏吧。"小姑娘的父亲见女孩主动提出要为自己的女儿服务，也很高兴地说："那就谢谢你啦。"小姑娘的母亲出于礼貌只是象征性地向女孩笑了笑。

原定的第二天早晨八点动身，可都八点半了司机才开着车来，准备上车的三家人围着司机七嘴八舌地抱怨："我们一分钱不少交你们旅行社，你们给我们提供的就是这样的服务吗？太不像话了，昨天没有看见山顶的风景要赔偿，今天等车的损失也要赔。"女孩例外，她站在离车稍远些的地方只是静静地听他们嚷嚷，好像个局外人。司机也不恼，只是赔着笑脸解释说："我知道你们大家一分钱没少交，我也想给你们提供最好的服务，可是昨晚停车时，我发现面包车的发动机有点故障，早晨起来我开车去修理厂检查车况去了，虽然迟了半个小时，但也还是为了你们大家今天的行程顺利。"发牢骚的人不再说什么，司机开了车门，三家人突然又像一个大家庭团结而友好地顺序上车，站在远处的女孩看三家人依次登上车后才急急走过来。

一个小时后，司机把车停靠在一个人流涌动的地方说："这是你们大家今天要游的第一个景点沙坡头，游玩时间是两个小时，现在是十点半，中午饭愿意在景区里自己吃的人，晚上我给退三十块钱，不愿意吃的人十二点半在景区餐厅门口集合吃旅游餐，晚上不退钱。"女孩正犹豫着不知该怎样答复司机，并无商量迹象的三家人突然像商量好了似的异口同声说："今天中午这顿饭我们大家自行解决，晚上你可要记得给我们退三十块钱。"司机刚要说行，突然又问最后一排的女孩说："后排的那个姑娘，你的午饭该怎样解决？"女孩沉默了几秒说："我自己吃。"众人无语，纷纷下车。从司机手里接过门票，女孩先行走进了沙坡头景区。

走进景区大门迎面便是黄河，沿着黄河边一直往北走，湿润的空气不由让人神清气爽。看着眼前美丽的景色，女孩站在黄河岸边有些出神。也不知过了多久，耳边忽然传来甜甜的一声："姐姐，在想什么呢？"女孩忙转过脸，原来是崴了脚的小姑娘正笑眯眯地站在她身后。女孩忙说："这么美的风景真让人陶醉啊！小妹，你怎么会一个人在这里？你的父母呢？脚还疼不疼？"说话间女孩已蹲下身去查看小姑娘崴了的脚。小姑娘一边听话地任由女孩拿捏，一边低头跟女孩说："我爸妈在那边和熟人说话呢，我看你一个人在这边发呆就过来了。姐姐，你按摩脚的手法真高，这崴了的脚昨晚被你按摩了一下竟好了许多，真是谢谢你，中午我要请你吃饭。"女孩一边给小姑娘捏着脚，一边说："只要你的脚能快点好起来，姐姐就心满意足了，饭就不吃了，我一个人好凑合，你还是快去和大人在一起，这里旅游的人挺多，小心走失了。"小姑娘嘻嘻笑着说："姐姐把我当几岁的小孩了，我都十六了，不会走失的，一会儿我让我爸妈请你吃中午饭。"终于给小姑娘拿捏完了脚,女孩站起身一边擦着脸上的细汗,一边说:"小妹,好了,你去找大人吧,我要去转了。"说完女孩握了握小姑娘的手,转身就要走时,却看到小姑娘的父母正慌里慌张往这边走,便对小姑娘说:"你爸妈在找你呢,你赶快跟他们招呼一声,免得他们担心。"等小姑娘转过身,父母已走到她身后,小姑娘的父亲首先生气地责备女儿说:"你这孩子真是不懂事,走哪儿也不跟大人说一声,我和你妈还以为你丢了呢。"小姑娘噘着嘴嘟囔:"不要总那么小瞧人,我都十六岁了,哪能那么容易走丢?刚才我看到姐姐一个人在这边发呆就找来了,姐姐又给我捏了脚,中午我要请姐姐吃饭,你们没意见吧?"小姑娘的突然问话,使她的父母愣了一下,少顷,小姑娘的父亲说:"好的,我们应该请人家吃顿便饭。"女孩立即推辞说不用了,但还是没有拗过小姑娘,最终答应了。

　　女孩随小姑娘的父母将有名的几个景点游览完毕,来到一个小吃店。小姑娘先点了两个麻辣砂锅,然后对女孩说:"姐姐,你再点几个。"女孩忙说:"够了,够了,我吃啥都行。"小姑娘的父母这时倒也大方起来,他们也连连让女孩再点几个菜,盛情难却,女孩只好象征性地又点了一盘。那顿饭吃得很开心,在旁人看来,他们就是其乐融融的一家人。

　　饭间,小姑娘的父亲问女孩说:"都相处一天了,还不知道你叫什么名字呢?"女孩忙说:"我叫李晓慧。"小姑娘的母亲跟着问:"你家在哪里呢?长得这么秀气,为什么不学些别的手艺?"自知失口忙又说:"干足浴这行,也不是不好,就是女孩子干是不是太辛苦了?"女孩犹豫了一下说:"阿姨,我们家在农村,我爸妈都是种地的,我有三个妹妹,一个弟弟,我们家孩子多,挺穷的。我初中毕业就出来打工了,在城里的食堂端过盘子,在商城帮别人卖过衣服,还在工地上打过小工,不过干的

旅途

时间都不长，不是雇我的人嫌我年龄小，就是我觉得干那些活不挣钱。前年，别人介绍我到足浴城打工，主要是打扫室内外卫生，干了一段时间后我发现修脚和干按摩的人特别能挣钱，便拜了一个师傅学修脚。刚开始胆子小加上修脚技术不高，常挨客人骂，后来干熟练了我便有了回头客。我的客人中有一个姓王的阿姨对我非常好，王阿姨是一个工厂的销售经理，儿子是个大学生。王阿姨经常出差，脚落下了许多毛病，最让阿姨头疼的是每隔两个月便复发一次的甲沟炎，这病整整缠绕了阿姨五六年，该想的办法都想了，就是没人能治好。后来王阿姨听人说我的修脚技术还行，就找到我，我也没想到碰巧就治好了王阿姨的脚病，王阿姨一高兴不仅认我做她的干女儿还送了我不少礼物，这次出来旅游就是王阿姨送我的大礼。王阿姨请了几天假本想自己出来放松，结果阿姨的儿子突然从学校请了几天假回到家，为了不扫儿子的兴，王阿姨执意将这次旅游的机会送了我。起初我推辞不来，觉得接受这样的大礼实在是不好意思，再就是怕出去旅游几天耽搁挣钱。可王阿姨非逼着我来，还说要是我不来，她就不认我这个干女儿了，没办法我只好来了。我真是没想到，这世界上怎么会有像王阿姨这么好心肠的人？我来时还给了我一千块零花钱呢。"女孩喋喋不休说到这儿，声音突然有些哽咽，说不下去了。一直默默静听的一家三口似乎有所触动，女孩不再说话后，他们开始主动给添水、夹菜，使足浴女孩感受到了久违的亲情。

下午，大家被拉去参观一个古庙。还在车上时，女孩隐约听到那个体型瘦弱的退休男人说："到了庙上，我要给我儿子祈个官运，我这一辈子虽不缺吃喝，可也看了别人一辈子脸色。俗话说'宁当鸡头，不做凤尾'，还是大小做个官好。"接着是虎牙男人说："我觉得当官不好，稍不廉政就被'双规'了，还是我们做生意的人好，自由自在，无拘无束，谁的脸色也不用看，到了庙堂我要给我儿子祈个发财命，希望我的儿子和孙子永远腰缠万贯。"虎牙男人尚未说完，他的老婆便吵吵着大声说："想得倒美，你奋斗了快五十年都没腰缠万贯，还你儿子、你孙子呢，是不是要把你的重孙子也算在内呀？"虎牙男人被老婆臊了个大红脸，一下没了声气。小姑娘的父亲说："我也不图升官，也不图发财，我只祈求我的宝贝女儿考个好大学就行。我觉得做老师就挺好，每年两个假期，工资又高，有病国家给报销，老了国家还养老，多好。"说完脸上露出了满足的神情。

庙堂里人来人往，有许多善男信女虔诚地给神像磕着头，不断地往功德箱里塞着钱。女孩只是看着这些人大把扔钱，自己却什么也没做。感觉无聊，女孩提前回到了车上。这次司机大开着车门，早早坐在车上等候乘客。离司机指定的集合时间还有二十分钟时，女孩看到体型瘦小的男人搀扶着老伴一瘸一拐地回来了，上车时看到退休男人的老伴因脚疼哼哼不止的样子，女孩有些于心不忍，但她还是忍了，因为两天来这对老夫妻几乎没有正眼看过她。女孩索性将脸扭向车窗外。不久虎牙男人一家及小姑娘一家陆续回到车上，当这两家的女人听说她们的这位老大姐是因为往功德箱里塞钱不小心崴了脚时，立即表现出亲人般的关怀。虎牙男人的女人首先心疼地说："老姐姐，你忍忍，晚上到了宾馆我陪你到正规的脚医那里拿捏拿捏，要是疼得厉害我就背你去，你看我这体格，背你不在话下。"小姑娘的母亲也附和着说："老姐姐，我听说这脚崴伤过一次，以后不小心经常会伤，你可要当心些。"因为脚疼，退休男人的老伴只是嗯了声算是应答了两位姐妹的关心。天真的小姑娘等大人说完，也接着说："昨天我的脚崴了，是后排那个姐姐给我按的，姐姐按摩得可好了。阿姨，晚上回到宾馆也请姐姐给你按摩一下，保管明天就好。"小姑娘话音未落，其他人的眼睛便齐刷刷投向了后一排的女孩，女孩被这些人看得再次默默垂下了头。

旅途

晚饭后，大家将要回各自的房间时，虎牙男人说："我们三家人能聚在一起是个缘分，再有两天行程就结束了，现在时间还早，我们三家人不如到街上看看夜景，顺便照照相，合个影，留个纪念如何？"退休男人首先响应说："倒也是，大家聚在一起不易，我就是想去也去不成，你们大家都看到了吧，老婆子这个样子，恐怕走不了几步，到时会影响大家的游兴，我还是陪她回房间休息，你们大家尽兴玩去吧。"虎牙男人的女人似乎忘了白天在车上的承诺，她看一眼走路歪歪扭扭的退休男人的老伴说："老姐姐，那你回房间休息吧，我们去逛街景了，你可别多心啊。"退休男人的老伴不知是没听到，还是有意不愿意搭理这个说话不算的姐妹，她只管专心走路并没应声。小姑娘本想招呼女孩一起去，无意看见母亲瞪了她一眼，便没敢吱声。

　　三家人做各自的事情去了，女孩默默回了自己的房间。在房间，女孩还没想好接下来要做什么事情时，咚咚咚有人敲门，这人生地不熟的地方会有谁找呢？女孩正这样想着，就听到一个熟悉的声音在门外说："姑娘，能不能麻烦你给我老婆子捏捏脚，要不然明天我要背着她走了，行吗？"听出是退休男人的声音，女孩想都没想就应了声："行，叔叔，你先回房间，我一会儿过去。"

　　那晚，女孩不仅为退休男人的老伴按摩了脚，临了还主动提出为退休男人修剪掉了脚底的两个硬茧子，女孩修脚技术的娴熟与认真，赢得了退休老两口的赞赏。做完这一切女孩要出门时，为了表示感谢，退休男人硬塞给了女孩两个大苹果。拿着两个大苹果，女孩甜美地睡了一觉。

　　接下来的一天里，女孩显得很兴奋，因为不论吃饭还是乘车，小姑娘一家三口有意无意会招呼她，退休男人老两口对她也很友善。连虎牙男人女孩觉得也有些不对劲，怎么不对劲呢？女孩发现，今天的虎牙男人说话有点温和，看她的目光也与前几日不同，到底是什么原因呢？直到晚上吃完饭,大家回到各自的房间休息时,女孩的房间来了一个不速之客,这个人是虎牙男人的老婆。虎牙男人的老婆敲开女孩的房门后,女孩才明白了个中原因。

原来,头两天虎牙男人的甲沟炎就犯了,虎牙男人硬忍着,想坚持回到家再说,没想到脚那东西可不遂人意。虎牙男人越想坚持,脚越不听话,没办法虎牙男人就让老婆给她修剪,没想到修剪不当,脚越发疼痛得几乎不能行走了。虎牙男人只好让老婆来请女孩为他修脚,女孩听明白原因后,没有推辞立即答应了。来到虎牙夫妇的房间,虎牙男人正歪躺在床上看电视,见女孩进来,立即坐正身子用女孩不曾见过的和善面孔跟女孩说:"姑娘,我的甲沟炎又犯了,这两天疼得实在是不行,只好麻烦你再给我修修了。"女孩一边从随身带的包里掏工具,一边轻声说:"小毛病,我给你修修就好了。"说完蹲下身搬过虎牙男人的脚认真查看起来。看清病因后,女孩让虎牙男人的老婆端来一盆温水仔细为虎牙男人清洗了脚面创伤,然后认真修起了脚。看着修脚技术娴熟的女孩,虎牙男人不由自言自语说:"我看这世上还真是少了哪一行都不行,就说我这脚,就一片指甲疼得我难以行走,这要是没你们这一行啊,不定多受多少罪。这样说吧,牙疼没牙医不行,头发长了没理发师不行,生病了没医生也不行。"虎牙男人自言自语的一席话,使女孩听着很舒服。因为舒服,她用一百二十分的细心为虎牙男人修剪好了脚。脚修完后,女孩让虎牙男人试着在地上走了两圈。"一点都不疼,姑娘,修得好,今天我要多给你些钱。"站在地上的虎牙男人,一边称赞着姑娘,一边从兜里往外掏着钱。女孩忙摆摆手说:"算了,算了,我是出来旅游散心的,碰巧就给你们大家做了一点小服务,这钱我不要。"虎牙男人还要给,女孩最终推脱了。

行程的最后一天,天气格外晴朗,旅行的八个人快快乐乐游完一天里的最后一个景点后回到宾馆。大家正要问晚上的旅游餐哪里吃时,司

旅 途

机说:"明天就要回家了,看得出你们大家玩得很开心,以后恐怕难得见上一面。我建议今天的旅游餐不吃了,我带你们去个好点的餐厅热热闹闹聚一聚好不好?"虎牙男人首先举手赞成,并说:"吃超的那部分我包了。"众人响应,兴高采烈地随着司机出发了。

  这家餐厅豪华而气派,进出的客人络绎不绝,使人有种步入上流社会的感觉,每个人的脸上都洋溢着开心的笑容。退休男人携老伴彬彬有礼地回敬着不断上前问好的迎宾小姐和先生。虎牙男人携老婆挺胸昂首走在最前面。一家三口互相搀着,说着笑着比画着。女孩虽是一个人,但此刻她的心里也似乎被幸福塞得满满当当,她跟随在大家身后,好奇地看着眼前的一切。入座,服务员上菜,一切停当后,退休男人及老伴首先举杯庆祝大家旅途顺利,接着是虎牙一家,再接着是一家三口。最后女孩端起了杯子,她大方地对每一人都说了一段祝福的话。

  然而,让人没有想到的是在他们的聚餐将要画上完美句号的时候,有两个三十多岁的男人嚷嚷着,一前一后来到他们这一桌,起初大家以为是谁认识的客人,就互相对视着。但当其中的一个男人突然放肆地搂住身旁那个像柳叶儿一样的小姑娘欲行非礼时,大家才明白原来是两个喝醉的酒鬼来滋事。小姑娘吓得哇哇大叫,小姑娘的父母一边扑过去推搡酒鬼,一边大声喊叫着服务员,其他人均目瞪口呆地看着眼前突发的事情。女孩离小姑娘最近,慌乱中可能有了一种要保护小姑娘的责任与义务,于是,乘着酒鬼与小姑娘的父母在撕扯,女孩一把拽过小姑娘的胳膊就往门口跑。然而就在这时,女孩耳边清晰地传来了一个声音,那声音很响亮,也很刺耳。那个声音说:"小哥,要想找乐子,你身后就有个现成的足浴女啊!"

  (发表于《朔方》2012年第5期,2014年荣获第23届全国"梁斌小说奖")

一双红舞鞋

姑母从老家打来电话，想要我回去看看。手机贴在耳边，我知道电话线那端连着的，并不仅仅只是姑母，还有十三岁时我犯下的至今不为人知的罪孽。人们说陈年往事可以被埋葬，然而我却终于明白这是错的，因为往事会自行爬上来，而犯错之人也必将会受到惩处。挂了电话，我独自去散步。晌午的太阳照在路边的湖面上，宛如银饰光芒四射，湖边有许多人在悠闲垂钓。我抬眼望去，湖边有两个十岁左右的小女孩在追打嬉闹。突然间，一串清脆的声音在我耳畔回荡起来：姐姐，姐姐……我仿佛看见表妹穿着那双鲜红的舞鞋一路向我跑来。

记忆中，我老家的房子有个大院子，院墙不高。小时候，表妹和我经常借着墙边的梯子爬上去，用母亲化妆的小镜子把阳光反照进客厅里，惹得正谈事的大人们很恼火。在院墙上，我们相对而坐，没穿鞋的脚丫子晃来荡去，衣兜里满是花生和瓜子。我们换着玩那个小镜子，边吃瓜子，边用瓜子皮扔对方，忽而佯装生气，忽而开怀大笑。我依然能记得表妹坐在墙上的样子，阳光穿过头顶柳树垂下来的叶子的缝隙，照在表妹粉嘟嘟的脸蛋上。表妹很像瓷器做成的洋娃娃，睫毛长长的，眼睛亮亮的，鼻子挺挺的，一头天然的卷发，让人忍不住有想拥吻一下的欲望。如果硬要我在表妹精致的五官中找出缺陷，那就是她的牙齿里多出的一颗小虎牙，这也是我唯一能嘲笑她的一个地方。有时在院墙上我

旅途

会怂恿表妹，让她往邻居家扔瓜皮、纸屑和碎石块。自小到大，表妹从没有拒绝过我做任何事情。碎石块在她手中可是惹祸的根源，邻居家的鸡猪狗鸭，常常被她击打得呱呱叫，邻居气得发疯，三天两头过来找我父亲告状。看到父亲气得脸色发青的样子，我会立即用手一指表妹说："她干的。"每当这时，父亲会偃旗息鼓，表妹则怯怯地站在一边，低头看着自己的脚尖。但她从不告发我，从不在大人跟前说是我出的坏点子。邻居们说我家的房子是那个镇上最漂亮的，甚至还认为它是全镇最美观的建筑，这个说法我也认同。

我们住在一个叫陶家堡的小镇，这个小镇有五万多人，街呈十字形，东西相隔四里路，南北三里多，最繁华的地段在街心。我家房子坐落在小镇西头，按今天的城市规划来说就是郊区，若到镇上买东西，中间还需走过一座四米多长的汉延渠桥。从我记事，常听大人们叫我父亲老板。究竟什么人才称得上老板，我无从知道。总之我家的住房很大，大得能住下二十多人，院子并排能停放两辆小轿车。房子主体为简易楼，楼梯在房子里面，楼上是我的卧室和父亲的收藏间，楼下是父母亲的卧室、客厅及洗浴室。院子里有厨房、杂物间。楼上一般不会有人上来，只是偶尔来了父亲最好的朋友，父亲才会带来人上楼参观他收藏的宝物。有时觉得好奇我会尾随其后，父亲发现了便会挡住我说："我带他们参观参观，你去自己的房间看书好不好？"说完他便做出要关门的样子，督促我快点离开。我很纳闷，为什么有时表妹跟进去，他态度极好，而对我却是冷冰冰的。

楼下的客厅里悬挂着一张模糊的老照片和父母亲的结婚照。老照片是祖父、祖母、父亲、姑母一家四口的全家福。照片上的父亲，那时也就十八九岁模样，姑母大概十六七岁，祖父母也很年轻，父亲说祖父年轻时是本镇的一富商，只可惜英年早逝。祖母倒是长寿，一直活了七十多岁,在我十岁那年病逝。另外一张是父亲和母亲的结婚照,照片上的父亲浓眉大眼,身材魁梧,穿一身笔挺的蓝色中山装。母亲皮肤白皙,五官小巧,一条长辫子斜搭胸前,穿件红棉袄,他们并排坐着,母亲的头挨在父亲胸前,两人的脸上溢满了幸福。姑母二十五岁那年出嫁,在离我家十多公里外的另一个城市居住。姑父是个老实的手艺人,表妹小我三岁,是姑母唯一的孩子,每年假期都会来我家住上一阵子。我在那个小镇住了十三年,算起来和表妹相处也有十多年了。

其实小时候,我是很护着表妹的。依稀记得有一年的夏天,姑母又送表妹来我家玩,那天,大人们都在屋里说事,我让表妹陪我到街上玩,说会买两个布娃娃,一人一个。表妹听后很高兴。我拉着表妹的手,沿着母亲常带我走过的那条小路,穿过汉延渠桥往镇上走去。过了桥快要到达镇上时,有两个在路边玩弹子棋的十二三岁的男孩发现了我们,其中一个腿残疾的男孩用手肘碰碰另一个瘦高个男孩说:"两个黄毛小丫头,挡住怎么样?"被碰的那个立即跨上前双手叉腰挡住了我们的去路,然后一脸坏笑地盯着我说:"哥今天身上没钱了,只要你们把钱给哥,哥就让你们走,否则就留下你的妹妹。"表妹吓坏了,一把拉紧我的手。我又气又急地大声说:"我又不认识你们,凭什么给你们钱?休想碰我妹妹,回去告诉我爸爸。"没想到这句话起了一点作用,那个男孩像是想起什么,立即跟旁边的瘦高个男孩低声嘀咕了一句什么,接着他们便让开了道。我拉着紧拽我手腕的表妹往街上跑去,身后不远处扬起了尘土。跑出很远,我隐约听见两个男孩大声叫嚷着说:"这次看在你老爸是大老板的面子上放过你们,下次让我们碰到绝不放过。"那年表妹六岁,我九岁。

表妹天生丽质,而我却先天吸收了父母的许多缺点,个头不高,皮肤粗糙,眼睛小,脸还大,每次听到家里人称赞表妹漂亮,我心里都不是滋味。有一次,两个月没有回家的父亲突然回来了,父亲买了三条漂亮的花裙子,我高兴地拿在手里欣赏着,每一条我都喜欢得不得了。我以为裙子全是父亲买给我的,结果父亲却说:"三条花裙子,你穿一条,另外两条小的是给你妹妹买的。"我把裙子紧紧攥在怀里说:"你偏心,凭啥给妹妹买两条?"父亲笑笑说:"碰上了,看着好看就买了,你怎么那么不懂事呢?她可是你妹妹啊!"说完转身离去,我不高兴地对着父亲的背影嚷嚷着说:"她又不是我们家的孩子,你就是偏心。"父亲突然转过身生气地说:"小小年纪怎么这样自私。"见父亲生气了,我大哭着拿了一条裙子往楼上跑去,从那一刻起我心里便记恨上了表妹。

表妹出生于七十年代末,我认识时也就一岁多。十三岁以前,我的大部分时间都跟表妹在一起。有时回想起来,我的整个童年,似乎就是和表妹一起度过的。我们在家中的大院子里互相追逐,玩捉迷藏,玩好人抓坏人,一起捉蚂蚁,一起拔掉桃树上的花朵卡在发梢上。我们还追逐过上门讨饭的人,拿根木棍跟在他们屁股后头学讨饭。我们一起把邻居家的羊咩咩追赶得满院子跑。有时我还让表妹坐在我腿上,给她扎小辫子,给她讲小人书上看来的故事。表妹最喜欢听《半夜鸡叫》,每次我讲完,她都会紧紧搂着我的脖子说:"姐姐,你讲得真好!"看得出,那时表妹很依赖我,很崇拜我,而我也很爱她,可是我心里清楚,我对表妹的爱却充满了矛盾。不过父亲不在我跟前时,我对表妹极尽呵护,百般疼爱,尽到了一个姐姐该担当的责任。

表妹七岁那年的一天,姑母又来我家,我理所当然地带表妹出去玩。在离我家不远处的一条巷口,我和表妹正玩踢毽子,一块小石头突然击中了她的后背,表妹疼得哎哟一声蹲在地上,我忙转脸去看,心底不由一沉,又是挡路的那两个坏男孩。他们一脸坏笑着朝我俩走过来。看到表妹受到惊吓哆嗦的样子,我一下强硬起来,我觉得我是姐姐,我应该保护妹妹。于是，我一下将表妹挡在身后说："你们两个如果敢欺负我妹妹，我立即叫我爸爸上你们家告诉你们的大人去。我爸爸马上就要过来了，他要带我们到镇上买东西，不信你们等着瞧。"两个坏男孩听我说这话，立即向我家的那个方向不停地张望，许是真怕父亲很快过来，他们骂骂咧咧着匆忙离去。看着坏男孩远去的背影，我拉着表妹一口气跑回家。然而只要父亲在跟前，只要看到父亲对表妹流露出无限的父爱，我的内心就会痛苦无比。表妹刚学走路时父亲买了一辆漂亮的童车送给表妹，母亲说那辆童车肯定比给我买的那辆值钱得多。还有一年父亲给表妹买了一件很漂亮的羊羔毛背心，结果让姑母责备了一顿。姑母说疼孩子也不能这么个疼法，小孩子穿什么羊毛背心，会悟出痱子的。

　　转眼到了表妹十岁的生日，父亲照例又给表妹买了生日礼物，那是一双漂亮的红舞鞋。那天，家人众星捧月似地围着表妹转，而表妹也像朵美丽的花蕾，格外耀眼。姑母点燃了蜡烛，没等姑父走近表妹身旁，父亲已先一步拥着表妹说："宝贝，快许个愿，看舅舅能不能帮你实现。"又一次看到父亲对表妹如此亲热，我更加痛苦，觉得这么多年以来，我在父亲心里就是一个多余的人。自小到大，我觉得父亲给予我的爱太有限，每次看到父亲看表妹时流露出的慈祥目光，我便难受不已。难道就因为表妹长得美，而我相貌平平吗？我伤心地站在父亲身旁，像个弃儿泪水霎时浸满眼眶。我静静地看着表妹许愿，吹灭蜡烛。在家人期待的目光中，父亲打开了一个四四方方的纸盒子，然后从盒子里拿出一双漂亮的小红鞋。看着鞋，在场的所有人疑惑不已。那双鞋说是鞋，我却只见跳舞的人穿过。鞋的大小和表妹的脚正合适，面料是布的，颜色是我非常喜欢的大红色，鞋头缀着两朵黄色毛线做成的菊花，非常漂亮。看出我们大家的疑惑，父亲抱起表妹，亲热地在额头上亲吻了一口，然后说："金金（表妹的名字）是这个大家庭里的一个宝，聪明又可爱。我观

旅途

察了几年，觉得这孩子有跳舞的天赋，我决定找个老师教她，这是我送给她的生日礼物，希望有朝一日她能穿着我送的舞鞋登上舞台。"在场的所有人为父亲鼓掌，为表妹庆贺生日，唯有我泪流满面地飞快跑出屋子。父亲送给表妹的礼物再次深深地刺伤了我，我妒忌他给予表妹那么多的爱，而对我却如此吝啬。十几年来，父亲对我既严厉又苛刻，灌在我耳音中最多的话题也仅是说他念的书少，要我好好学习，将来考上大学，圆他的大学梦。每次父亲说完这话，我心里都愤恨地想：凭什么我要替你圆大学梦？我是你的亲生女儿，表妹是姑母家的孩子，为什么你爱她却胜过我？这个念头一直深深盘踞在我的心头不散。

　　一九八七年的夏天，一个炎热的午后，太阳涨红着脸张着血盆大口像要吃人似的。过完生日一周不到，表妹兴高采烈地又来我家玩耍。心情本已渐趋平静的我，看见表妹不由又想起了生日宴会上的一幕，那一幕像印章深深镌刻在我的心底。我妒忌表妹，我痛恨父亲，所以再次见到表妹，我心里没了往日的那份亲热。父亲在表妹生日过完的第二天出门谈生意去了，母亲总是在忙自己的事情，姑母送来刚学完跳舞的表妹便回去了。心里装满了恨意的我，在姑母走后打算撇下表妹独自去玩耍。可是那天，不知我心思的表妹，穿着那双红舞鞋却一个劲地在我跟前跳跃着。长这么大父亲从来没有给我买过，她不过是个表妹，父亲凭什么要给她买？想到这一点，我突然凶狠地对着正兴高采烈玩耍的表妹说："马上滚蛋，滚得越远越好。"不知缘由的表妹突然被我吼得不知所措，她一脸无辜地看着我直发呆。发泄完心里的怒气，我丢下表妹气冲冲向门外跑去。

　　午后的阳光，炙热不说还夹带点混沌的气息。我顶着烈日跑出家门不远便感觉有些晕乎乎的，心情压抑不说，大脑似乎也已短路。这样的天气，搁在往日我大多会带着表妹躲在树荫下讲故事，可是那天好像灵魂出窍了似的，我硬是憋着气一口气跑过了常走的那座桥。桥下的水似乎也被灼热的太阳炙烤得没了往日的平静，一个劲地上下翻腾着，像要发威又像着急要去参加一个什么盛会。桥上偶尔有一两个匆匆而过的路人，我跑过桥汗流满面地站在桥的一端，然后拿眼怒视着站在桥对面的表妹。表妹一直畏畏缩缩地跟着我，许是怕我再次骂她，便一直与我保持着一定的距离。因为心中装满了恨，我没像往常那样唤她，而是加快了步伐往镇上继续走去。我再也没有回过头，独自来到了常买小人书的杂货店。站在杂货店里，我翻书、看书，消磨了很长时间。然而那天不知怎么了，虽然眼睛看着书，可心思全没在书上。我心不在焉地又闲看了一会儿后，才走出了杂货店。

天色渐渐昏暗，闷热的空气似乎比下午更使人压抑。我顺着来时的路往回走，边走边四下张望，心里一方面猜想着表妹可能已经回家了，一方面又想着是否会蹲在路边的某个角落里等着我。越想越觉得是后者，便不觉小跑起来。快走近那座桥时，我的心突然不可遏制地咚咚跳起来。我看见桥边围着一圈人，不祥之感突然涌上我的心头。我加快了脚步，不，我应该是小跑起来。我终于靠近了桥头，这时就听桥上围着的人七嘴八舌地说可惜了个孩子，要是早发现或许还有救。我胸闷、气短、腿软。我努力不让眼泪掉下来，我屏着气挤进了哄哄嚷嚷的人群中。

天在转，泪在流。那双红色的小舞鞋，几小时前它曾穿在表妹的脚上，是那样的鲜艳，而此刻一只已不翼而飞，一只虽然穿在表妹脚上，但却已没了先前的绚丽和娇艳。

表妹是落水后被人打捞上来的。谁也说不清她是怎么落水的，或许只有天知道。而我永远不能原谅自己。

（发表于《朔方》2017年第4期）

第N次

　　米叔生活的这个城市，人口不到十万，街道不算繁华，但环境优雅。工业区、生活区、学校区等等，规划有序。米叔居住的小区，位于市区中心。该小区共有十栋楼，住户在二百户以上。小区共有东西南北四个门，西门为正大门。小区物业办公室，下设在西门旁边的两间房子里，办公室大门正对小区一号楼门厅。出了小区西门往北走不到二百米，便是市区广场。住在这儿的居民，不论是购物、孩子上学，还是住院看病，交通很是方便。这个城里的许多人，都为能住进这个小区而感到自豪。人们私下都称，这个小区是富人居住区。

　　其实米叔也算不上是富人。米叔之所以能住进这个小区，很大程度上取决于有个挣高工资的女儿。米叔住在这个小区一进门的一号楼二层。去米叔家串过门的人都说，米叔家的房子非常大，装修肯定也没少花钱。

　　我与米叔相识于一年前。没遇到米叔前，我在外县工作。因为夫妻常年两地分居，为了女儿上学方便，我不得已调回丈夫工作的城市。工作单位，先是调进街道部门，后来因为工作需要又被调整到社区。确切地说，我认识米叔，应该是去年五一过后的一天。那天早晨九点钟左右，我在办公室刚把茶水泡上，一个年龄在七十岁以上的老人推门走进了办公室。那天应该算是初夏，天气还不是很热，我觉得至少应该穿件外套才是，但是老人却穿着一件薄薄的长袖灰色秋衣，裤子是黑色的，褶皱不说，上面的污痕还清晰可见。虽然老人站在离我有一米多远的地方，但身上难闻的气味，我还是闻到了。老人脸色清瘦蜡黄，头发稀疏灰白，虽然身高不低，但裹挟在那身装束里，让人看着身体随时都有倒下的可能。办公室当时就我一个人，因为之前在街道工作过，小区工作自然熟知一二，于是我询问老人有啥事。老人说话的声音很洪亮，给人的感觉是底气很足，这使我不禁提振了精神。老人说，你是新调来的？我嗯了声。老人这才话匣子正式打开，他自我介绍说，他叫米大进，是一位退休老干部，今年七十四岁。说他老伴七十二岁，是退休职工。他在这个小区住了六年，女儿在德国居住，女婿是德国人。老人说完这些后，便拿眼睛直直看着我。我愣了一下马上说，米叔，你是退休老领导？以后可得多多支持我们社区的工作啊，你女儿能在德国生活，肯定很优秀了，真让人羡慕。听我说完，米叔蜡黄的脸上，立即溢满了笑容。陶醉了几秒，他忽然想起要办的事情，便说，我家的下水像是堵了，我来找小李看能否给找个水暖工到家里看看。我还没想好怎么答复，办公室的李姐回来了，李姐就是米叔口中所说的小李。李姐在这个小区已经工作了好几年，一直担任物业部办公室主任，年龄比我大几岁，性格温柔，待人亲和。上班的第一天，主任安排我和李姐一个办公室办公，因为是第一天上班，我便毕恭毕敬地叫了声李主任，李姐听后立即笑呵呵地说，叫我李姐就行。李姐简单的一句话，一下拉近了我们两人之间的距离。李姐进门看见米叔站在屋里便问道，叔，你有事啊？是不是我姨又发病了？米叔也不避讳地说，你姨那个病时好时坏，家里的保姆又走了，这几天都是我在伺候你姨，叔来找你，想麻烦你再给找一个保姆，还有家里的下水像是堵了。李姐说，保姆的事我已经知道了，修理工我一会儿就给打电话。米叔得到满意答复离开后，我从李姐

旅途

处又了解了有关米叔家里的一些事情。

米叔退休前曾在某单位担任副主席，是副处级级别。据说那个职位是米叔正儿八经凭学问、凭本事被领导提拔重用得来的。米姨只有初中文化程度，是位退休职工。老两口是空巢老人，两人的女儿在德国居住，是博士学历，工资很高，每年都会给家里寄不少钱。米叔现在居住的房子，从购买到装修，一大半钱都是女儿给出的。米叔家的生活条件，在这个小区里应该算是中上的。因为能雇得起保姆的人家，在这个小区里并不多见。

我与米姨相识于夏季的一个午后。那天风和日丽，虽是夏日，但天气却一点儿也不闷热。那天，大概下午四点钟左右，二号楼有人打电话说，楼道电梯异常，让派人赶快过去看看。那阵李姐正好到街上办业务去了，接完电话，我便责无旁贷地前往二号楼查看。前面说了，小区正大门面西，走进小区，右边依次是一至五号楼，左边依次是六至十号楼，门房和物业办公室的门正好面对一号楼。两栋楼中间的空地上，有休闲凉亭、自行车库以及花坛和草丛。我走出办公室的门，径直往二号楼走去。经过凉亭，我看见里面坐着三女一男四个老人在乘凉，其中一个熟悉的阿姨主动和我打了声招呼。从二号楼查看完电梯回办公室时，我看见一号楼门厅前的地上坐着一个老年妇女。老妇面对凉亭，距离也不过二三米，确切地说，凉亭上的几个人也都应该看到了老妇。当时我没想那么多，看见地上坐着个老人，心里的第一个想法是赶快过去把老妇搀扶起来。走到老妇身旁，我伸手就要拉时，凉亭上之前和我打过招呼的阿姨说，你快别管那个闲事，那可是个精神病，招惹上了麻烦事可是不少。精神病？乍听到这三个字，我的心不由怵了一下，抓着老妇的那只手也下意识地松开了，恰巧这时装在裤兜里的手机响了，我便赶紧掏出手机。电话是一个朋友打来的，约我晚上吃饭，我们又说了一些其他事。挂断电话，转过身，我看见米叔不知啥时已经扶起了地上的老妇。米叔一边拍打着老妇裤子上的灰尘，一边大声呵斥说，我就给狗洗了个澡的工夫，你就跑了出来，要是一不小心摔坏了，让我咋给女儿交代啊！原来是米叔的老伴，我不由细打量了几眼。发现眼前的老妇，不仅皮肤白净，五官也很好看。若不是年龄的缘故，年轻时应该很漂亮。老妇留着齐耳的短发，上身着一件紫花短袖衫，下身穿着一条蓝色纯棉秋裤，一只脚上穿着拖鞋，一只脚光着。嘴里一直叨咕着什么。米叔似乎是急匆匆跑下楼的，脚上蹬着拖鞋，下身穿着运动短裤，上身着一件灰色老头衫，满脸汗液。在米叔训斥老伴的时候，凉亭上唯一的一个男性老者大声说，老米，你老伴今天咋一个人跑了出来？你家里的保姆呢？米叔叹气说，又走了。老张还是你幸福啊，老伴身体好，儿女又在身边，我就得过且过吧。米叔简单的几句话，我却从中听出了那样多的无奈和悲哀。米叔扶着老伴往楼里走去，我凝视着两个佝偻的背影，心情久久不能释怀。

  隔天，我跟李姐提起此事，李姐听完情绪激动地说，我们小区邻居都是在胡说呢，米姨就是老年痴呆症状，不是什么精神病，这些人真是素质差。前几年米姨精神好时，人家女儿从德国回来带的东西可没少给她们。这两年身体不好，记忆差，脾气大，有时说话难免伤人，可那是一种病啊！听了李姐的话，我不由为前日的犹豫感到惭愧。

  不久李姐就为米叔家物色到了保姆。保姆像是李姐的熟人，是个农村妇女，年龄有五十多岁，据说孩子都在外地打工。保姆让李姐领着到米叔家报到的那天，在我们办公室里，李姐当着我的面跟保姆说，米叔是个好人，米姨身体有病，米叔的女儿在国外生活，你在那个家里干活，不论发生了什么事，都要忍让，人老了想女儿有时情绪难免不好，你要多担待。米叔家里条件好，你干得好，我会建议米叔给你增加工资。保姆连连答应着，并跟李姐保证说她肯定会照顾好两位老人。李姐带着保姆离开办公室时，看得出心情很好，可是回来后脸色却很阴郁。那会儿我正好忙完了手头工作，便多事地问李姐，米叔是不是没有看上保姆？李姐嗫嚅着说，不是米叔没有看上，而是人家保姆差点打了退堂鼓。为什么？我又问。李姐说，刚才我送保姆过去，看到米叔家里一片狼藉，问米叔才知是米姨又犯病了。米姨非说她的一条裤子被前任保姆偷了，逼着米叔去要回来。米叔给米姨保证说没有那回事，米姨不信，说米叔包庇保姆，趁米叔没防备，扑上去把米叔的脸抠烂了。米叔恼羞成怒，一下把米姨推倒在沙发上，碰巧我带着保姆就去了。米姨在屋里大喊大闹，保姆一看那情形，便打起了退堂鼓，幸亏我再三保证才答应留下试试。李姐叹口气继续说道，米叔是一个多么好的人啊！命咋就这么苦。以前我在乡镇工作，一次米叔下乡调研，我们有幸相识。几年前，我儿子要上初中，因为吃饭问题，我决定调回城里工作。那之前托了不少人，工作都没调成。一天，我在街上闲逛，遇见米叔。闲聊中，我无意说起调工作一事，当时也没指望米叔能帮上忙。因为那年米叔刚好退居二线，没想到半个月后的一天，米叔突然给我打来电话，问我愿不愿意到社区工作？我当时的心情甭提有多高兴了，别说到社区工作，就是让我到城里打扫卫生，我也愿意。就这样我调到这儿工作了，没想到米叔正好也住进了这个小区。李姐真是个知恩图报的人，难怪米叔家的大事小情，她都亲力亲为。

　　自从米叔家里有了保姆，我看米叔的精神和穿着好了许多。每天早晨上班那会儿，我都能碰到米叔。有时米叔牵着一只白色的小狗在小区里溜达。有时是从外面回来，要么手里提着一只活鸡，要么提着几条鲜鱼。在小区，米叔碰见每个熟人都要上前热情地打声招呼，脸上也总挂着笑容。米姨的身影，隔三岔五也会在小区里出现。有时保姆拉着散步,有时陪着晒太阳。那一段时间,我真替米叔高兴。然而十月份的一天,那天天气似乎还很冷,我和李姐冻得开着电暖气在屋里取暖,办公室的门被人推开了,我们定睛细看竟是米叔家的保姆。保姆当时的脸色就跟室外的天气一样,看上去很冰冷。保姆走到李姐跟前,气呼呼地说,妹子,当初真不该面情太软,听信你的话留在米家。听保姆这样说,李姐忙问,出啥事了?保姆张口就说道,米姨纯粹就是一个精神病人。保姆的这句话一下激怒了李姐,李姐板着脸责备保姆说,王姐,你胡说啥呢?保姆立即委屈地反驳说,妹子,我们亲戚多年,你应该了解我吧?我啥时候说过谎?你要是不信任我,也不可能介绍我到米家吧?李姐被保姆一下说得没了话说。见我们都静静地在听,保姆接着说道,这几个月,我真是度日如年,每天受累不说还受气。妹子,之前你只跟我说过米姨有时会大小便失禁,情绪不好偶尔会骂人。但通过这几个月的接触,我发现除了那些之外,米姨还有严重的疑心病,每天怀疑我偷她家东西。不是说她的鞋丢了,就是说她的衣服丢了。我不辩解,她说我心虚。我一辩解,她就骂我。骂人的话还很难听,我实在是干不下去了。说完,保姆忍不住低泣起来。李姐此时也已完全恢复了常态,她走到保姆身边安慰说,王姐,我还真不知道米姨的病情这么严重,让你受委屈了,如果实在干不下去了也不勉强,米姨是个病人,你别记恨她,再坚持一段时间,等我找上人了,再走咋样?保姆沉思了一会儿点了下头算是答应了。保姆离开后,李姐心事重重地再没开口和我说话。

隔日,我们刚一上班米叔就来了,一进门就问道,小李,我们家的保姆来找你了?李姐一边嗯着,一边忙给米叔搬凳子。米叔坐下后叹息着说,也怨不得人家,你给我们家介绍的小王好着呢,主要是你姨的病情太严重了,把人家折磨得实在是待不下去了,我也是没招了。李姐说,叔,你别着急,我已经跟保姆说了,再坚持一段时间,等我找上人了再走,人家答应了。米叔听完情绪似乎好了些,和李姐又扯了几句闲话便走了。

那天之后,保姆在米叔家里一直干到过年。年底的一天,社区慰问老干部,米叔在名单之列。那是我第一次到米叔家拜访。那天是傍晚,我们敲开米叔家的门后,一眼看到客厅里的沙发上、地上、电视平台上堆满了东西,进去的人几乎找不到能落脚的地方。保姆打开门,对着卧室喊了声"米叔有人找",便忙去了。我们站在门口,在等米叔的时候,我环视了一眼屋子。米叔家的房子很大,屋里虽然堆放得乱七八糟,但装修得很好。餐厅的餐桌、椅子,客厅的沙发、电视,一看就是很上档次的东西。难怪小区里的人都说,米叔家里的装修是花了钱的。我仰头欣赏米叔家客厅顶上的水晶吊灯时,米叔穿着睡衣从卧室走出来,见是我们,马上不好意思地说,你们别笑话,我家里实在是乱得不成样子,老伴天天都在翻找东西,我也没办法。米叔和我们说话的时候,米姨穿着一身棉睡衣裤,光着脚从卧室里走出来,瞪着米叔说,你为啥跟她们说我闲话?米叔忙赔着笑脸说,我没说你的闲话,你听错了。米姨神色凝重地把目光又投向了我们。同事忙笑着说,阿姨,米叔是在夸你呢。米姨半信半疑,见我们一直站在门口,突然又问道,你们来我们家里干啥?我连忙说,阿姨,我们来看你和叔叔,看完就走。米姨沉默了一会儿,然后转身走进卧室。米叔喊来保姆把沙发上的东西挪走,我们这才落座。同事和米叔没说上两句话,米姨又从卧室里走了出来。米叔赶紧一步走到跟前说,你去卧室睡觉,我帮你看着东西。米姨突然用笑不是笑、哭不是哭的那种腔调说,家里到处都是贼,非把我的东西偷光了不可啊,我要自己看着。一看米姨这情形,同事拽了一下我的胳膊说,我们还有几家呢,就不打扰米叔了。米叔也没挽留。从米叔家里出来,同事跟我说,没想到米姨的病情这么严重。米姨以前我见过,人心眼挺好，也爱帮人，谁知竟得了这种病。米姨的病是啥时候得的呢？我忍不住问。同事想了一会儿说，好像是从米姨的女儿出国后得的吧。那家里人送到医院看了吗？我又问。咋没看呢，米姨这几年一直都在住院看病，我们这儿的大医院几乎都住遍了，病情就是不见好转。原来是这样。我心里立即像压了一块石头，沉甸甸的。

年前，米叔的女儿回来了。那天距离过年还有一周。那几天，我们办公室的人都在忙活着办年货，每天就留一个人在单位值班。米叔来办公室那天，恰巧我在。米叔提着几袋子东西推门走进来，我差点没认出。那天，米叔穿着一件深灰色的长大衣，头上戴着一顶黑色格子礼帽，看上去特别精神。米叔一进屋便问我，小李呢？我说上街办事去了，你有事给她打电话。米叔一边说着不了，一边把手里的几袋子东西放在办公室地上。我正要询问，米叔说，我女儿昨天回来了，带了不少东西，我给你和小李每人送一份，谢谢你们平日对我们老两口的照顾。要过年了，我提前祝你们新年快乐！我高兴地谢过米叔。送米叔要出门时，我随口说道，米叔，辞旧迎新，你女儿回来了，说不准年后米姨的病就好了。米叔听了，高兴地看着我说，借你的吉言，希望你姨的病真能快点好了。那一瞬，我从米叔溢满笑容的脸上，读出了大半年来少有的快乐和满足。

年后上班的第一天，我在小区门口碰到米姨母女两人正要出门。那天，米姨穿着一件颜色很鲜艳的红花棉衣，围着红围脖，戴顶黑绒帽，人看上去很精神。米馨挽着母亲的胳膊，看样子两人是要上街。米姨的女儿，之前我听李姐提过，说是叫米馨，年龄在四十岁左右，人长得很漂亮。那天一见果真名不虚传。米馨体型清瘦，留着齐肩微黄色的卷发，眼睛大大的，皮肤很白。乍一看就是活脱脱的一个小版米姨。米馨快走到门口时，李姐从办公室里走出来问米馨去干啥。米馨说，李姐，

旅 途

我妈这几天精神挺好，我陪着到街上转转。李姐说，难得阿姨有这样的好心情，你就多陪陪。米馨说那是应该的。目送母女两人走远后，我跟李姐说，米馨回来，我看米叔老两口的精神好了许多。我在这个小区上班快一年了，这可是第一次听说米姨想上街转转，真是难得啊。李姐说，米馨是个孝顺的姑娘，可惜就是嫁得太远了。以前我听米叔说过，当初不太同意米馨嫁外国人，但是没拗过。米馨婚后，曾接米叔老两口在德国居住过一阵子。那时米姨身体挺好，刚去那会儿老两口挺开心，人前人后很是自豪。但是时间不长就回来了，说是住在那里太寂寞，语言不通，电视看不懂，出门跟当地人没法沟通。这两年米姨身体不好，米馨回国多些。听李姐说完，我真不知道是该为米叔庆贺还是难过。

正月十五那天，我们物业办公室的几个人，忙完工作都吵吵着中午要聚会，在所有人都响应的时候，李姐接了个电话便匆匆走了。下午快下班时，我正准备锁门回家，李姐回来了。我迫不及待地问发生了啥事。李姐叹气说，米姨摔伤了，米叔早晨才通知我，因为事情着急就没跟你们大家说。跟李姐相处久了，不知怎地，只要李姐一提到米叔家的事，我便很是牵挂。于是向李姐打问起了米姨的病情。

李姐告诉我说，正月十四的晚上，米叔一家人一起吃晚饭时，米馨跟父母说，过了正月十五假期也就到了，家里的孩子也该上学了，她必须要回去了。米馨说这话时，米姨一直在一旁低头吃饭，自始至终没说一句话。晚上睡觉，米姨破天荒不让米馨陪，非要独自睡，米馨只好依了。没想到凌晨时分，米馨父女同时被一声尖叫惊醒，两人走到客厅一看，惊呆了。只见餐厅的饭桌上，高耸着一把椅子，桌面上堆放着一堆好像是从冰箱顶上抛下来的东西，米姨口鼻流血，侧躺在餐厅的地面上大叫不止。米叔说，米姨肯定是从餐桌的椅子上坠落地面的。米姨为什么要爬到冰箱顶上呢？我心情沉重地问。李姐说米叔也猜不透，只能估计是病情越发严重了。米馨则猜测说，从扔下来的一堆杂物里，倒是发现了几年前她照的几张小相，夹在一本书里，不知谁给放在冰箱顶上了。是不是找那个，谁也说不清。总之米姨是摔伤了。米姨住院后，米馨毫无理由地在家又住了一段日子，直到米姨出院。

米馨是三月底走的。走的那天，米姨、米叔、李姐、家里新找的保姆，以及我们办公室的人都出门相送。在小区门口，米姨的一只手紧拽着米馨的胳膊不肯放松，一只手不停地擦着眼泪。米叔站在一旁，强忍着不让眼泪流出来，在司机的再三催促下，米馨才一步三回头地上了车。那场面就像是嫁女儿那样，让人伤感不已。米馨走后，我在小区便不多看见米姨。米叔我们几乎每天都能碰到一两次。有时偶尔打个招呼，有时看米叔神情疲惫，我也就索性免了问候。倒是李姐，隔三岔五，总会去米叔家里帮忙做事。米馨走后两个月的一天，李姐从米叔家里回来神情很是阴郁。我询问原因，李姐唉声叹气说，米姨的病情越发严重了，这次住院时间肯定会很长。我忙问，米姨又摔倒了？李姐说，不是，这次是要去精神病医院住院。精神病医院？难道米姨真是精神病患者？在我的追问下，李姐讲了实情。

李姐说，自从米馨走后，米姨的病情日渐加重。倒不是摔伤，而是精神上的病。现在不光翻东西，还砸东西。家里的电视、茶几、碗碟，几乎无一幸免。这还不说，一天晚上，乘米叔和保姆熟睡的时候，居然手拿剪刀去刺家里的小狗，结果惹怒了小狗，手背和腿被咬伤，害得米叔和保姆打车连夜送到医院急救。听完李姐的话，我的心一下沉到谷底。李姐说完这事不久，米姨便住进了市郊的精神病医院。

有人第 N 次看见，米叔右手提着一个塞满东西的布袋子，左手牵着小狗，孤独的身影，久久徘徊在精神病医院的大门口。

（发表于《朔方》2018年第6期）

一只羊的独白

　　我的命是够硬的了，刚一出世，双眼黏糊糊地还尚未睁开，我的妈咪便两腿一蹬去了。隐约中听接生我的主人说："邪乎了，这小子就跟索命的一样，它一露头，母羊就魂游他乡了。"确认妈咪当真没有气息后，主人大栓似乎是伤感地用手抚摸了一下妈咪冰凉的尸体，然后对一直站在他身后，帮忙打下手的老婆说："母羊对我们家真是有功，你把羔羊抱回屋里，拿干布把身上给擦一下，在没满月前，把家里娃娃以前用过的奶瓶找出来，然后从大花奶头上挤些牛奶先给喂上吧。"大栓老婆听完，应声嗯嗯着从大栓手里接过了湿漉漉的我，迅速走向他家堂屋。

　　见天长大的我，一直视黄牛大花为我妈咪，把主人大栓看作是我亲爹。因为许多时，忙完一天农活的主人大栓，总是一手拿着装满牛奶的奶瓶，一手抱起尚站立不稳的我说："乖儿子，该吃奶了。"由此，我常肯定地想：我就是主人大栓的儿子，他若不是我亲爹怎么会天天亲自用奶瓶给我喂奶呢？应该是，肯定是。在我爹的精心喂养下，一个月后，我能行走自如地跟在我爹屁股后头撒欢了。能行能走，于我而言，是一件非常高兴的事，这预示着我能随我爹走进更广阔的天地了。清楚地记得，我第一次随我爹出去放牧是那一年春天的一个早晨。尚在睡梦中的我猛然听到我爹大声地吆喝着："咩咩，走咯，走咯。"我一骨碌站起来随着我的那些叔伯哥姐们就走，刚走了没几步就被我爹的老婆发现了，她便跟我爹说:"咩咩还小,随到群里行吗?"我爹用目光扫视了我一眼,然后对他老婆说:"这个不用你操心,我是干啥的?能让我乖儿子丢了不成?"说着我爹便啪啪甩了两声鞭响,听到指令,我的一帮哥姐们立即像训练有素的士兵开始井然有序地向村郊出发了。

那一天真是难忘啊!记得灰蒙蒙的天边刚泛了一丝鱼肚白,我和哥姐们刚刚拐上村口一条铺满青草的小道,还没容我们美美尝上一口嘴边鲜嫩的小草,我爹便耐不住寂寞地扯开了他那雄洪厚实的大嗓门唱起歌子。

我爹居住的那个村庄东临黄河西靠贺兰山,他的家乡有"五宝",而我就是"五宝"里的一宝——滩羊。滩羊在我爹他们居住的那个地方可是个物美价廉的好东西,能吃能用。据说,滩羊毛经深加工后可以做成羊毛毯子、羊毛床罩、男女羊毛大衣、羊毛围巾等物品,御寒效果特佳。滩羊肉则质地细嫩,脂肪分布均匀,膻味小,是肉类食物中的最佳滋补品之一。虽然我爹是人,我是羊,但我认为这并不妨碍我爹称我为"乖儿子"这一事实,而且从我出生我爹对我的好我一件件都给他记着呢。就像今天,从没出过远门,从没走进过广阔天地的我,当看到眼前一望无际的绿,看到天边刚刚露出的鱼肚白,看到朝霞的光芒像金子般洒在小村庄上空,看到自己身边满是翠绿的青草、满是挂满露珠的小白花、满是饱满而沉甸甸的庄稼粒时,作为羊的我竟也像人似的陶醉了。我忘了啃吃大自然馈赠给我的美味小青草,忘了是第一次随我爹走进大自然,忘了我尚不谙人事不知前途的险恶。我兴奋地、不管不顾地顺着太阳升起来的那个方向,一路撒欢一路嗅,不觉便将我爹、哥姐们撂出很远,独自来到了一个地上铺满鲜花、岸边长满青草、头顶挂满垂柳、不是仙境却胜似仙境的地方。抬头,仰望着蓝蓝的天、白白的云;低头,环视着身边美丽如画的仙境,我惬意地把自己平展展地轻放到了柔

旅途

软的青草地上，我想我是醉了，但分明又清醒着。我像个初生的婴孩，贪婪地吸吮着大地母亲赋予我的这份甘甜乳汁，心底却在猜想着我爹和哥姐们，此刻是否和我一样也在享受着这份美好呢？因着全身心的沉醉，我竟全然没有意识到，危险已悄悄临近我的身旁。就在我迷瞪瞪沉醉在这美丽的仙境中时，恍惚听到离我身边不远处，轻轻飘来了一个人说话的声音："老大，快看，前面躺着的那个羔子，体型不大，毛色光鲜，肯定是个鲜货，看样子我们今天要发财喽！"当确信这不是爹的声音，而且脚步声渐渐临近我的身旁时，我条件反射地噌一下跳了起来。真是没想到，平日连个小土坎都迈不过去的我，在危险即将来临的那一瞬，竟然想都没想嗖地一下蹦过了一个两米宽的小水渠，这是我未曾料想到的。跳过水渠的我，回头匆匆望了一眼渠对面欲擒拿我的人，然后凭借着印象，拼尽全力地向来时的路撒腿跑去，边跑，我边咩咩地大声叫唤着我爹。冥冥中我觉得爹肯定能听到我的求救声，而且，我还感觉到我爹肯定就在不远处，或许此刻也正着急慌忙地找我呢。于是，我更大声地咩咩着，奔跑着，任田间泥巴沾满我瘦小的蹄子，任树叶携裹着风声硬生生地刮疼我稚嫩的脸蛋。就在我奔跑得快没气力，感觉到想抓我发财的那个人一伸手就能把我拽住时，我爹竟突然从天而降了。他像一尊神，手执鞭子金刚似的一下站在了我的眼前，我腿一软咚地一声跌坐在了我爹脚边。这时，我就听我爹对追我的那两个人说："这是我的羊羔子，你们追啥呢？大白天的想抢吗？"追我的人，冷不丁看到我爹突然出现在他们眼前，先是愣了一下，接着便一个急刹车站住了。他们喘着粗气，用眼角的余光很快在我身上扫了一眼，然后对我爹说："老栓，知道是你的羊羔子，我们路过追着玩呢。"说完不等我爹发话，掉头匆匆地走了。见此，我爹便也不再追究。他低下头对还在发着抖的我说："乖儿子，你胆也够大的了，发现你不见了，爹转了三道渠三道弯，寻着你咩咩叫的声音，一路寻来，总算是找到了你。多危险啊！爹要来迟一步，再过两时辰，你小子不定是哪一家食堂的爆炒羊羔肉，该出锅了呢！瞧，咱爷俩有缘吧！"

这有惊无险的事过去没多久，我又给爹招惹了一桩事。

那是一个大雨滂沱的晚上，吃了爹配好的草料后，哥姐们都休息了，唯有我不知那晚是怎么了，兴奋得有些失态。夜很深了，丝毫没有睡意的我，激动地依旧在圈里蹦来蹦去，我的行为激怒了我的几位同类大哥们，他们在警告了我几遍，见我依旧我行我素不把他们放在眼里时，终于忍无可忍地从草地上一跃而起，一头将我顶到圈门外，且发狠地说，别认为主人把你当乖儿子看，你就有恃无恐不把我们放在眼里，你是不是也把自己当人看了？既然觉得自己也是人，那我们这里就不能容你，我们都是羊，你还是去找你那个属人的爹去睡吧。说着还没容我反应过来，他们便将我推出门外且一下闩死了门，任我怎样踢打也不开。站在圈门外的我迎着风，淋着雨，心一下冷到了极点。我不明白我的哥哥们怎么突然一下变得那么狠，且还说着那样的话？一向身体单薄的我，哪经过这么大的狂风暴雨，不消一刻钟的工夫，我便被大雨淋了个落汤鸡，浑身冻得直哆嗦。没办法我只好再次拼命地对着圈门叫唤着，嗓子喊哑了，泪也流尽了，可是哥哥们就是不放我进去，无奈之下我只好冒着雨蹒跚着来到我爹的屋檐下避雨，阵阵袭来的寒风和暴雨冻得我颤抖不止，我蜷缩在我爹的门下大声地咩咩叫唤着，心里期盼着爹能很快听到我的求救声。风声夹着雨声远远超过了我的呼救声，就在我感到绝望和快要被冻死时，像是心有感应似的，爹的大门突然打开了，我真切地只听到了我爹的一句："这么大的风雨我不放心圈里的那些羊，还是去看看才能放心。"之后，便什么也不知道了。等我清醒后，我发现我已经躺在爹热烘烘的土炕上了。爹坐在我身边睡眼惺忪地看着我，

旅 途

见我睁开眼抖动了一下身体，爹立即惊喜地对睡在他身后的老婆说："我乖儿子命大活过来了，快端点水来饮饮。"听爹说这话又眼见我真在动弹，我爹的老婆麻利地披衣下炕，很快就弄来了水。爹将我的嘴按在水里，我满足地饮了一大口。都说人怕死，那一刻，我想我怕死的心情不比人差。虽然我尚不完全理解生与死的概念，但晓得爹把我抱到他们的热炕上喂我水喝肯定对我是有意义的，或者说白了是在救我的命。喝了水见我还是抖个不停，爹又拉过来一床又厚又大的棉被把我紧紧包裹在里面，嘴里且不停地祈求着：老天爷，你可要救救我乖儿子的命，不然我老栓的心血就白费了。

自我出生主人就有恩于我，一直把我当乖儿子看，虽然我是畜类，他是人类，但在我心里我觉得我们就是同类，是没有人畜之分的。我在我爹面前一直很乖顺，就像此刻我爹让我喝水我就喝，我爹让我睡觉我就乖乖睡，惹得我爹的老婆不停地咂着嘴说："这小牲畜还真跟你有缘，给我儿子喂水他还没有这么乖顺呢。"我爹听了他老婆的话，一手梳理着我的卷毛毛，一手轻轻拍着我的小脑袋说："我和这个小东西今生有缘么，不是有句话这么说来着，有缘今生来相会，无缘对面不相识。"我爹的老婆听了我爹那句文绉绉的话，用白眼瞅了我爹一眼，然后撇着嘴酸溜溜地回了我爹一句："穿的是皮海（皮鞋，方言），走的是渠坝，土枪打的是洋子子（子弹），还把你时髦得不行。"说完我爹的老婆自顾自地去睡了，从老婆那里讨了个没趣的我爹，猛地一下将我按倒在热炕一角说："从小到大你就没有让我省心的时候，上次差点被人弄去爆炒了，今晚这么大的雨你不好好待在圈里又跑出来撒什么欢？不是爹发现得早又差点丢了小命，你说你啥时才能让我省心呢？"说着爹一下拉灭了灯，且麻利地钻到他老婆被窝去了。黑暗中眨巴着眼睛的我，不解地想：我是爹的乖儿子，他不和我睡一个被窝，偏要钻进他老婆的被窝，看样子爹是真生我的气了。不管爹有没有生我的气，我想我都要做他乖顺的好儿子。

日子似流水，不知不觉又流走了许多。秋天即将来临之际，没想到，真是没想到，身为羊类的我，竟然做了一件让人类刮目相看的事情。

秋天，农民收获的季节，我爹和他老婆也不例外，忙着收获他们辛苦了一年的庄稼。那天，天刚蒙蒙亮，我爹就扯着他那粗犷的高嗓门，吆喝着我们和他一同下地。到了他家田垄，爹和他老婆迅速忙去了，他忙他的，我们则悠闲地开始在他家田间地头游来荡去。也不知过去了多久，也或许是日上三竿吧，我爹似乎干活干累了，肚子饿，又怕回去填肚子田地里的活计落下，便吆喝他老婆说："我在地里先干着活，你回去弄些吃的提到地里来。"我爹的老婆答应着便开始收拾回家，我因着上次走丢的教训，再出门都是紧跟我爹不掉队，害怕再次走失让别人掳了去爆炒。可是，今天不同了，不知怎么的，我特别想跟我爹的老婆走，特别想陪她一同回家。我想，怎么着我们是一家人，她既是我爹的老婆，从某种程度上讲应该算是我的一个半拉子娘了，虽然我没吃过她的奶水，但心里感觉还是很亲的，陪她回家安全应该没问题。于是，我爹的老婆前面走，我咩咩叫着跟在她屁股后面。起初我爹的老婆不想带我走，轰了几次，见我死皮赖脸不愿回田地间，便不再轰我且高声对我爹说："咩咩许是想跟我回家，我带他走了，一会儿就回来。"就这样，我和我爹的老婆欢快地回家了。到家后，我爹的老婆忙忙碌碌地开始喂鸡喂猪，我则悠闲地在她家房前屋后嗅来嗅去，觉着她快忙完了，我便来到了她常吃饭的那个小伙房门口等。我等呀等，左等右等就是不见她出来，心里便有些生气，心想：我爹也不知饿成啥样了，我爹的老婆她咋是这样的一个人呢？自己吃饱了就不管我爹了，是不是在屋里偷懒睡觉？这么想着我便蹑手蹑脚地走进了她家伙房。天哪！我眼里看到的画面竟是：我爹的老婆仰面朝天地躺在湿漉漉的地上，身旁是一盆打翻了的水，水已经把烧着了的柴火浇灭。我惊悚地走到浑身被水浸泡着的我爹老婆身旁，看到的是一张煞白和紧闭双眼的脸。我害怕了，用鼻子赶快嗅了嗅我爹老婆的鼻息，她竟然啥反应也没有。我一下子紧张起来，又对着我爹老婆的脸拼命地连叫了几声，还是没反应，情急之下我又用我瘦弱的蹄子对着我爹老婆的大腿连踢了几下，我爹的老婆还是纹丝不动，一点声响没有。这下我可真是害怕了，心里的第一个想法就是：我爹的老婆是不是快死了？我不敢往下想了，迅速十万火急地转身向我爹干活的田垄跑去。我一路跑一路咩咩着，只听风声在我耳畔嗖嗖地响，路上偶有干活的村民见我疯癫狂跑的样子，禁不住大叫起来：快看么，老栓家的羊羔子八成是得羊角风了。听着村民们的戏谑声，我本想止步对着他们怒吼两声，又一想还是救我爹老婆的命要紧，他们爱怎么说就说去吧。这么想着我便加快了步伐，似乎用了不长时间，我便上气不接下气地跑到了我爹身边。正干活的我爹见我气喘吁吁地站在他眼前，一个劲地咩咩叫着，且还不停地用牙撕咬着他的裤脚，开始是不明就里，后来又一看我身后始终没出现他老婆送饭的身影，便突然茅塞顿开，也或许是心灵里的一种感应吧，他扔下手里干活的家什，撇下我撒腿就往家中跑去。由于我的及时报信，我爹的老婆终于得救了。据说，我爹的老婆是因劳累过度引起的片刻眩晕。但不管怎么样，这件事之后我曾亲耳听到我爹对他老婆说："想不到那畜生挺有灵性，真是没白养。"爹说的灵性是啥，我还真不懂。

其实，真正让我爹感觉我有灵性的是不久后发生的另外一件事。那是寒冬的一个夜晚，那晚北风儿呼呼地刮着，刮得人毛骨悚然，我和我的叔伯哥姐们蜷缩在一起不停地咩咩叫着。听到叫声的我爹怕把我们冻坏了，便来到圈里给我们加了一些草和料，临走又把圈四周用草帘围了围，圈里的风似乎小了些，我们便安静地入睡了。也不知过了多久，一向体弱睡眠轻的我，突然被一阵窸窸窣窣的声音惊醒。开始我以为是风声，可是侧着耳朵听了许久后才感觉到不是风声，我心里一惊赶快睁开了双眼，黑暗中我隐约看到一个酷似人的身影在圈里晃动着，手里好像还提着一个大大的蛇皮袋。自小到大我虽然没见过贼，但听还是听说过的，我噌地一下从熟睡的哥姐们的腿下站起，并且大声地咩咩叫唤开了，睡得迷迷糊糊的哥姐们霎时全被我的叫声惊醒了，他们以为我又犯了上次的错误，正想发怒发威教训我时，没承想发现眼前站着一个胆大的偷羊贼。只见此刻的偷羊贼，不管不顾地正将我的一个小妹妹往蛇皮袋里塞，我的哥哥们一见这情形，立即用头去顶偷羊贼。

可是，我们羊类哪是人类的对手啊，头颅还没顶到偷羊贼身上，就被偷羊贼一把从脖颈给捋住了，一位哥哥摔倒了，又一位哥哥顶上去。前仆后继的人羊大战，最终以人类的胜利而告终。我的又一位大哥，在我们一群羊的眼皮下，被偷羊贼硬生生地给拉走了。眼见偷羊贼越偷越勇，我心里不免犯了嘀咕：我体型又瘦又小的，搞不好偷羊贼临走顺手捋走的就是我。想到这一点，霎时我有些心慌害怕了，便想：与其让偷羊贼临走捋走我，还不如趁现在还没引起他的注意赶快溜出去给爹报信，让我爹救我们。有了这想法，我便溜到了敞开了一条缝的圈门边，趁偷羊贼不备一下窜出去，狂奔着来到主人门前大声咩咩叫着，并用头使劲拍打着爹的门板，我爹终于被惊醒了。他先拉亮了院门外的灯，然后打开了门，见是我站在门槛前，他不满地刚想发作，突然再次又心有感应似的往圈里疾步走去。估计是预感到来贼了，我爹一把抄起了圈门外的一根大木棍，可是等他拉亮了灯到圈里四处寻找时，却早已没了贼影。我爹气恼地狠狠跺着脚，然后开始仔细清点羊数，当确信被贼捋走

旅途

一大两小三只羊后，我爹心疼地一下蹲在羊圈里，久不作声。

天亮，我爹和他老婆再次来到圈里，四处查看了一番后，我爹对他老婆说："从今天起我们要把圈再加固一些，圈门多上一把锁。我的乖儿子昨晚又给我们家立了一大功，以后可要好好善待。"我爹的老婆爽快地应承了。

听了爹的话，我心里的那个美劲，真是无法形容啊！一晃我成年了。我发现我成年是因着那么一件羞于启齿的事。那天，爹徒步几十里把我们带到了金沙湾的山脚下。每年春天，金沙湾桃柳夹岸，水波荡漾，黄河滔滔，站在金沙湾的最高处，俯瞰金沙湾全景，会让人心醉神驰、意乱情迷。置身奇景时，我觉得我的感觉不亚于人类。我眼里看到的是红红的太阳当头照，照得人心里暖洋洋；蓝蓝的天空没有风，青青的草儿脚下铺。我幸福的爹儿青草上躺，嘴里哼哼着自己瞎编的歌，不是什么黄土坡啦，就是什么草原啦，反正都是我听不明白的歌。

爹很带劲地唱着他的歌，可是我的心却早已飞出他的歌声外。爹久久陶醉在他的歌声中，我的哥姐们也长久地沉醉在这人羊共处的浓浓亲情中。他们囫囵地倾听着我爹的歌，三个一群两个一伙有玩顶角的，有母女俩悄悄说私房话的，有低着头品味嫩草的，有聊天说笑话的，还有腆着肚皮晒太阳的。此刻，唯有我一直跳动着一颗意乱狂躁的心，含情脉脉地注视着我的同类小胖妹。突然我感觉到我的身体内有根兴奋的神经在指挥着我，让我情不自禁。每当看到走过我身旁的异性妹妹，我便有一种跃跃欲试的冲动。尤其当看到我身边不远处，我那胖墩墩圆乎乎的小妹妹，撅着她那毛茸茸的小胖屁股悠闲啃吃青草的模样时，我便恨不得一下将她揽入怀中。可是，我还是忍了。因为我不知我是怎么了，在迷茫彷徨中，我烦躁地度过了一整天。第二天，原想爹会继续带我们去看那风吹草低见牛羊的美景，没想到爹却对他老婆说："昨天堂兄带话来,说正在大棚里干活的三大伯突然跌倒,没送到医院人就去了,今天我去送送。唉!"爹叹息了一声接着说道:"你说,好好个人怎么说没就没了呢?人要是能预知到自己哪天死该多好啊。"爹的老婆听完不屑地看了我爹一眼说:"想那么多干啥?只要活着活好,到死的那天,阎王爷爱咋收就咋收吧,谁还能把阎王爷管住。"见爹不再吱声,爹的老婆继续说道:"你去吧,今天我边放羊,边打些蒲草回来搓绳用。"爹嗯了声。爹走后,爹的老婆便挥舞着往日爹拿的那条鞭子,吆喝着把我们带到了村庄外一个长满蒲草的湖滩边。到了湖滩边,爹的老婆麻利地忙自己的事情去了,没了爹的约束,我和我的哥哥们就像脱了缰绳的野马,兴奋地狂奔在长满青草的湖岸边,我们唱我们跳我们……这时,我忽然看到我的一位哥哥在大庭广众之下,竟麻利地将自己肥胖的身体,攀附到了我的一位同类异性妹妹身上,我的脸瞬间红到耳颈,身体的某处迅即也膨胀得像要爆炸似的,我忍了几忍,压了几压,终没压住体内的欲火。霎时,我突然明白了,我长大了,我应该是个成年公羊了。于是,欲火难耐的我也学着哥哥的样子,很快走到我心仪已久的小胖妹身边,趁小胖妹不注意,用我那瘦得可怜的屁股,狠蹭了一下小胖妹的肉屁股。正吃草吃得津津有味的小胖妹,冷不丁被蹭了屁股,惊得一下掉转身,当看清是我,又妩媚地笑了。

我们互递着眼神来到了一个僻静处。一切尽在不言中。情窦初开的我和我那小胖妹,学着哥哥和姐姐们的样子,将身子攀附在一起,我们咩咩地叫着。就在我们感觉尚未尽兴时,我爹的老婆扯着大嗓门,挥舞着鞭子突然站到了我们的身边,当看到瘦弱的我正兴奋地趴在小胖妹身上时,我爹的老婆惊呆了,好一会儿才回过神的她,突然大着嗓门骂了句:"畜生!"那天之后,我天天想着我的小胖妹,根本无暇去细究我爹老婆说过的那句话。

旅途

半月后的一天清晨，我爹一反常态地早早起来给我们喂食了料草，然后认真地清扫了圈内外。之后，我爹又指示他老婆端来一盆清水放在圈门口。看到他们所做的这一切，我当时竟天真地想：是否我的家族又要降临小生命，或者是我爹突发奇想地要给我的哪个小弟妹洗洗澡顺顺毛呢？可是，我想错了。当不明就里的我连蹦带跳地蹦到清水盆边时，我竟然在清澈的水盆里，看到了一把锋利无比的小刀和一截细绳。我惊悚地后退了几步，吓得不敢再往下想。对于这两样东西，我们羊类是再熟悉不过了，尤其是成年公羊。直言不讳地讲，这两样东西就是割断我们繁殖生命的本能的索命绳。所有牧羊人都会在我们快成年时，挑上一两个特别健壮的公羊留作种羊，其余的则会被全部骟掉当羯羊饲养。

其实，我也早想到了作为羊类，我迟早会有这一天。但是，没想到这一天竟然来得是如此之快。此刻，看着清水盆里明晃晃的小刀和那一截细绳，往日里的优越感瞬间荡然无存，无论爹往日怎样喊我乖儿子，怎样疼爱我，我如何心急火燎地去救我爹的老婆，如何不惧贼寇地去给我爹报信，所有这一切均不能改变我是羊类的事实。此时，我只能无声地、傻呆呆地听爹安排我的命运。接下来我真切地听到了我爹对他的老婆说："这次把我的那个乖儿子和大壮一起留下吧，大壮是没啥挑剔的，就是我那乖儿子瘦弱了些。虽说瘦弱，但那畜生有灵性，其余的都骟了吧。"爹的话，瞬时重又点燃了我心中的希望……

（发表于《朔方》2010年第2期）

邻家虚掩的门

客厅的门敞开着，母亲在刮鱼鳞。我轻轻走到母亲的身后，仔细端详着母亲刮鱼的那双手。母亲的手短而厚，我疑惑，一尺长的鱼母亲该如何抓得牢？又如何刮得净？出乎我意料，光溜水滑的鱼竟如钉在母亲的手掌心，我惊讶于母亲的娴熟，换作我，不是被鱼鳞扎破了手掌就是被刀片划伤了手指，可是母亲的手却完好无损。我仔细盯着母亲的手，像欣赏一幅画，欣赏一件工艺品，想象着这双手是怎样将我迎接到这个世界上，又是怎样将我抚养长大。

母亲边忙活，边随口问我："今天怎么这么早回家？"我说："我爸不在家，今天单位工作不忙正好回来陪陪你。"母亲哦了声又问我："刚才进门看见邻居家的门开着吗？"我答开着，母亲不再吱声。

母亲3岁时外祖父病逝，9岁时外祖母撒下母亲撒手人寰。年长母亲15岁的大舅，在大舅妈的极力阻挠中执意收留了母亲。母亲一生没念过书，没念过书却并不代表母亲笨。母亲16岁时是生产队的妇女小队长，18岁时既是本村妇女大队长，又是全村最年轻的女党员。19岁那年，母亲幸运地嫁给了村里唯一一个吃公家粮的人。记得有一年，全家人闲聊，哥哥无意问起父亲当年怎么就看上了大字不识一个的母亲？父亲笑呵呵回答说："别看你们的妈妈大字不识一个，人却聪明得很。"父亲说母亲聪明，这话我信。

旅 途

自小到大,我在同村同龄小伙伴中穿戴最漂亮,这大概得益于母亲天资聪明之一。母亲有双灵巧的手,不论是新买来的布料还是大人们穿剩的旧衣服,但凡经了她的手,必定会给我变成一件时髦的新衣裳。记得上小学时,我不是被母亲打扮成小海军的模样,就是被打扮成旧时标准的女学生形象,母亲给我裁剪的新衣服,常常招惹得我身边的女孩们羡慕不已,这样的情形一直持续到我上了高中,有了自己的审美观,母亲才肯罢休。母亲的厨艺在本村妇女中也是数一数二的,尤其母亲炖的红烧肉,但凡吃过的人总会念叨许久。说母亲不识字,母亲的心算却比念过师范的父亲算得准、算得快,这主要表现在琐碎的日常生活中。偶尔家门口来个小商小贩卖东西,往往东西买到手,没等父亲计算出来,母亲已流利地说出那串数。每当这时,父亲便会惊讶地审视母亲一小会儿,而母亲看到父亲欣赏的目光后,定会沾沾自喜地说上一句:上过大学也不过如此嘛。母亲的人缘好,在村里也是有目共睹的。在母亲眼里人都是一样的,母亲常说不论是穷人还是富人,不论是当官的还是老百姓都一样,不定哪一天或许富人会变穷,或许穷人会变富。许多年来,我一直效仿着母亲的处世哲学,别说还真是门学问。现今,我的朋友遍及各省市,每当我心中有了难事,无意打通任何一位朋友的电话,朋友会像春天的太阳,给我以温暖,给我以帮助。

母亲用手拨弄着一条约有3斤重的鱼说:"这是条草鱼,早上才从湖里钓上来,中午我们就炖着吃。"我说好,正要伸手帮着母亲刮刮鱼,咚咚咚三声敲门声,吸引了母亲的注意力。有人在敲门?母亲一边询问着,一边急匆匆扔下手中的鱼,我正要回答说客厅里的门是敞开的,母亲却已快步走到了门口。陌生人在敲邻居家的门,母亲站在自家敞开着的门口,警觉地盯着门外的陌生人。一声二声三声后,陌生人瞅瞅母亲,然后说:"门开着,咋没人应声呢?"母亲答:"可能主人在忙吧?"陌生人犹豫了一下转身往楼下去了，母亲返身继续去刮鱼。

　　许久以来我以为母亲爱刮鱼不爱吃鱼，后来我才知道，其实母亲最爱吃鱼了。一年，我们一家人在餐厅给大舅祝寿，记得服务员刚端上来一条红烧的大鲤鱼，没等寿星大舅动筷子，我便抢先拨拉着鱼头要吃，大舅立即笑呵呵地说："都随你妈爱吃鱼啊。"原来我妈爱吃鱼？见我露出惊讶的表情大舅娓娓说："你们这些傻孩子，只知道让大人记着你们爱吃啥，却从来不关心大人的喜好，其实你们的妈妈最爱吃鱼了。你们的妈妈跟大舅生活的那些年，因为大舅家里的生活条件不好，直到出嫁也没吃上几顿好饭、穿过几身好衣服，更别说吃鱼了。"听完大舅的话，我突然眼眶发酸，感觉很内疚，是啊，这么多年作为儿女我们却真的不知道自己的母亲究竟喜好什么。红烧鱼母亲没吃几口，母亲笑呵呵地说："我是当妈的，哪能跟孩子们抢着吃，孩子们吃了就是替我吃了。"许多年后，当我也成了一位母亲，我才明白原来世上的母亲都一样。

　　母亲一边刮着鱼，一边跟我说，她像我这么大时，成天被大舅妈指使得团团转。种地、割麦、放羊、喂猪、带孩子，刮鱼就是那时学会的。刮鱼看似小事，其实不简单。首先不论什么样的鱼，刮鳞之前先要会拿捏，拿不稳、捏不住，贸然去刮，不是刮破了手，就是溜掉了鱼。母亲说她19岁那年跟我父亲结婚，那时我父亲刚参加工作不常回家，大伯是村主任成天忙，大妈隔年就生一个孩子几乎不做家务，祖母身体又不好，父亲一大家子的活计就她和70多岁的祖父在操持。母亲每和我聊起当年的一些往事，言语中都充满了对父亲的怨恨。我了解母亲，于是说："妈，你是不幸的但也是幸运的。不幸的是外祖父母早早离你而去，幸运的是你遇到了我爸这个人，既有文化人又长得帅，还把你一个不识字的农村人转成了城市户，你该知足了吧。"本在伤感的母亲听我这样一说，嘿嘿一笑，继续忙乎去了。

旅途

母亲住的这栋楼外观很旧，但楼里的住户却将自家收拾得窗明室净。整栋楼共有6层6个单元，每单元住12户人家，两家一对门，住户很杂，做什么工作的都有。父亲是位有着40多年工龄的老教师，前20年自己住单身，后20年单位论资排辈给分了这套房改房。从农村的小土房，到父亲单位的宿舍楼，再到住上80平方米的单元楼。搬进新家的那天，母亲一脸喜悦地逢人便说，自己的日子总算熬出了头。母亲是个容易满足的人，因为满足心中便常常充满快乐。母亲的快乐时常体现在对左邻右舍的帮扶上。邻居张先生一家只要外出，总会把自己饲养的宠物狗托付给母亲。因为在张先生眼里，只有像母亲这种心中充满了快乐的人，才会视帮人为一件快乐的事情。而母亲接到委托后，也定会尽心尽力地将邻居所托之事做好。又比如李先生一家出去旅游，家中年事已高的母亲总需要有人照看几天吧，母亲便又成了李先生的委托对象。母亲一辈子没与人结过怨。母亲的对门换了三家，前两家与母亲相处甚好，至今往来不断，唯独年前新搬来的邻居让母亲闹心不已。那是一对新婚夫妻，不知什么缘故，自搬进楼的那天起，总是吵闹不断。一天凌晨，已经睡了的母亲突然被一阵噼噼啪啪的打闹声惊醒。母亲披衣下床，在屋子里静听了一会儿后，判断出了打闹声源自于对门，天生心肠软的母亲推门就要出去看究竟，却被父亲拦住了。父亲说小两口床头打架床尾和，还是别去掺和好。母亲没听父亲的话，母亲敲开了邻居家的门。女邻居衣衫不整，男邻居剑拔弩张。一看这情形，母亲立即以长辈的身份呵斥了男邻居一番。碍于面子，男邻居神情有些松懈，哪知女邻居为了泄愤却乘势在男人白净的脸上抓了一把，霎时，几个清晰的指甲印便落在了男人的脸颊上，被偷袭了的男人气急败坏地抓住女人就要暴打，说时迟那时快，母亲像个英雄一样一把推开了女邻居。一个趔趄，女邻居的头不幸磕到了客厅墙的一角，女邻居哇地一声惨叫，吓住了男人，见此，母亲慌了神，正要伸手去扶女邻居，却被其气呼呼一把推开，母亲只好尴尬地回了家。那以后，女邻居再看母亲便没了好脸色。但母亲是个大心肠人，母亲不在乎，母亲觉得她是在帮人。那天，如果她不敲门，谁知接下来会发生什么事情呢？母亲依旧故我，但接下来发生的几件事让母亲更闹心。一天，年轻的女邻居不知何故将自家屋子里的一盆花搬到了楼道内，整三天女邻居既不将花挪到屋子里也不给干渴的花浇浇水，母亲每天楼上楼下地走，眼看着盆里的花就要渴死了便动了恻隐之心。那天中午，闲着无事，母亲先将花盆里的叶子冲洗了一遍，然后回家将头天洗鱼过滤出来的血水浇在了花盆里。多年来，母亲一直这样养花，母亲以为她是在帮人做好事，没想到中午，下班回家的女邻居看到自家花盆边残留着的血水，便在楼道里嚷嚷起来，意思就是什么人这么缺德，咋能把脏水倒进她家的花盆里。母亲离得近，听得也最清，听女邻居嚷嚷得起劲，便笑吟吟走出自家屋子解释说，她看这盆花快干死了，便用洗鱼水给花施施肥，说十几年来，自家的花就是这样施肥的，长得旺。女邻居听完母亲的话，不但不领情反还责备母亲说："你家的花爱怎么施肥你尽管施，我家的花不需要。"好心遭了一顿责备，让母亲很闹心。

让母亲闹心的第二件事情是花盆事件不久，女邻居家出现了一条类似大狼狗的宠物狗。毋庸说，那是女邻居买来的。宠物狗有母亲半身那么高，黑黝黝的皮毛，黑玻璃球似的眼睛，样子看上去很凶狠。一天清晨，母亲早起锻炼，推开门忽然看见楼道扶梯上拴着那条狗，吓得母亲哐当一声又关上了门。母亲在屋子里转悠了好久直到听见女邻居唤狗下楼才敢出门。下午，母亲在小区碰见一起下班回家的男女邻居，立即走上前委婉提出了自己的意见，意思就是她们养狗她不反对，但为了安全起见，希望他们往后最好别把那条狗独自拴在楼道里，以免伤人对大家都不好。男邻居对母亲提出的意见表示接受，女邻居则有些不高兴了，说母亲没有生活情趣，说母亲不通情达理。说到最后拂袖而去，但那以后母亲在楼道倒也再没遇到那条狗，不知是碰巧了还是母亲的话起了些作用。

母亲侍弄的鱼终于下锅了，浓浓的香味很快扑鼻而来，就要开饭了，咚咚咚三声敲门声，再次吸引了母亲的注意力，母亲立即问：有人在敲门？我说是化缘的和尚在敲邻居家的门。听我如此说，母亲放下手里的活计，快步走到门口。化缘的和尚还在敲，母亲说："别敲了，邻居在休息。"说完递给和尚几块零钱示意人家快走，和尚拿着钱转身往楼下走去。母亲返身继续去做自己的事。我跟在母亲身后，疑惑地想：母亲今天是怎么了？怎么管起了邻居家的事？莫非那几件事把母亲气出了病？我百思不得其解。饭菜上桌后，我顺手关上了客厅门。已经落座的母亲听到关门声，马上念叨着说屋里的空气不太好，然后起身又拉开了客厅的门。吃饭时，想到母亲的反常，我说："妈，隔日我抽空带你到医院查查病。"母亲立即嚷嚷着说自己没病，我没好气地回敬母亲说："你没病，我咋看着你行为有些反常呢？"母亲气得不再理睬我，独自闷头吃起饭来。

母亲究竟是怎么了呢？午休时，我仔细回想着，从上午10点我走进家门到吃过午饭，近2个小时竟然多次提到了邻居家的门，这让我断定母亲必定是精神出了问题。吃完午饭，我让母亲去休息，说锅碗由我来洗刷。母亲坚持让我去休息，说她反正也睡不着，还是由她来侍弄。我很疑惑，前几日我感冒回家找药吃，母亲批评我说，年纪轻轻身体竟那么弱，以后要多向她学习，能吃能睡身体才会好。怎么仅过了几日，她就睡不着了呢？于是我再次建议母亲隔日到医院查查。母亲依旧说自己没病，见母亲如此坚定，我不再坚持。

母亲在洗刷锅碗,我顺手又关上了客厅门。听见响声母亲过来重又拉开,我气恼地说:"今天总开着客厅门,你到底想做什么呢?"母亲敷衍我说:"今天家里的空气不好,我要多吹吹风。"我不再理她,赌气转身休息去了。午休起来,我看见客厅的门敞开着,母亲斜躺在靠门的沙发上在假寐,便没惊动径直上班去了。下午,因为心里一直牵挂着母亲,干什么工作都心不在焉,于是,我提前下班匆匆往家赶去。走进楼道门直觉告诉我,家里的门应该敞开着。果不其然,客厅的门敞开着,母亲斜躺在靠门的沙发上,见我回来了忙坐起身问我晚上想吃啥。我没回答母亲的问题而是生气地说:"你整天敞开着门,我看你是真病了,而且病得不轻,明天无论如何要去医院查查。"听我这样说,本欲起身的母亲重又坐在沙发上。我走进卧室放下包,然后到厨房收拾做饭。这时就听楼道里有个女人的尖叫声忽然传进屋子里,女人说:"天哪,老公,我们早上出门竟然忘了锁门,家里的东西不会都丢光了吧?"接着就听有人噔噔噔往楼上跑,少顷我听见了母亲的说话声,母亲说:"年轻人,往后出门一定要记得锁门啊!"说完哐当一声关上了客厅门。我愣怔地站在厨房,心里面瞬间五味杂陈,说不出什么滋味。

隔天,女邻居破天荒送了母亲一条红纱巾。

(发表于《灵州文苑》2017年第3期)

男孩与猫

男孩终究没能抢救过来。男孩的坠楼，一时间成了人们心中的一个谜团。

男孩与我同住一个小区，我们是前后楼的邻居。男孩家住2号楼9层，我住1号楼10层。站在我家的后阳台上，可以清楚地一览男孩家的客厅布局。男孩6岁之前，我几乎没怎么在小区里碰到过。听邻居们说，男孩父母的工作都很忙，男孩是在爷爷奶奶居住的地方上的幼儿园。我真正认识男孩，是我女儿然然要上小学一年级，报名的那天。

那是一年的秋天，我带女儿到学校报到。在一年级新生报名处，我碰到了男孩和男孩的妈妈。男孩妈妈我们在小区里见过面，但一直没搭过话。我给女儿填写报名表格时，男孩的妈妈已经填写完毕，却没有走。等我填写完，男孩妈妈主动过来跟我说，我认识你，我们是一个小区的邻居，很高兴我儿子和你女儿成了一个班的同学。见我很认真地在听，男孩妈妈接着说，我在一家公司上班，叫李梦秋。我儿子叫王远航，刚刚6岁。真好，以后两个孩子可以天天结伴上学了。男孩妈妈终于不再说话。我说，就是的，我们是在小区里见过面，我女儿叫然然，也6岁。我叫青青，在一家事业单位工作。说完，我又八卦似地追问了一句，我听邻居们说，你还是个公司领导呢，女强人啊！听我这样说，男孩妈妈立即满脸笑意地跟我说，那都是小区邻居们高抬我了，我就是一个小公司的负责人。我家老公是个公务员,管理着一个单位的80多号人呢,人家那才叫领导呢。男孩妈妈说话的艺术,以及言语间流露出的那种自豪感,让我由衷地佩服。男孩妈妈说话的间隙,我仔细端详了下,发现眼前的这个女人不光会说话、颜值高,敏捷的思维也远远超过了我们这些人。男孩王远航,个头不高,长相酷似妈妈,皮肤白白的,眼睛黑黑的亮亮的。我们说话时,一直不停地在旁边蹦来跳去,看上去很淘气。男孩和我女儿成为同学后,有关男孩的一些事情,我便又从女儿那里得知。

男孩上一年级时,男孩妈妈和我几乎每天都能碰面。有时碰上刮风下雨的天气,男孩妈妈也会邀请我搭乘她的私家车顺路回家。那时,出现在我眼前的男孩,不是顽皮地和同学们推来搡去,就是硬拽着妈妈的衣襟往玩具店里钻,性格看着非常活泼。

我发现男孩发生变化,大概是三年级时。三年级下半学期的一天下午,我下班回到家,一推门忽然看见男孩和我女儿并排坐在餐桌前写作业。见我进来,男孩立即站起身,轻声问了句阿姨好,便低头继续写作业去了。我放下东西,给两个孩子每人拿了一包饼干放在桌上,然后到厨房做饭去了。约莫半个小时后,女儿走进厨房,跟我说两人的作业都写完了,她要带着远航去看小猫咪。女儿的小猫咪是一个月之前,我去逛街看见有人卖猫咪时抱回家的。当时看着小猫咪拳头那么大点,浑身雪白雪白的,很是可爱,一冲动便给女儿买了。猫咪买回家后,女儿喜欢得不得了,只要有空总会逗猫咪玩一会儿。一次玩得过头了,惹恼了小猫咪,手臂被抓了一把。于是我叮嘱女儿说,远航是个男孩子,比较淘气,你尽量不要让他摸小猫咪的嘴巴,以防手臂被抓伤。女儿一边答应着,一边嬉笑着跟我说,王远航现在可乖了,都能被我们班的女同学欺负哭了呢。我听完差点没笑出声,觉得女儿是在胡说。

旅途

　　就是那天,男孩跟我的一次近距离接触,让我看到了一个跟以前大不一样的孩子。我在厨房做饭时,间或能听到两个孩子逗猫咪玩的笑声,但那都是女儿的,男孩的笑声几乎没有。饭菜上桌后,男孩拘谨地坐在一旁小心翼翼地吃着饭。饭间,我问男孩,你来我们家,给你妈妈打电话了吗?男孩还没张嘴,女儿立即抢着说,他妈妈一般八点钟才会给他打电话,而且都是打到小饭桌阿姨的手机上。见我疑惑不解,女儿解释说,从去年开始他每天中午和晚上都吃小饭桌,晚上作业写完了,她妈妈才会接他回家,不过,今天他给小饭桌阿姨请假了,因为他非要来我们家看小猫咪。我打量着眼前的男孩,明显发现孩子的眼神与性格,较以前大不一样了。男孩的眼神看上去少了几分灵气,性格变得也很安静,这种安静明显看出是被人为训练出来的。照理8岁多的男孩,性格应该是越发奔放,或者带些野性的,而眼前的孩子却完全缺失了这些。我不由感叹,环境对一个人的影响竟是如此之大。女儿不再吱声,男孩放下筷子嗫嚅着跟我说,阿姨,我就想看看你们家的小猫咪。我看着男孩笑着说,没关系,只要你喜欢,随时可以过来看,更何况你和然然还是好同学呢。男孩像是找到了知音,语气立即很放松,又跟我说,阿姨,其实我想养只小狗,每天放学,我看到小区里的老爷爷抱着小狗玩,就会想起我小时候也被爷爷那样抱着玩,但是我妈妈就是不让我养狗。因为没有想好怎么说,我便没有立即回答男孩的问题。过了一会儿,我才说,你妈妈可能是怕影响你的学习,所以不同意你养小狗。因为小狗可是不像小猫咪那样好养。小猫咪不用天天带出去散步,小狗可就不行了,养起来很费时累人的。

　　男孩来我家看猫咪的那天,吃完晚饭后,我将其送回家。敲开男孩家的门,男孩妈妈还没来得及和我寒暄,男孩抢先说,妈妈,然然家养了一只小猫咪,真乖,我不买小狗了,你也给我买只小猫咪吧?男孩妈妈一边热情地招呼我坐下，一边拍着儿子的头说，小猫咪都是女孩子养的，傻儿子你养那个东西干啥呀？听妈妈那样说，男孩马上转过头用祈求的目光看着我。我没有立即替男孩说话，而是先跟男孩妈妈聊了一会儿天。聊着聊着，我们的话题自然就转到了到底是给孩子买条狗养，还是买只猫养的问题上。我如此近距离地和男孩妈妈对视和聊天，是第一次。男孩妈妈的皮肤很白，眼睛很亮，无论近看还是远观，从形象气质，从谈吐修养，都堪称是女人中的精品。一眼扫过去，家里拾掇得也是一尘不染。这样的女人，这样的家庭，养狗怕是不妥。心中存了这样的疑问，于是，我毫不保留地把以往从亲朋好友处听来的有关养狗养猫的事，如数家珍般地向男孩的妈妈一一道来。我说，养狗养猫各有利弊，狗忠诚，会讨主人喜欢，但狗要有个闲人天天带出去散步，最最不能忍受的是若是狗训练不好，家里的角角落落会充满狗尿味。猫好养，不用天天溜，猫的大小便买个猫砂便可自行处理。男孩妈妈等我说完，沉思了一会儿说，其实我啥都不想养，但是有时细想我儿子也挺可怜的。因为我们夫妻两人的工作都很忙，很多时候我们晚上回到家，孩子已经睡了。早上我们还没有起床，孩子又该走学校了。只有周末我们不加班时，才能好好陪上孩子一天。既然狗狗不好养，那我就听你的，给我儿子买只猫咪吧。那次谈话不久，女儿跟我说，王远航的猫咪真买上了，取名叫乐乐。女儿还跟我说，为了买乐乐，王远航答应他妈妈，每天他负责给乐乐换猫砂、喂食、饮水。听女儿如此说，我笑着回应说，王远航的妈妈做得对，既然想买就也要承担些责任。我话音没落，女儿立即嘴一撇说，我可不希望有那样的妈妈哦。

有一段日子，我总看见孩子不是抱着猫咪在自家阳台上玩，就是来我家找然然玩，有时两个孩子也各自抱着猫咪在楼下玩。好多次我回家，都碰见男孩抱着猫咪和一帮小朋友们在楼下追逐打闹，虽然满脸满头的汗，但孩子稚嫩的脸颊上充满了笑意。那些日子，女儿每次从楼下玩回来都和我说，王远航的猫咪可聪明了，会玩球，会翻书，会叼着东西满草丛里跑。还说王远航说要把猫养得好好的，要让猫咪活到一百岁。一天，当女儿说完最后一句话时，突然想了想问我，妈妈，你说猫咪能活到一百岁吗？我说，猫咪的寿命最多也就十几岁，活不了那么大。又一天，写完作业，女儿跟我说她要抱着猫咪出去找王远航玩，我说天快黑了，玩一会儿早点回来，女儿答应了。但是时间不长，女儿竟红着眼睛回来了。看模样是刚哭过，细问原因，女儿马上抽泣着说，王远航的猫咪就是没有我们家的猫咪长得好看，可是他就是不承认。你看我们家的猫咪多白啊，就像一团小雪球。王远航的猫咪刚买来时确实好看，但是现在真的越长越难看，黑不溜秋的，还不让人说。那天我去他家玩，他妈妈还骂他的猫咪是只该死的猫，说是总破坏家里的东西，哪天惹恼了非给扔出去不可。那天王远航还和他妈妈吵了一架呢。听完女儿的哭诉，我说，猫咪的长相和人一样，都是天生的，既然王远航不喜欢别人说他的猫咪，以后你就不要说。王远航和你不一样，虽然也有爸爸妈妈，但是王远航的爸爸妈妈却不能每天陪伴在他身边。你看王远航从上二年级起，就天天吃小饭桌，每天晚上到快睡觉时，才被爸爸妈妈接回家中。而你却每天都有爸爸妈妈陪在身边，多幸福啊。现在猫咪应该是王远航的一个最亲密的玩伴，所以你不要轻易去说他的猫，好不好？女儿点了点头，像是听懂了。从那以后只要家里买了好吃的零食，女儿走学校总忘不了给王远航带一份。而王远航有了好的东西，也总会让然然分享。

记得那是两个孩子上四年级，一天下午放学，女儿手里拿着已经喝了一半的一瓶价格很贵的饮料回到家。看着女儿手中的饮料瓶，我吃惊地问是哪里来的？女儿很自豪地跟我说，是王远航给买的。还说那个饮料是王远航妈妈经常买给他喝的，说王远航今天买了两瓶，送了她一瓶。我又问王远航的钱是哪里来的？女儿说，王远航说他家里可有钱了，说他妈妈每次给的零花钱都不下一百元。还说王远航书包里的钱永远那么多，花都花不完，不像她的家长每天最多给两块钱。言语中女儿流露出对我的极大不满。我意识到了问题的严重性，便严肃地教导女儿，人家家里的钱再多也是人家父母挣的，以后可不能随随便便要别人的东西。女儿立即强词夺理说，可是我也常给王远航带好吃的东西啊，你不是说让我们要学会分享吗？我说，那不一样，你送给王远航的都是很便宜的小东西，可是王远航送给你的东西却较贵，两样不对称，这样就有了我们占人家便宜的嫌疑，这样很不好。女儿似乎听懂了，没再反驳。我很欣慰，并在心里设想着，在女儿成长的道路上，王远航将会是一个合格的玩伴，一个合格的同学，将来甚至是一个亲密的朋友。然而，人生的轨迹却没有按着我喜欢的方式运行。

男孩不幸坠楼了。男孩是五年级的上学期坠落的。男孩坠落的前一周，刚过完九岁生日。小区里的人，对男孩的突然坠楼众说纷纭，唯有我坚信肯定与猫咪有关。

男孩的猫咪是四年级上半学期买的，细算也就养了整一年。刚上五年级的一天下午，女儿放学回到家，一进门就吵吵着跟我说，王远航早晨跟他妈妈吵架了，说是他妈妈敢把他的猫咪送人，他就离家出走。我笑着说，王远航才多大点啊，就想着离家出走？那是说气话，你别信他。见女儿将信将疑地瞪着我，我问，王远航的猫咪到底又干什么坏事了，惹得他妈妈不高兴？女儿立即气呼呼说，王远航的猫咪刚买回来时因为小，不破坏家里的东西，后来长大了，不是把家里的花瓶撞碎了，就是把茶几上的茶杯碰翻了，每天还把猫砂刨了一地。王远航的妈妈很生气，每天回到家都跟猫咪斗气，惹得王远航也不开心。可是王远航也

旅途

不想那样啊，猫咪又不是人，哪能听懂人的话。昨天，猫咪又把王远航家里沙发上的坐垫撕咬坏了。听说那个垫子很贵，王远航的妈妈一生气，把猫咪狠狠打了一顿，还说哪天非送人不可。王远航很伤心，咋办呢？我想了一下，跟女儿说，王远航的妈妈说的那也是气话，我相信她不会把王远航的猫咪送人的。女儿听我这样说，若有所思地想了一会儿，写作业去了。然而没过几天，一个周末，本在楼下玩耍的女儿，突然跑回家哭兮兮跟我说，王远航的猫咪丢了，让我赶快出去帮忙找找。想到女儿从上学的那天起，便和男孩朝夕相处，我便一边穿衣服，一边问猫咪是咋丢的，王远航的妈妈知道吗？女儿说，王远航下午出门玩耍时，猫咪是在家里的。不久，他上楼去喝水时，发现猫咪不在屋里了。王远航问他妈妈猫咪哪里去了，他妈妈说打扫卫生时曾经打开了客厅门，说猫咪可能自己溜出去玩了，还说让王远航不要着急，猫咪玩够了会自己回家的。王远航不相信，现在满小区在找呢。听完原因，我犹豫了一下，跟女儿说，既然王远航的妈妈知道猫咪丢失的事情，那我就不出去帮忙找了。王远航的妈妈说得有道理，猫咪是家猫，认识回家的路，玩够了肯定就回去了。女儿很不高兴地看着我问，你说的是真话吗？我肯定地点了点头。女儿没再说啥，随即下楼去找王远航了。

然而，猫咪真的丢了。从猫咪丢失的那天起，男孩的魂魄就像是被猫咪一起带走了似的。男孩坠楼身亡后，每想起孩子生前找猫的那些事，我都自责不已。对于男孩的坠楼身亡，有一阵子，我觉得似乎自己也负有不可推卸的责任。猫咪丢失的那天，正好立春。虽然春意盎然，但我看到两个找猫咪的孩子却被冻得瑟瑟发抖。那天，女儿跑下楼一直陪着男孩在小区里四处找猫咪。那一声声稚嫩的"猫咪快回家喽"的童声，不时传到楼上，飘进我的耳朵。天色渐黑时，在小区的一个单元楼门前，我碰到了和女儿一前一后从楼里走出来的男孩。我清楚地记得，那天男孩下身穿着一条蓝色的牛仔裤，上身穿着一件白底绿格子夹克衫，脚蹬一双黑色的运动鞋，小脸冻得通红。看见我站在跟前，孩子眼里立即闪烁出一种委屈的目光，好像他知道我要来，也知道我肯定会给他说些暖心的话儿。我走上前慈爱地摸着男孩的头说，阿姨知道你的猫咪丢了，你别着急。说不定明天猫咪真的会自己回家呢。现在天已黑了，你们再怎么找也是白费力气，阿姨送你回去吧。你妈妈在家吗？男孩先前还好好的，但当听到我提到妈妈两个字时，突然情绪激动地说，我妈妈她坏，她赶走了我的猫咪。我不回家，我要不把猫咪带回去，它晚上会有危险的。然然也接着说，我也不回家，我回去了，王远航一个人找猫咪会害怕的。我马上不高兴地说，不行！你们都要回家。天黑了，小孩子不能在外面待，猫咪我们明天再找。说完，我不容分说拉起两个孩子就往回走。女儿迫于我的威力不再吭声，男孩意识到我不是来帮他，便甩开手臂独自往前跑去。我拉着女儿，向着男孩的后背大声喊了句：快回家吧，要不你妈妈会担心的。男孩没理会我，一直往前跑。

那天以后，女儿每天下午写完作业，都会溜出去一会儿。女儿每次从外面回来，都会沮丧地跟我说，王远航的猫咪不知躲到哪儿了，我们怎么也找不到。王远航说肯定是猫咪生他妈妈的气了，再也不愿意回家。王远航现在可伤心了，王远航就喜欢他的这只小猫咪。开始，女儿跟我说这些话时，我还会给孩子出出招，让怎样和王远航去找猫。后来说多了，我听得也烦了，便有些敷衍，猫咪是家猫，在外面疯够了，肯定会回家的，再别找了。你们安心在家等上一段日子，说不准哪天猫咪会突然出现你们眼前呢。而事实上我心里非常清楚，跑出去的猫咪或许永远也回不来了。终于有一天，当我再次重复那句话时，女儿突然气愤地跟我说，我们再也不相信你们这些大人说的话了，王远航的妈妈也说猫咪是家猫，能自己回家的，可是我们都等了那么长时间了，也不见猫咪的

旅途

影子。你们都是骗子。王远航的妈妈更是个大骗子。王远航说猫咪肯定是被他妈妈赶出家门的,可他妈妈就是死活不承认,还不让王远航找,说是不养了也好,反正也看着不顺眼,还常常弄坏家里的东西。王远航很生气,再也不想理睬他妈妈了。听完女儿的话,我一时哑口无言。

小区里谁家里丢个猫啊狗啊的,也不是什么大事,大不了最后家里再买一个罢了。所以,男孩丢猫咪一事,我一直没放在心上,觉得跟自己没有多大关系。然而一天,当我在小区门口碰到男孩妈妈,当时男孩妈妈跟我说的那一番话,却至今使我不能释怀。记得那好像是猫咪丢失后的某一天。那天,我和男孩妈妈在小区门口相遇。当时我正往小区里面走,男孩妈妈则忙着往小区外面走。看见我之后,男孩妈妈径直走了过来。我正要张口,男孩妈妈先问道:"你下班了?"我说,嗯。男孩妈妈说,我们两家孩子是好朋友,我想然然肯定给你说了,自从猫咪丢失后,远航的魂儿也像是跟着走了似的,天天满小区找猫。为了那只猫,他几乎不和我说话了。你说现在的孩子,咋都这么难养啊?也怨我,那天我打扫卫生,看到猫躺在沙发上。突然想到不久前被撕坏的沙发垫子,便气不打一处来,拿起茶几上的一本书就向猫砸去。当时客厅的门正好敞开着,猫趁机跑到门外。我追到楼梯口,猫见我在后面追,以为我还打它,便噌噌几步窜没了踪影。当时我心里想,没准那该死的猫会自己找回家,便没再往下追,哪知却从此不见了踪影。不过,这事我一直都没敢跟远航说,怕孩子知道了会记恨我一辈子。你抽空教教然然,让然然劝劝我家远航。我答应了。男孩妈妈说话间隙,我仔细打量了一下,发现其与我之前见到的那几次相比,不论神态还是气色都判若两人。眼前的男孩妈妈脸色灰暗,先前与人说话的那种神采已荡然无存。我安慰了男孩妈妈几句,然后话题一转说,你家远航刚上学那会儿,我觉得很活泼,后来有一段时间性格好像变得内向了些。但自从你给买了猫咪，似乎又好了许多，这都源于那只猫咪。我知道你们夫妻平日工作都忙，没时间陪伴孩子。那只猫咪的存在，正好填补了孩子内心的寂寞。现在，猫咪就是孩子的精神寄托。突然丢了，孩子心里难受，肯定不想和你们说话了。不过，小孩子忘性快，时间长了就好了。男孩妈妈叹口气说，如果当初我不给远航买那只猫，或许也就不会有今天的这些烦心事。说完似乎意识到什么，忙又补充说，我没有怪你的意思，你千万别介意啊。男孩妈妈虽如此说，但对我的触动还是很大。

男孩九岁生日的那天，刚好是猫咪丢失的第一百天，这是男孩坠楼后，女儿告诉我的。女儿说，王远航生日那天，他妈妈给买了好多礼物，可是王远航都不喜欢，他就想要他的小猫咪。几天后的一个周末，王远航坠楼身亡了，谁都不知道究竟发生了什么事。

男孩坠楼一个月后的一天，我在小区里碰到了两个人。当时一个年轻的女人扶着一个身体羸弱且还面部戴着口罩的女人，正往小区外面走。我着急忙慌地往小区里面走，这时那个戴着口罩的女人叫住了我。见我有些疑惑，戴口罩的女人迟疑了一下摘掉了口罩。原来是男孩妈妈，一月不见，男孩妈妈瘦得竟有些脱了形，脸色铁青，眼神呆滞。我忙上前一步搀扶着说，远航出事后，我原本打算带着然然去看你，但是，你们家好像一直没有人住。男孩妈妈立即低泣着跟我说，孩子出事后，我一直住在妹妹家里，今天妹妹陪我回来取些东西。我很想安慰几句，却不知从何说起。因为我深知对于一个刚刚失去孩子的母亲来说，此时一切语言都是苍白的。想到男孩生前活蹦乱跳的样子，悲伤立即涌上心头，我忍不住擦拭了一下眼角溢出的泪水。男孩妈妈看见了，忙拉着我的手说："都怨我自己，如果那天我不去单位加班，如果那天我早些回家陪孩子，或许一切就都不会发生了。"我一时无语。

孩子出事那天是个周末。那天早晨，男孩妈妈公司有个庆典活动，

旅途

便早早出门了。中午，男孩爸爸在家陪伴男孩写作业，下午两点多钟时，孩子爸爸因为单位有事，也走了。整个一下午，男孩一直在家看动画片。下午6点多钟时，男孩给妈妈打电话问晚饭咋吃？当时公司正在开展活动，男孩妈妈便给男孩叫了外卖。晚上9点钟左右，男孩又给妈妈打电话，问啥时候回家？男孩妈妈说，10点钟肯定回去。10点钟男孩又打电话给妈妈。这次男孩在电话里跟妈妈说，楼下有猫咪叫的声音，听那声音像是他家猫咪发出来的，说自己想下去找，又害怕外面黑黑的，让妈妈赶快回家。男孩妈妈答应了。然而，这却是男孩打给妈妈的最后一个电话。10点半左右，男孩妈妈正准备回家，又接到了一个电话，这是一个陌生的号码，开始她没接挂断了，跟着这个电话又打了进来，她想或许是熟人打的。电话接通后，一个人声音急促地跟男孩妈妈说她儿子不知什么原因从楼上掉到3楼的后阳台上了，血流了一地，让她赶快回家。

男孩是从自家后阳台上坠楼的，事发现场有个小板凳。看了现场的人都推测说，男孩那晚许是真听到了猫叫声，等不到妈妈回来，自己又不敢出门，便找了个小板凳趴在后阳台上往下看，可能脚没站稳或是手没抓牢，一个趔趄栽到楼下。也或许是别的什么原因。

总之，男孩没有抢救过来。有邻居说，他们当晚也的确听到小区里有猫叫声。

（发表于《朔方》2017年第7期）

念　想

"帅哥，你在哪里？快出来跟妈咪吃饭去。"听清是妈咪在叫，我噌地一下从沙发后面窜了出来，精神抖擞地站在了她面前。

我的妈咪长得非常好看，皮肤白白的，眼睛大大的，头发长长的，体型瘦瘦的，从认识她的那天起，她就是我心目中的女神，我很崇拜她，但同时心里也存了一些疑问。我的眼睛很小，嘴巴很大，皮肤很黑，身高尚不足一尺，不知咋回事妈咪竟给起了"帅哥"这么个好听的名字，让我一直很困惑。

收拾停当，穿好衣服，妈咪抱着我出发了。一路上，妈咪的司机一个劲地夸我乖，夸我长得帅，还夸妈咪起名字有学问，说帅哥这个名字很配我。司机的话听得我浑身直起鸡皮疙瘩，好在路不远，时间不长我们便到了餐厅门口。下了车，几次我想从妈咪怀里跳下去自己走路，可妈咪怕我弄脏了鞋子和衣服，就是不肯放手，我只好乖乖待在她怀里，看着身边来来往往的人。

"请留步，我们餐厅有规定，动物和人不能同桌用餐。"嘿，一个女服务员挡在我和妈咪面前说。"这个服务员怎么这样没礼貌啊，妈咪可是公认的大美女，她怎么能把她和动物相提并论呢？"我不由气愤地怒视着服务员，甚至我都想好了，如果这个服务员胆敢再说一句对我妈咪大不敬的话，我就扑上去咬她一口。就在我想得出神时，妈咪生气地向

旅途

女服务员发脾气说:"把你的眼睛睁大点,看清点,这可是我们家的'帅哥',你敢挡它的去路,是不是不想在这里干了?""帅哥",妈咪怎么提到了我的名字?难道她跟服务员争论的事情与我有关?我不由警觉地乍起耳朵,这时就听挡路的女服务员又说道:"别说它叫'帅哥'了,就是叫'玉皇大帝',它也还是一头猪,我们餐厅有规定,任何宠物都不得与人同桌进食,我若放它进去,是会被老板扣工资的。"原来我是一头宠物猪,难怪我和妈咪长得一点都不像;难怪我穿上人的鞋子和衣服走路别扭;难怪我不会用人的筷子和碗吃饭。天哪!原来这就是一直困扰我的真相。事情怎会这样?我不由气愤地嗷嗷连叫了三声,来时的好心情一下消失殆尽。我悲哀地垂下头,不敢正眼再看服务员一眼,同时心里难过地想:造化弄人啊!我竟然是一头猪,之前还天真地想扑上去咬人一口,真是可笑啊!就在我万分伤心时,突然听见妈咪更大声地吵吵着跟服务员说:"去把你们经理给我叫来,丫头,我们家的'帅哥'可是一直享有和人一样的待遇,请你立即给它赔礼道歉,要是不道歉,就卷起铺盖马上从这里滚蛋。"被妈咪称为丫头的服务员,眼睛直直盯着我强硬地继续说道:"它明明就是一头猪,凭什么要我给它道歉?你又是谁?你有什么权力赶我走?"女服务员话音未落,一位模样看似像经理的人疾步走到妈咪跟前连声道歉说:"大姐,不知是您老驾到,失敬,失敬。这位服务员上班时间不长,不懂礼貌,还请您见谅!"说完这个经理一转身黑着脸怒斥站在身后的女服务员道:"有眼不识泰山的东西,这是盛大集团董事长夫人,还不快道歉。"听经理这样说,先前态度还很强硬的服务员似乎一下懵了,她疑惑不解地低声继续辩解道:"经理,店里不是规定任何动物都不让带进来吗?再说也没人跟我介绍这位客人是盛大集团董事长夫人,我有什么错呢?我有什么错呢?"被称为经理的人一下被激怒了,手指像雨点似的指着服务员的鼻子责骂道:"睁大你的眼睛看清了，趴在董事长夫人怀里的是动物吗？它是鼎鼎有名的'帅哥'，它的身份可金贵着呢，如果我的店员都像你这么蠢，我的生意还咋做？你还是领了工资另谋出路吧。"经理的话吓得服务员再多余的一句话也没敢说。妈咪得胜，在经理的护送下，抱着我趾高气扬地走向餐厅雅座。我心里霎时有了一丝快感，安静地趴在妈咪怀里，以胜利者的姿态斜眼看着仍在发懵的服务员，心想："小妞呀小妞，虽然我是一头猪，但我妈咪身份高贵，我'猪仗人势'，经理炒你鱿鱼，可怨不得我啊！"

这次事件，让我明白了主人的身份、地位对于我们这些宠物来说是多么的重要。虽然我是一头猪，但是我和我同类的命运却有着天壤之别。每次跟妈咪参加宴席，无意看到街头巷尾我的同类为了生存，在臭水沟、垃圾池辛苦觅食，有时冷不丁还遭人类殴打或是与野狗为了争食一块臭肉而互相厮杀时，我便感慨万分，庆幸自己命运好，遇到了好人家。为了能长久拥有这样的生活，彻底脱胎换骨，我开始费尽心思地讨好妈咪。为了使妈咪高兴，我这头猪竟学会了人类的许多本事。我会看人的眼色行事，家里来了客人，我会恰到好处地献媚，给主人长脸，让客人高兴。客人要和主人谈事了，我会知趣地退下，让主人觉得我懂事。为此，我获得了妈咪及她身边所有亲朋好友们的赞赏，她们都公认我是一头神猪，说我能懂人的心思。妈咪觉得挺有成就感，出去应酬时大多带着我。为了让我更像人，在宠物界更出类拔萃，妈咪独出心裁给我量身订制了几套衣裤，买了靴子、帽子，有时出门还给我戴上口罩，虽然我很不习惯人类的这些东西，但是只要妈咪喜欢，我都会乖顺地配合。因为妈咪高贵的身份，因为我猪不像猪、人不像人的打扮，无论走到哪儿，我都是被关注的焦点，都会受到贵宾级的待遇。因为妈咪，我穿上了我的同类想都不敢想的品牌服装；因为妈咪，我吃上了我的同类

旅途

见都没有见过的山珍海味；因为妈咪，我出入各大酒店和娱乐场所。我住别墅、坐豪车，享尽了人间的荣华富贵。我原想着这种醉生梦死的生活能伴随我一生，可是有一天，当妈咪大呼小叫着说我的身体肥胖得像猪，长相也越来越显老时，我害怕极了。我知道主人说这话对于一只宠物来说意味着什么。接下来的日子里，无论我怎样费尽心思，出尽洋相讨妈咪欢心，妈咪就是不为所动，有时竟还认为我丑态百出，言语粗暴地让我滚到一边。妈咪的态度让我忐忑不安，我不明白，明明我发福的体型是由她所致，长相是生理原因造成，就像她们人类一样也有衰老的那一天，可她怎么能把这些过失归罪到我身上呢？我感到不平，可我是一头猪，我的命运被人类掌控着，我只能听天由命。终于有一天，当我讨好地再次走近妈咪，想为她表演一段舞曲时，她竟厌恶地一脚把我踢出老远，同时还烦躁地给一个人打电话说："胡大，我们家的'帅哥'越长越丑，越长越肥，我实在是不愿再每天看到它，你明天过来把它给我送回老家去，另外来时顺便去一趟王经理家，上次吃饭王经理答应送我一只泰迪狗，你去给我逮来。"妈咪的话像锥子一样刺得我心疼，我的眼泪止不住刷刷往下流。我想不明白，妈咪喜新厌旧的速度为什么这么快？想当初我刚来时，拳头那么大点，小眼睛、小鼻子、小嘴巴，路都走不稳，可她竟还喜欢得不得了。每天把我抱在怀里，左一个宝贝、右一个宝贝叫个不停，一日三餐不是给我喂牛奶喝就是给我吃酱牛肉，有时晚上睡觉还把我放在她的床头。出门赴宴对我更是呵护备至，怕我晕车乱窜，把我抱在怀里；怕我路上撒尿，包里总装着垃圾袋。到酒楼吃饭，也总拿把椅子把我安排在身边，不时给我喂菜喂肉。遇上个爱献媚讨好的人，碍于她的面子，也就认同了人猪同桌进食的场面。若碰上个看不惯此事，还非要与动物划清界限的人，那顿饭就会吃得不欢而散。可她从来不管这些，我行我素。她对我的偏爱常常感动得我热泪盈眶，也惹得她的那些亲朋好友总不满地说:"我们跟你相处了这么多年,你也没对我们那么好过,'帅哥'不过是一头猪,你至于嘛。"她听了也不恼,而是笑呵呵地说:"虽然它是一头猪,可我喜欢,因为它懂我的心思,在我寂寞时还能逗我开开心,这样的猪我得好好养着。"妈咪的话感人肺腑,甚至我都想好了,永远做她乖顺的好儿子。然而生活很残酷,没想到这快乐的日子这么快就要离我远去了。不久,没有一点思想准备,没有一句告别的话,妈咪把我装进一个纸箱,然后冷漠地转身离开。那一刻,看着妈咪离去的背影,我不由得泪雨纷飞。那天,家里来了一个男人,我猜可能就是电话中妈咪提到的那个胡大,胡大进门后跟妈咪嘀嘀咕咕说了一会儿话,然后把我提下楼放进一辆车的后备箱,从此我过上了另一种生活。

  我的新家在乡下,我的新主人是位冷漠孤傲的老太太,她是妈咪的母亲,按人类亲属的辈分推算,我应该称她为姥姥。我之所以清楚这些是因为那天胡大送我到老太太家时,跟老太太有过这样一段对话。胡大说:"老姨母,我们董事长夫人嫌家里的这头宠物猪丑了,胖了,老了,要新换一只泰迪狗,她让我把它给您送回来,说是让您老先养着,过些日子她会回来处理。"老太太不耐烦地说:"我这个女儿真是脑子有病,小时候在乡下生活,只要家里养动物她就乱发脾气,说我没事找事,人都养不好,还养什么动物。怎么进城了,她倒又喜欢上了。前些年养了两只兔子,新鲜了半年就给我送了回来,说是越养越闻不惯兔子身上的气味,说啥不养了。大前年花几千块钱买了两只会说话的鸟,刚开始喜欢得不得了,说鸟会学人说话,会唱歌,还会骂人,可是也仅新鲜了一年又烦了,嫌鸟整日叽叽喳喳影响她休息,嫌鸟不识眼色,说是该说话时不说,不该说话时乱说,后来送人了。去年我去她家过年,碰巧有人就送了这头猪,我了解我女儿,养什么都没耐心,当时就劝她不要养。

旅途

你想想，猪生来就该养在农村里，住高楼大厦的人咋能养猪呢？可我女儿就是不听劝，硬说这是头长不大的猪，还说这头猪长得好看，还给起了'帅哥'那么个名字，这不是瞎糊弄嘛，猪就是猪，起再好听的名字它也不能变成人，那时我就猜，过不了半年肯定给我送来。现在又要养狗，狗养完了是不是还要买头大象放在家里养啊，真是的。"胡大耐着性子听老太太说完，把我扔进一个肮脏不堪且还住着一头老母猪的圈里，然后开车匆忙离去。

真是悲惨啊！从小到大我哪受过这样的罪。住的是土坯砌成的露天猪圈，吃的是剩菜剩饭搅拌成的猪食，白天遭受风吹雨淋日晒，夜晚还要被老母猪的哼唧声搅得夜不能眠。我痛苦不堪，觉得已经快被人化了的我，下半辈子是绝不能在这里度过的。经过认真地思考，我认为要想再次改变命运，只有把希望寄托在老太太身上，才有实现的可能。于是我一改刚来新家时的毛躁与傲慢，像变了一个猪，变得安静和乖顺。每天，我安静地趴在猪圈边，耐心地等待着，只要老太太的身影一出现，便立即窜上去点头示好，开始老太太对我的举动很是不解，几乎要认为我是在耍猪疯，曾粗暴地用木棍敲打了我几次，但我没有生气，我觉得只要能引起老太太的注意，只要能争取到她对我的宠爱，只要能让我再次过上富裕的生活，挨几次打又能算什么呢。功夫不负有心人，终于有一天，当冷漠的老太太再次来送猪食时，看出了我的用意，她一边欣赏着我滑稽的表演，一边叨叨着说："我那丫头真是不简单哪，居然能把一头猪调教得会巴结人了。猪啊！可惜我不能像女儿那样养你。一是我老了，把自己都照顾不好哪有精力把你当个宝养着？二是你已经到了发膘的年龄了，你要好好吃，吃得膘肥体壮才能有用。"老太太的话似一瓢冰水一下浇了我个透心凉，我悲伤至极，心里一边怨恨着我心目中的女神，是她把我变成如今这样的惨景，一边又侥幸地想老太太让我吃得膘肥体壮，是否话中有话呢？我期待着好运气能够再次降临。

然而事情并没如我所愿。自从来到新家，因为不凡的经历和自傲，我对同住一个屋檐下的老母猪一度充满了厌恶和鄙视，总觉得自己与众不同，是城里富人家生活过的宠物猪，身份高贵，乡下猪哪能与我相提并论。于是自入住新居的那天起，不论吃饭还是睡觉，我从不正眼看这个同类，每天都幻想着，某日，我的美女妈咪良心发现突然回来接我，抑或者老太太看在自己女儿的面子上再次宠幸我，我坚信肯定有那么一天，我满怀希望地等待着。一天，当我又一次费尽心机讨好老太太时，旁边老母猪的一番话几乎要粉碎了我的那个梦。老母猪一边吃着猪食，一边用同情的口气跟我说道："我早看出来了，你是从富人家里被遗弃到这里的，不论你过去的生活有多辉煌，只要到了这里就安于现状吧。但凡到了这里的猪，要想生存就要多做贡献，就像我虽然长得不起眼，但在这里已经生活了十几年了，因为我每年能给主人生下十几头小猪仔。你呢？想不劳而获吗？我劝你快别做那些无用功了，老太太年老体弱，儿女都不在身边，连自己都养不好，哪还会有精力养你。你呀，该吃就吃，该睡就睡，听天由命才是。如果真不甘心，不认命，我可以帮帮你。"老母猪的话打击得我浑身发冷，牙根发痒，真恨不得扑上去猛踹它几脚，可冷静下来一想，它模样又老又丑，又一直生活在农村，不嫉妒才怪呢，我何必跟它计较，小不忍则乱大谋。

我没把老母猪说过的话放在心上，依旧按照我的方式争取着幸福生活的快快到来。时间像流水过得真快，一晃三个月过去了。在这三个月里，我的体型发生了很大的变化。首先是体重猛增，其次个头也由来时的一尺有余猛长到了二尺半，全身的皮肤黝黑发亮，猪毛就像野草一样葱葱茏茏，看上去彪悍体壮。最先注意到我发生变化的是老母猪。一天，在我试图又一次向老太太献媚讨好时，老母猪又开口说话了，它

旅途

说:"没想到才三个月的时间,乡下的粗米淡饭就把你喂得膀大腰圆,越是这种体型越危险,我劝你别在老太太身上再费心思了,也别再幻想着你的那个城里妈咪来接你走,如果你真不认命,今晚我帮你逃走,将来你过好了,别忘了我。"老母猪的话在我心里掀起了不小的波澜。首先,我对它粉碎我的梦想就不满,觉得它是在嫉妒我。其次,它说能帮我逃跑,这种鬼话谁信呢?非亲非故的,它为何要帮我?没准是个骗局。我依旧没把老母猪的话放在心上,没想到当天凌晨,我睡得正迷迷糊糊时老母猪过来用嘴把我拱醒,然后低声说道:"我把窝里的那堵墙掘了一个洞,你快从那里逃出去,要不然过不了几天,我看主人就该给你挪窝了。""主人能给我挪窝,那不是我梦寐以求的好事吗?"我不由激动地说。"你咋还执迷不悟呢?我帮你是看在你见过世面和与众不同的身份上,希望你出去后能改变我们猪类的命运,为我们猪类争光,没想到你还在做白日梦,还在痴心妄想着老太太能宠你,继续过那种不劳而获的生活,你真正是一头蠢猪。"说完老母猪气哼哼转身离去。我没有按照老母猪的意思逃跑,我坚信一定能等到再次改变我命运的那一天。

　　我确实等来了那一天。没有逃跑的一周后,我等来了一个人。那个人既让我享受了人类的豪华生活,也让我体味到了饥不择食的滋味,那个人就是我朝思暮想的妈咪。自从她让那个胡大把我送到乡下,近一年的时间里,她一次也没来看望过我,而我却痴心地天天想念着她,盼着她,我坚信有一天她一定会想起我,会感念我曾经给她带来过的许多快乐。她果真来了,来的那一天,我正躺在猪圈中央晒太阳,她的身影刚一出现在圈门口,我便嗖地一下站起身,看着她依旧年轻美丽的脸庞,我像个孩子似的不由得嚎啕大哭起来,那哭声既有重逢的激动,也有遭弃的怨恨和不满的情绪。不知是分别得太久,还是妈咪已经彻底遗忘了我的哭声抑或是别的什么原因,我竟没有从她脸上看到我所期望的那种兴奋。只见她站在圈门边，无动于衷地看了我几眼，然后跟站在身后的胡大说："真是没想到，才一年的时间，乡下的刷锅水就把这头猪喂得肥头大耳，我妈不简单哪，卖了好价钱一定多分给老太太几个。"胡大忙不迭地说："大姐，那是自然，不是我奉承您，但凡沾了您福气的宠物，哪个长得不壮？您可是个福星呢，就说我这几年要不是您常在董事长跟前给斡旋着，我兄弟哪能当上处长？我的生意哪能那么顺？我想好了，下半年我给您换辆三菱，您现在开的那辆丰田您送人吧。过些日子，我从工地上再派几个人来把这儿的房子粉刷一新，您和董事长过年过节回来住着也舒心。""胡大，你很聪明，好好干，有了好事大姐自然会想着你。"妈咪与胡大的一问一答，我听得一清二楚，我身边的老母猪也听得一清二楚。她同情地看着我，委屈、失望、愤怒，一刹那一起涌上我的心头，我感觉我要发疯，我要咆哮，可我却什么都没来得及做，因为那个叫胡大的男人就像个专业杀手，他跳进猪圈，没容我扑腾一下，便咔嚓一下扭住了我的脖颈，然后像拖死猪一样把我塞到一个铁笼子里。好惨啊，顷刻间我便成了笼中猪。在胡大将要发车的一瞬，妈咪好像忽然想起什么向胡大招了一下手，我的心底不由再次升起了一线希望，就像小时候一样，我赶紧再次竖起耳朵，这时就听妈咪说："胡大，你把这头猪拉回去打算怎么处理？"胡大声音洪亮地说："大姐，我准备拉到工地上犒劳我的那些工人们，您看行吗？"妈咪说："随你，不过记得把猪尾巴给我留下，我要留个念想。"这是妈咪留给我的最后一句话，我不由泪如雨下，泪眼中我分明看到圈中央站立的老母猪似在默默为我哀悼。

(发表于《黄河文学》2012年第8期)

林中之鸟

魏姐在艺术培训院唯一的一栋家属楼里住了许多年，但她既不是艺术院的职工，也不是艺术院某位职工的家属，更不是学员。她只是在家属楼里住着，是一位住在艺术院里的外人。然而她又的的确确是艺术培训院的一个组成部分。

艺术培训院的前身是县文化馆，文化馆的大院内共有两栋楼。一栋是单位职工的办公用房和各种培训室，另外一栋就是家属楼，矗立在文化馆的西大门旁。文化馆的正大门面东，出了门是一条还算繁华的街道，路两旁的商铺既显凌乱又热闹非凡。文化馆的后门面西，出门是一条南北通向的小路，路的两头分别是两个村庄，两个庄上的农户加起来最多也不超过六十户。穿过小路往西，是一眼望不到头的农田，每到春夏秋季，绿茵茵的麦苗和田埂上香气袭人的野花会引来许多游人驻足观赏。多少年过去了，这道独特的风景魅力依旧。紧挨西门的家属楼，外观陈旧不说，里面的住户也像那庄稼一样换了一茬又一茬。最早时家属楼里居住的确实是县文化馆的职工，后来随着单位的搬迁，家属楼便变成了大杂烩，里面既有后来租下文化馆办艺术培训班职工的住房，又有一些已经退休但生活条件不好买不起新住房的老职工，还有一些租房户和在艺术培训院进修的学生。

魏姐住的那间房不在楼里，是紧挨家属楼一楼自建的一间，像门房但她却不是看门的人。房子不大，只有一窗一门，里面仅能摆放两张小床，紧挨床边安置着锅灶和衣柜，床下塞满了洗衣盆，屋子很拥挤。其实，老早就有人嚷嚷着要拆掉这间房。说话的人都觉得魏姐不应该住在这儿。她凭啥呢，跟文化馆跟艺术院啥都不沾边儿。曾经也有文化馆的干部动员魏姐腾房，说是这房影响馆容馆貌，但是后来都不了了之。再后来文化馆有人承包，又有领导动员魏姐腾房，但是又不了了之。其实魏姐不是不想搬，而是确实没处可搬。据知情人说，魏姐至今还是独身一人，她之所以心安理得住那间房是有原因的。

很多年前，魏姐还是个姑娘时曾服侍了一位县领导的母亲，那位县领导因为惧内的缘故不敢将老母亲接回家侍奉，但又怕担个不孝的罪名，就把烦恼跟自己交情甚好的文化馆前任馆长说了，既是分管本单位的县领导，私交又好，前任文化馆长经过一番深思熟虑，将县领导的母亲安置在了文化馆家属楼一楼自建的一间杂物房。后来前任馆长擅自做主又将那间房的产权给了县领导，说是卖了，谁知道呢。县领导的母亲在那间房里一住就是好多年，听说魏姐侍奉得特别尽心。老人去世后，县领导念情魏姐对自己母亲的好，便又将那间房的产权转给了魏姐，这就是这么多年魏姐不搬家的原因。

说起来，魏姐也是一个命苦的人，出生不久便被亲生父母送人，六岁时养父在一次车祸中身亡，本就不是亲生，年轻的养母改嫁时将魏姐送给了自己的远亲表嫂。表嫂对魏姐倒也好，只可惜在魏姐十六岁那年因病又撒手人寰。在魏姐孤苦无依时适逢县领导托人在找保姆，有人就推荐了魏姐。魏姐服侍县领导的母亲十多年，其实这十多年里魏姐也曾碰到过两个心仪的男人，只是那时她对县领导有过承诺。魏姐感念在自己最困难时人家收留了她，无论如何她要将县领导的母亲送了终再说，于是便婉言谢绝了那两个人。没想到等把县领导的母亲送走，一个是年

旅 途

龄放大了，一个是再遇到的男人都不如先前的那两个人让她如意。再后来虽有人不断地给介绍，不是她不满意人家，就是人家挑她的毛病，就这样魏姐把自己拖成了老姑娘。要说魏姐的长相还是不错的，眼睛不大却很有神，皮肤不白却很干净，身高不足一米六，胖瘦适中。魏姐常留着个没型没样的短发，说话不紧不慢。魏姐没上过学，但说出的话儿却也像个识字人，魏姐服侍县领导的母亲去世后，零星也找过几份临时工作，但最终都没干长，不是人不行，主要还是没文化的问题。一份是那位县领导给找的，说是姑娘家，让干个干净体面的活，就给找了个某单位的保管工作，就因为不识字，工作没干多长时间便辞职了。魏姐说人家县领导为她好，她可不能因为数学不过关给领导脸上抹黑，当了两个月的保管，每天跟数字打交道，愁得魏姐吃不香，睡不好，月底一盘点居然有很多货对不上。看在县领导的面上，该单位领导没追究，只是象征性地扣了点工资，便打发了魏姐。另外一份工作是魏姐自己找的，为一个单位的五位职工做饭。要说做饭魏姐自认还是可以的，没想到那个单位的五位职工很难伺候，五个人吃不到一起，有愿意天天吃面条的，也有愿意天天吃米饭的，就因为吃不到一起，相互之间弄矛盾，最后领导一生气将食堂停了。就这样魏姐又失去了工作。闲了一段时间后，魏姐通过观察发现前来艺术培训院住宿学习的一些男学员洗衣困难，便打了个洗衣铺的牌子，没想到还真有生意做。开始只有个别几个学生找她洗衣服，没想到因为她的好性格和亲和力，慢慢居然有很多学员找上门，不仅洗衣服而且还要求拆洗被褥，说是多给工费。就这样魏姐靠给学生洗衣服、拆被子竟也把自己养活了下来。

培训院里住了魏姐这么个人，来来去去的学员也不觉得奇怪。所有让魏姐帮忙拆洗过衣服和被子的学生都管她叫魏姐，她管这些学生分别叫小张或小李，还有些则直接呼了名字的最后两个字。学生们单纯，每次只管姐长姐短地围着她叫,从来没有一个人对她至今仍一个人生活表示过好奇。学生们不问,魏姐也懒得讲,大家就这样和睦地相处着,关系居然也很融洽。前面说了,魏姐虽不识字,但是人品极好,学生们跟她楼上楼下地住着,从没有人反映丢失过东西,即便偶尔有人晒在阳台上的东西掉到魏姐门前,她必会捡起。若是脏了,顺手还会再次给清洗干净了等学生来认领。魏姐不贪便宜,不乱问学生收费,在学院里是出了名的。

夏日,魏姐每天洗的衣服都能把门口拴的两根棕绳挂得满满当当,风儿一吹那些衣服来回摆动,噗噗作响,好似一首美妙的音乐,煞是好听。晴朗的天气,学生们课闲总能看到魏姐搬把小凳坐在家属楼外的草丛边,神情专注地绣着什么。暖暖的太阳照射在魏姐的脸上,也覆盖着整个大地。绿油油的草儿,金灿灿的大地,再加上魏姐润红的脸颊,不免为夏日添了一抹美丽的色彩。

魏姐养了五只兔子,因为家属院后面是一片农田。农田埂上的苜蓿草很多,夏天魏姐每天都给兔子拔草吃,冬天则到市场上买些菜叶或萝卜。魏姐的兔子养得很胖也很懒,每次兔门打开,它们好一会儿才颤巍巍地挤出去,但魏姐不烦也不嫌,因为打小她就喜欢兔子。魏姐说小动物中数兔子最温顺,最乖巧,她喜欢。魏姐给她的兔子分别起了好听的名字,最胖的叫大宝,以此类推二宝三宝到小宝,每只兔子的脖子上都戴着一种颜色的项圈,五种颜色分别是红黄蓝绿紫。魏姐每天给兔子们喂食或是清扫卫生时,会站在兔舍边像是给自己的孩子训话似的大声说,大宝二宝快带着弟弟妹妹们出来吃饭喽。魏姐的兔子似乎能听懂主人的话儿,耳朵对着魏姐扇呼一下,一个挨着一个就出来了。魏姐爱她的兔宝宝们,就像爱孩子一样,她能承受别人议论自己,但绝不容许人们讥讽她的兔子。培训院里有个叫王浩的学生曾经直言不讳地说,魏姐养的兔子既胖又丑,一点儿不好玩,并且放在家属院还污染空气,不如宰了吃。魏姐听到后,把王浩同学狠狠骂了一顿,以后再也没人敢跟魏姐开这样的玩笑了。

魏姐虽然生活在文化馆抑或是艺术院,但是她却跟艺术一点儿都不沾边,既没唱歌的天赋,也没跳舞的感觉,有时闲着无事便在各个教室溜达。每次看着老师和学生们跳着优美的舞姿,唱着好听的歌曲,她便羡慕不已。在魏姐的眼里,培训院的每个老师和学生都是她崇拜的偶像,她对他们崇敬而温和。

培训院的学生大多条件都很好,这从他们的衣着和给魏姐的工费上可以看出来。但也有个别的学生手很紧,每次十元钱的洗衣费还要砍价,因是熟客,不想饶舌,六七元魏姐也收过。学生中有个姓钱的学员,名钱焕,是学吹笛子的,长得清秀,言语也不多,一直一个人租住在家属楼六楼,每天按时上课下课,晚上常一个人坐在阳台上吹笛子。钱同学吹奏的曲子在魏姐听来都是极美妙的,魏姐很希望天天都能听到这好听的音乐,但是某一天这声音戛然而止。一次钱同学来拿清洗过的衣服,魏姐才知道原来楼上的邻居嫌吵,投诉到了物业公司,物业公司又通知了钱同学。此后,钱同学便没在阳台上吹过。这消息不免让魏姐有些失望。钱同学的性格在魏姐看来和其他学生有点儿不一样,主要表现在他常常是独来独往,不像其他的学生上课或是闲溜达,几乎都是三个一群五个一伙,打闹得不可开交。有时有学员来魏姐处取衣服偶尔提起钱同学,言语中流露的也是些不敬之词,这让魏姐很是不解。钱同学既不跟同学来往,也不跟别人聊自己家里的事儿。所以家属院里几乎没人知道这个学生从哪儿来,最终又到哪儿去。

一天,魏姐上门去给钱焕送还洗好的被褥,敲开门发现钱同学不仅脸色惨白,而且虚弱得几乎站立不稳。魏姐害怕极了,忙将其扶了坐下。经过钱同学简短的述说，魏姐明白钱同学原来病了几天，因为是一个人生活，生病的这几天差不多没吃没喝。魏姐听得心疼，便赶忙烧了壶热开水，然后又忙忙当当给煮了碗热挂面，照顾钱同学吃喝完后又像个大姐姐似的将屋子给收拾了一下。钱同学的屋子在魏姐看来就像本人一样，既清爽又别致。比如客厅光洁明亮的墙上，竟然用不同颜色的鸡毛粘贴了不少小造型，这足以说明钱同学是个热爱生活的人。自那天起，魏姐便对钱同学格外照顾，家里蒸了包子会刻意多蒸几个留给钱同学；吃荤菜也一样，总是多做一份。钱同学本就一个人生活，难得有个热心的大姐姐照顾，便也欣然接受。久而久之，钱同学自然跟魏姐亲近了起来。一次，吃过晚饭后钱同学提出要给魏姐吹奏一曲，魏姐说好，担心影响了邻居，两人便一前一后来到了家属院后面的农田边。

  夏日的夜深沉而又静美，凝圆的月儿悬在夜空，星星一闪一闪的。白天的灼热已悄然隐退，清风吹来，一阵阵凉意，绿莹莹的麦苗在月光下朦朦胧胧、隐隐约约。渠坝边一排排杨树，被风吹得频频点头，好像在给过往的路人打着招呼，抑或是陶醉于这美丽的月色而多情地沙沙作响。在这静美的夜里，魏姐与钱同学踏着月光来到渠边，两人的身影在渠水中不断晃动，流动的水声似恋人窃窃私语，又像极了母亲的唠叨。魏姐悠然地享受着清风的吹拂，陶醉地倾听着水声以及少年吹奏的凄美乐曲，那感觉恍如仙境，美极了。那晚后，魏姐对钱同学有了一种迷恋，隔三岔五，她便要求钱同学吹奏一曲。有时在屋子里吹，有时到渠坝吹。多次接触后，魏姐了解到钱同学比自己小二十多岁，父母离异，父亲在外地做生意，因为自小喜欢音乐，父亲便将其送到艺术培训院学习。其他的钱同学不说，魏姐也就没再打听。魏姐和钱同学的关系，在魏姐看来她们像是姐弟抑或是母子，但熟悉她们的同学在取衣服时言语中不免露出一些暧昧的话，大多是让魏姐小心些，说是别太用情，现在的人知人知面不知心的多。魏姐听了，只是笑笑，觉得说那些话的学生纯属嫉妒心在作祟罢了。

入秋的一天，魏姐家里来了位不速之客。这位客人是魏姐侍奉过的那位县领导的儿子。县领导的儿子跟魏姐说，自己的父亲突然脑中风住院，母亲一辈子没伺候过人，他本人要上班，想来想去，觉得当年魏姐伺候过他们家的老人，大家知根知底的，希望魏姐念在他父亲曾经赠予她一间房子的情面上，到医院侍奉他父亲一段日子，还说他们一家人会一辈子念着她的好。魏姐听后毫不犹豫地答应了。可能魏姐觉得人就该如此，就该知恩图报。县领导的儿子说第二天来接魏姐。事情来得突然，当天晚上魏姐便将洗净的衣服全部送还同学，临了又委托钱同学帮忙照看她的兔子，说是要不了多久她就会回来。钱同学爽快地答应了。

魏姐是十月中旬走的，因为惦记家中的兔子，月底又回了趟家。这次回家魏姐收获蛮大。那天傍晚，魏姐前脚进家门，后脚就跟进了过去吵吵着要宰杀了她兔子吃的王浩同学。王同学跟魏姐说，再有半个月自己的培训学习生涯就要结束了，最近他天天来看魏姐回来没有，说有些东西回家不打算带了，问魏姐要不要。魏姐一听很高兴，连说要要要。王同学便忙当当地跑回宿舍给魏姐搬来了一大箱子东西。箱子打开，魏姐一看，全是家用物品，心里甚是喜欢，便忙热情地塞给了王同学两盒从医院里带回来的饼干。王同学走后魏姐去看她的兔子，还好，一个不少，齐刷刷地都蜷缩在笼子里。晚上魏姐做了可口的饭菜正准备去叫钱同学来吃，没想到像是心有灵犀似的钱同学居然就站在她身后，魏姐像看到了至亲的人，心底立即涌上了一股暖意。钱同学看着魏姐也很高兴地说，经过门口，看见门开着，自己便进来了，没想到是姐回来了。还说这些日子他照看兔子可费了不少时间、不少心思，心里便盼着姐能早些回来。魏姐说她相信，魏姐还说有些日子没听曲子了，心里感觉像丢了什么东西似的，慌得很，吃过饭说啥给她吹奏一曲。钱同学说好，正好自己又学了一首新曲子。

吃过晚饭，在魏姐的屋子里，钱同学专注地吹奏起了一首非常美妙的曲子。那曲子在魏姐听来似有一种郁闷心灵的释放，又有一种甜美情境的回放，更有一种咖啡般的品位。魏姐听得如痴如醉，以至于钱同学吹完好一会儿，她还没回过神来。钱同学笑着说，魏姐真是一个好粉丝，等我将来成名了，一定选姐当个粉丝领头人。魏姐听得心花怒放，连说好好，我盼着你成名的那一天。又聊了一些闲话，钱同学要出门时，魏姐将从医院带回来的饼干、面包装了一大包递给钱同学，并顺口提起说，天亮就要走，这次去可能时间还要长些。钱同学听魏姐如此说，先前还很开心的脸一下阴郁了不少，魏姐看出便问咋了。钱同学好像下了很大决心似地说他父亲不知咋回事，好久不寄生活费过来，电话打过去总是关机，若是再不打钱过来，接下来不知该咋办。魏姐听完忙笑着说，快别这样想，你父亲许是有啥事，不会扔下你不管，你暂时没钱吃饭，我可以先借你一些。说着便忙从裤兜里往外掏钱。魏姐先拿出了一百，掂在手里，犹豫了一下又抽出了一百，两张合在一起后她递给钱同学说，我的钱也不多，这是人家领导一家给的辛苦费，你先凑合用，过几天你父亲肯定会给你打钱过来的。钱同学一边推辞着，一边说，魏姐你真好，以后你就是我亲姐了，等我学成了天天给你吹曲子听，还让你当我的粉丝领头人。魏姐听得喜笑颜开。

魏姐再次回家是十二月份，这次回家对魏姐打击蛮大。那天晚上，魏姐愉快地回到家。她先兴冲冲地去看她的兔宝宝，结果兔舍清冷，兔子踪迹全无。顾不上洗漱，顾不上做饭，魏姐挑出给钱同学带回的衣物和食品，然后像去赴约，她兴高采烈地敲开了钱同学的门，结果看到的竟不是钱同学那张阳光而帅气的脸。

旅 途

房主说，租房的那个钱同学人品极不好，偷吃了我家的鸡不说，走时连招呼都不打，还欠着两个月的房租没交呢，这林子大了，真是什么鸟儿都有！魏姐心里一下乱如麻，她不信会把她当姐看的钱同学会是那样的人，便跟房主说，房租钱同学肯定会回来还你的，偷鸡吃的事没证据可不要乱说，事关一个人的名声，钱同学还小。房主说，屋里墙上粘贴的鸡毛就是证据，我养的鸡我能不认得？跟着又说，阳台上我还整理了一些钱同学没带走的东西，都知道你是个热心人，一直关心这个男孩，你去看看有没有给你留下的，不要的我就扔了，房子马上要租别人了。魏姐只好忐忑地走到阳台上。在一个纸箱里，她看到了红黄蓝绿紫五个熟悉的项圈，这些可是曾经都戴在她的兔宝宝们身上啊！

魏姐的眼泪刷地溢出眼角，不用说那是伤心的泪。

（发表于《朔方》2015年第9期，2016年入围首届浩然文学奖并被浩然文学纪念馆永久收藏）

钱多的一天

钱多父辈几代人过着面朝黄土背朝天的日子，父辈们穷怕了，所以到了钱多这一代，父亲便依次给自己的六个儿子起名为钱进、钱财、钱真、钱贵、钱宝、钱多，希望儿子们因名字从此改变钱家人的命运。钱多排行老六，生于六十年代初。六十年代的父母大多比较崇尚多子多福，钱多的父母也不例外，争先恐后地生育了六男两女八个孩子。一家有八个孩子，在那个年代似乎也并非罕见。

日子似流水，钱多一天天长大了。渐渐长大的钱多先后见证了自家兄弟们因为交不起学费而一个个辍学在家务农的现实。工分值钱的那几年，钱家因壮劳力多也确实扬眉吐气了几年。那几年大哥、二哥、三哥、四哥先后因沾贫农成分的光和能挣工分的本事娶上了老婆，等到五哥钱宝和钱多长大时，父母已年近六十，许多时许多事已是心有余而力不足。五哥钱宝幸运，到邻村老李家入赘当了上门女婿，钱多则一直熬到三十岁才娶妻生子。钱多结婚时间不长，父亲离世。埋葬父亲后，钱多从母亲口中得知，他父亲在世时居然得了一种被农村人称之为"富贵病"的病。据说那种病需要打一种叫"胰岛素"的针剂才能维持生命，而那种针剂又很昂贵，对于家境窘迫的钱家人来说只能是一种奢望了。母亲说，他父亲在世时一直期望着多子能够多福，期望着能通过给儿子们起名来改变钱家人的命运，结果竟是黄粱一梦。他父亲失望极了，但

旅途

再怎么失望也没忘了在有生之年给钱多娶上媳妇。父亲的愿望实现了，然而父亲去世时，他们六兄弟居然连副好棺材都给父亲买不起。父亲去世的第四年，他母亲也去了，在两个已出嫁妹妹的鼎力资助下，六兄弟算是给母亲办了个像样的葬礼。每每想起辛苦了一辈子的父母亲，钱多心里都很不是滋味。父母离世的第八个年头，钱多有了自己的儿子。因为家境穷困，结婚后一无文化，二无手艺的他，仅靠几亩自耕地勉强维持着一家三口人的生活。儿子出院那天，钱多将家里翻了个底朝天儿勉强凑了三百块钱算是交清了住院费。儿子出生后因先天体质弱，隔天不是感冒就是闹肚子，等于钱多一年种地的收成悉数支援了医院。一个多月前，钱多十岁的儿子正上体育课，突然毫无征兆地晕倒在操场上，老师吓坏了，立即通知了家长。接到电话钱多和老婆十万火急地赶到学校将儿子送往医院。

医院里，医生给孩子做了全面检查后告诉钱多，病人是因为营养不良得了严重的贫血，以后尽量多给吃些瘦肉、猪肝、蛋黄、牛奶、鱼虾及豆制品，因为这些食物富含维生素C，能促进铁的吸收，若是病情再严重就要做好输血的准备。听完医生的话，钱多心里别提有多紧张了。从医院里回来，钱多便让儿子休学了。孩子休学后又犯了几次病，钱多忍痛卖了家中尚未长大的猪仔和羊羔，但那些所得也仅仅是孩子看病的零头。最后钱多想到了卖血，好不容易找到一家采血站，却被护士告知，他的血液为丙肝携带者，不能抽。儿子儿子，想到儿子看病所需的费用，钱多决定进城打工。

纷纷扬扬下了一天的雪，终于在黄昏时分渐渐停止了。虽然身心疲惫，但钱多觉得既已进了城，既已受了那么多苦，就说啥也不能空手回去。不管怎么说为了儿子他得赌一把。儿子是他的天，儿子是他的命，他再怎么无能，也不能让天塌了。

钱多的一天

钱多是早晨六点多钟出的门,那时他老婆还在睡梦中。钱多之所以选择在这天出门,是因为后半夜起夜,他发现大地不知何时已厚厚铺盖了一层白雪,眼前的小村庄在雪的映衬下显得格外妖娆。他眼前不由一亮,觉得在这样一个美丽的雪天进城,自己应该能碰到好运气。于是他蹑手蹑脚地穿好衣裤,轻轻地关上家门,蹒跚着走到村口,然后搭乘赶往城里拉货的拖拉机来到了县城汽车站。下了车,目送拖拉机走远后,他在车站的早摊前徘徊了一会儿,最终什么也没买便走进了候车室。

车站候车室里已有了三男一女四个赶早班车的乘客。三个男乘客有两个看上去像是出门打工的民工,衣衫不整,头发凌乱,神情极度疲惫。另外的一男一女像是夫妻,两人肤色白净,衣着得体,每人手里提着一个大大的旅行包,估计是要出门远行。钱多胆怯地看看这一对,又瞧瞧那两个,最终他决定到长相体面的夫妇前碰碰运气。许是离发车还有一段时间,那对夫妇站在候车室一角一直说着什么事情,钱多走近前咳了声,咳声引起了女士的注意,女士立即警觉地盯着钱多说:"你有啥事?"钱多退后一步啜嚅着说道:"我家里穷,我儿子得了急病,我……"因为是头一次出门讨钱,他窘得几乎说不下去了。一旁的男士一把拉过似乎是被说动心了的女士说:"怎么老不长记性呢?还想继续被骗啊?想想今年你已经被这样的人骗了多少次?"女士审视了钱多一眼,然后跟男人说:"我觉得这个人应该不是骗子吧,他儿子病了,我们多的没有,十块钱还是可以给的,真被骗了损失的也就十块钱,有啥大不了的?"说完就要掏钱,却被男人一把拉住胳膊,男人继续说道:"你这个人咋执迷不悟呢?现在社会上的骗子为啥那么多,就是因为有太多像你这样的人造成的,你十块他十块,积少成多,于是就有许多好吃懒做的人接踵而至便成了骗子,快不要再当活菩萨了。"男人说完拉着女人就要走,这时男人身后走来一位怀抱婴儿的妇女说道:"大哥,我可是听清了,但

旅途

"我不是你说的那种人，我实在是没办法了，早晨出门走得匆忙竟然忘了带钱，现在着急要到娘家去，我看你面善，所以想请你给我买张车票，票价不到二十块钱，如果你相信我就留下个电话号码，到家后我把钱从邮局汇给你？"抱婴儿的妇女说得诚恳真切，男人打量了一眼打扮说话还算利索的妇女，二话没说从钱夹里掏出二十块钱说："希望你的话是真话，我们要坐的车马上开了，这是二十块钱，你拿去自己买吧，电话就不留了。"抱婴儿的妇女接过钱，感激地对着男人连连说了几声谢谢。

那对夫妇上车后，抱婴儿的妇女走到钱多跟前说道："大哥，不是妹子我说你，我觉得像你这个年纪的男人是不适合干这行的，不但不能引起别人的同情，有时说不准还会给自己惹麻烦呢，你还是赶紧找个别的事情去做吧。"本就一脸发懵的钱多更懵了，他呆呆地盯着抱婴儿的妇女木讷地说道："我也是没办法啊！"抱婴儿的妇女似乎不想再跟他聊下去，便不耐烦地说："我不跟你啰嗦了。"说完抱着孩子快步走向一个刚走进候车室的男子。望着女人匆匆离去的背影，钱多站在原地呆怔了好一会儿。

整整一晌午，转悠在车站里的钱多，一无所获。经过再三思考，他觉得再这样下去，这一晌午的时间算是白白浪费了，于是走出了候车室。雪真大呀！钱多冷得不由缩了一下脖颈，望着眼前被茫茫白雪覆盖着的大地，站在车站门前的他，竟不知往哪儿去了。

越走雪越大路越滑。钱多漫无目的地走走停停，终于他走到了一条商业街，虽然雪一直淅淅沥沥下个不停，但街上的行人却不少。街道两旁的商铺错落有致，因为早晨没吃饭，此时他已是饥肠辘辘。拖着沉重的脚步，他眼睛不停地在各商铺间搜索，最后将目光停留在了一个人的脸上。这个人正擦着嘴从一家店里走出来，看来这是个吃饭的地方。他畏缩着走到这家店门前，悄悄趴在玻璃窗户上看了一会儿，然后慢腾腾地走了进去。

饭店不大，里面仅摆放了六七张桌子，但是吃饭的人却很多。钱多低头看了一眼自己破旧不堪的衣服慌忙走到靠门的一张桌子前坐下。不一会儿一个看上去年龄颇大的女服务员走到桌前上眼皮不搭下眼皮地说道："这位师傅，要是吃饭桌子上有菜单你看着点，要是不吃饭我们店里可不提供休息的地方。"钱多忙说道："我吃饭，我要一碗面。"女服务员冷淡地又问道："说清楚，我们店里的面很多，你是要哪种面？"钱多被问得一时不知如何回答，只好两眼发窘地看着服务员。见其如此唯唯诺诺，女服务员随即大着嗓门说道："那就一碗羊肉臊子面吧。"不久面端上来了，闻着香气四溢的羊肉面，他顾不得许多立即拿起筷子狼吞虎咽地吃起来。面可真香啊！像是有几年没吃过似的，很快碗里的面便一扫而光。肚饱身子暖后，他想起该付面钱了，可是翻遍衣兜竟没搜出一块钱。明明记得裤兜里还有几块钱，怎么就不见了呢？钱多沉思着：是半夜被老婆摸了去还是刚才翻衣兜不小心掉在地上了？想到这他下意识俯下身子在桌子底下查看起来。巧得很，在桌腿下还真发现了一张五元钱，他欣喜地一把抓在手里，正准备起身时，就听一个女人说道："吃饱了，钱付了赶快给别人腾地方吧。"感觉是女服务员，他忙站起身说："应该的，我付钱。"说着便将五块钱递到女服务员面前，女服务员板着脸正要接钱，旁边桌上的一位女顾客忽然指着钱多手中的钱说："等等，我女儿刚才正好弄丢了五块钱，上面还缺个角，我看那张钱是不是？"没等女顾客伸手，女服务员一把拿过钱，看了一眼说："哦，是缺了个角，应该是你的。"说着一边将钱递给女顾客，一边转身斥责钱多说："你这个人咋回事，看你面相绵了吧唧的，竟然干这种事？"突然发生这样的事情，加上与生俱来的胆怯和畏缩，吓得钱多竟然连一句辩解的话都没有。女服务员的责骂引起了店里其他顾客的注意，这时一个吃饭的

旅途

老年妇女说道:"一个大男人不凭体力挣钱,当什么贼,贼是那么好当的啊,好好骂,不行就暴打一顿让以后长点记性。"另一个年老的男性顾客则劝慰女服务员说:"看长相也是个老实人,也许人家真有什么难言之隐,不就一碗面,算了,就当施舍了,要是不愿意施舍他这碗面我给买单了。"见越来越多的顾客参与了进来,担心影响生意,女服务员终于停止了责骂,但接下来女服务员的一个举动竟震惊了店里的所有人。女服务员突然拽起钱多的胳膊说:"快走快走,别影响我的生意。"说着连推带拽将钱多赶出了饭店。

清晨出门,从车站到饭店,近六个小时的时间里,因为讨钱和吃饭,他被视为骗子,被诬陷为贼,早上的豪情在这一刻忽然消失殆尽。踟蹰于雪地里的钱多,内心不由涌上一股悲哀。难道我今天的愿望真要落空吗?

雪,依旧在下。风,依旧在刮。钱多信步来到了县城中心的电影院广场。

下午的广场,因为雪更添了一份银光。广场很大,四周的店铺琳琅满目,钱多东瞅瞅、西瞧瞧,始终拿不准该往那家去,因为吃饭被辱骂的缘故,他暂时放弃了进店讨钱的打算。他在广场四周转啊转,不久将目光停留在了广场旁悬挂着的一块大牌子上。牌子上醒目地粘贴着一张五颜六色的宣传画,那张画在阳光及飞雪的映照下显得十分鲜艳夺目。钱多好奇地走到画下,仰头痴痴地望着画,因为不认得字,他出神地看了很久,任凭雪花轻轻飘落在脸上、身上,然后慢慢地融化。不久许是脖颈累了、眼睛酸了,他终于摆正了头,就在这时一个红彤彤的身影跳进了他的眼帘。这个身影是个姑娘,这个姑娘身穿红色羽绒服,脚蹬白色高靴,留着齐肩的短发。鬼使神差,钱多走到姑娘身旁。起初姑娘一直专注地看着身边的海报,没留意身边来来往往的行人,不久许是意识到身旁有个人一直在注视着自己时,姑娘警觉地往一边挪去,姑娘的举动丝毫没有引起钱多的重视。姑娘挪动,钱多也紧跟着挪动,终于姑娘警觉了,姑娘恼了,姑娘严肃地瞪着钱多大声说:"你想干什么?流氓我见多了,再跟一步看我报不报警?"姑娘的呵斥一下吓住了钱多,他紧忙退后几步结巴着说:"我……我,你误会了。"没等钱多话说完,有人突然从身后一把扭住了他的后脖颈,因为地滑,钱多一个趔趄仰面倒在了地上,没等反应过来,袭击者对着他的后背又是几脚,一边踹一边骂骂咧咧着说:"土鳖,敢骚情我女朋友,是不是活够了?"被袭击的钱多挣扎着站起身,当看清打他的是一位高大且留着长头发的青年时,他心怵地忙说:"我……我,我不是坏人。"没等话音落地,长头发青年忽然将身子贴近钱多,然后一只手麻利地伸进了他的衣兜里,钱多僵硬地扭动着身体却并不言语,长头发青年的举动被一旁的姑娘看了个一清二楚,姑娘先是惊诧,继而眼睛瞪着青年说:"谁是你女朋友啊,快把你的手拿出来,再不拿出来我真的报警了啊。"不知是因为姑娘的一番话还是长头发青年确实一毛钱没摸出来的缘故,青年恼怒地将钱多再次推个趔趄,然后嘴里嘟囔着往姑娘身边走去,姑娘意识到了什么,快速往身后的一家商店跑去,同时嘴里大声喊道:"亲爱的,快出来,有人想非礼我。"姑娘的叫声似乎起了震慑作用,长头发青年站在商店外,徘徊了几秒,然后悻悻往别处去了。钱多目睹着眼前的一切,情绪坏到了极点。

　　夜幕渐临,下了一天的雪终于停了。钱多拖着疲惫不堪的身体孤寂地行走在雪地里。从出生到现在,虽说家境穷困,虽说目不识丁,但他却也从来没有活得像今天这么难过。整整出来一天了,落了一身伤不说,就这样两手空空地回去,该如何面对儿子?如何面对老婆?新年将近,今年这个年又该如何过?钱多伤心得不敢往下再想。他痴痴呆呆地

旅途

胡乱走着、想着、伤心着，不觉间走到了路边的一个小商店门口，他很想进去讨点吃的，暖暖身子，可是中午吃饭的一幕再次浮现在眼前，他胆怯了，无助地站在商店门口不停地往里张望着。这时从店里传来一个男声说："不觉张三去世竟也一年了，那个王八蛋活着时不受女人待见，死了竟被女人、娃娃当个神似的供着，也算死得值。"跟着一个女声说："瞧你说的，张三活着时女人、娃娃过得是啥日子呀，女人的一件褂子成几年穿，娃娃一年能吃几次荤？自从去年被车轧死后家里的日子一下好过了，听说赔偿了三十几万呢，那些钱足够张三的老婆、娃娃花上一辈子。唉！没想到张三那个好吃懒做的东西活着没让老婆、娃娃享上福，死了倒给家里人带来了好运气。"钱多呆呆地听完店里两个人的谈话内容后，突然像是有人牵了手似的，他目标明确地向着一条车来车往的大路上快步走去。

钱多走上了一条很宽敞的大路，这条路往日车来车往，今天许是下雪的缘故，他走了许久不见一辆车经过。但他很有耐心，他坚信肯定会有一辆车从他身边经过。他一边慢慢地走着，一边不停地往身后张望着，他在等待着。终于身后有了声音，这声音由远及近，他放慢了步子，他转过了身体，在一阵冷风即将吹过的一刹那，他猛地向车头扑了过去……

半个月后，在县城医院的一间病房里，清醒了的钱多收到了交警送达的一份责任认定单，认定单上写着：经交警现场勘查，此事故系人为造成，车主某某无责，钱多负全责。

（发表于《朔方》2013年第11期）

兔　惑

听朋友说，自己的一个闺蜜病了，病得蹊跷，病得让人不可思议。觉得好奇，我便追问了事情的原委。朋友的闺蜜叫李蕊，三十多岁，据说是个聪明也很有爱心的人，打小就喜爱养宠物。李蕊最后养的一只宠物，是一只刚出生不久的小兔子。兔子长着一对像剑一样挺直的大耳朵，皮毛雪白，样子很讨人喜欢，李蕊便给小兔子起名为小白。小白没到李蕊家之前，李蕊和丈夫是靠批发生活日用品维持生活的，生意做得极其艰难。小白的出现，使李蕊家的生意一下子好了起来。头一年，李蕊用赚来的钱不仅还掉了部分欠款，还添置了私家车。第二年，李蕊开了分店，住房也换成了大的。

小白来家里的第一年，每天不论有多忙，李蕊都会仔细地为小白清理卫生，按时买来新鲜的菜叶喂食，雷打不动地抱小白出门放风，并且逢人便说她家的好运是小白带来的。那一年，小白被李蕊饲养得白白胖胖。第二年因为生意忙，应酬多，李蕊照顾小白便有些力不从心。有时几天才能喂食一点新鲜的菜叶，兔舍也是改为半月清扫一次，抱小白放风更是件奢侈的事情。反差极大的生活，使得小白原本胖乎乎的身体慢慢地消瘦了下来，精气神也大不如从前。

第三年的春天，小白突然生病了。病了的小白没有引起李蕊的重视。李蕊依旧在忙，直到有一天小白消瘦的身体突然散发出一股难闻的气味时,她才慌了神。李蕊按自己的判断给小白喂了药,清扫了兔舍。然而几天过去了,小白的病情不仅丝毫没有好转,且兔舍里的气味越来越大。一天晚上,李蕊丈夫回到家里闻到难闻的气味,忍不住责备李蕊说,女人一定要把重心放在家庭、孩子和丈夫的身上,如果实在寂寞宠物也可以养,但是最好不要把家里弄得臭气熏天。李蕊的丈夫还说了很多,说完之后便赌气离开了家。一边是自己打小就喜欢的小宠物,一边是心中充满了怨气的丈夫,权衡再三,李蕊决定将小白送走。在送往何处的问题上,她思想斗争了许久。一开始她想狠狠心将小白弃之荒野,任其自生自灭,但静下心又觉得于心不忍。毕竟小白曾经给她带来过许多欢乐,毕竟那还是条鲜活的小生命。最后,经过斟酌她给一个朋友打了个电话。这个朋友是她朋友的朋友,叫张发。张发开着一家农家乐餐厅。电话中她给张发说,自己有只小兔子,因为家里生意忙想暂时寄养在农家乐,问张发可否帮忙代养一段日子,张发爽快地答应了。张发的农家乐位于郊区,不仅有餐厅,还有个十几亩大的果园专供客人采摘瓜果、休闲娱乐。小白是初夏送去的,许是气温和换了环境的缘故,不久身体竟慢慢好转。隔三岔五,李蕊总去看看。看着日渐活泛了的小白,她心里很是高兴。而小白每每看到旧主人,眼神流露出的也总是一股暖意。

  夏末的一天,李蕊和丈夫在农家乐宴请几位客人。饭毕,客人提出要到果园里娱乐一下。在果园里娱乐其实就是用弹弓打活物,例如呱呱鸡和麻雀。原本李蕊想让丈夫一人陪客人去玩,自己正好去看望一下小白,结果丈夫不同意,说是等客人走后两人一起去看,李蕊答应了。陪客人进园子之前,李蕊顺嘴问张发小白是否圈养在笼子里,张发说他亲眼看见它锁在笼子里,让李蕊尽管放心去玩。听完张发的话,李蕊放心地陪客人去了。客人进园后,惊得园子里的呱呱鸡四处逃窜,几个客人

兔 惑

拿着弹弓直奔一群呱呱鸡,李蕊慢悠悠走在后面,客人走远后,李蕊忽然看见在自己身旁不远处,有两只灰白相间的呱呱鸡在觅食,而她丈夫手拿弹弓正蹑手蹑脚地往一棵树后走去,远远地她看见,她丈夫手举弹弓瞄准了其中的一只。说时迟那时快,砰地一声受惊的两只呱呱鸡散落一地羽毛逃跑了。弹弓会打准什么呢?带着好奇心,她赶快跑近前查看。真是不敢相信,在两只呱呱鸡站立过的地方,她竟然看到了一只仰面朝天的兔子,兔子被打中了前腹,胸前汩汩冒出的血瞬间便染红了那锃亮雪白的兔毛。

李蕊一阵心忤,站在地上愣怔了好一会儿,这时她丈夫也走了过来,看着鲜血淋漓的兔子更是震惊不已。片刻,李蕊蹲下身仔细查看。兔子是她家的小白,已经断了气,但眼睛并没合上。李蕊目视着曾经给她带来过许多欢乐,而今转瞬失去生命的小白,泪水不由湿了眼眶。见此,她丈夫立即打电话叫来了张发。看着现场,张发再次保证说,他确实叮嘱过服务员把小白圈养在笼子里,至于小白是怎么跑到园子里去的,他回去一定追责,给李蕊他们一个交代。听张发这样说,想想人家又是帮忙代养,李蕊只好作罢。在如何处理小白尸体的问题上,李蕊坚持就地挖坑掩埋,说是给小白留个全尸。可她丈夫却坚持爆炒兔子肉吃,并说从古至今兔子肉就是一道美味。李蕊一时语塞。爆炒兔子肉,李蕊一口没吃,小白的皮毛倒是被她带回家,高高悬挂在家中阳台一角。

日子似流水,不知不觉一年过去了。在这一年里,李蕊家里接二连三地出事。先是生意直线下滑,原先的一些客户忽然莫名地断了联系。供货的断了货源,老客户又都突然不见了踪影。李蕊和丈夫怎么也想不出问题究竟出在哪儿。眼见生意越做越赔,他们只好遣散了员工,盘掉了分店,生意再次回到了原点。一天晚上,李蕊丈夫开车回家,说是看

旅途

到路中有个似猫像兔的动物在走动，为了避让不慎将车开到了人行道上，结果撞残了一个行走的路人，自己也摔断了一条腿。因为赔偿费和住院费，他们置换了更小的住房，变卖了轿车。李蕊丈夫出院不久，李蕊莫名其妙地又病了，可是医生却诊断不出病因。

总之李蕊就是病了，病得让人不解，病得有些诡异。病因是稍一劳累或是受到一点儿刺激，人就会出现昏迷抽搐的现象。抽搐的时候，躺在地上手脚蜷缩成一团，神志不清。家人带李蕊到当地医院神经内科看了几次，医生也说不出个究竟，但这种现象每月都会在李蕊身上发生一次。有时也会有另外一种情况发生，李蕊在和人聊天时，如果稍一激动，身体会突然前栽，片刻间瘫软在地，但不一会儿又慢慢恢复常态。这两种怪病折磨得李蕊严重神经衰弱，晚上常常做噩梦，据说每个梦都跟兔子有关。有时梦见一只长相怪异的兔子追得她到处躲藏，有时又梦见家中的每个角落里都蹲着一只剥了皮的兔子，兔子浑身鲜血淋淋，看见她也不躲闪，只是一直拿一双哀怨的眼睛看着她，那种眼神怵得她胆战心惊。在一个反复出现的梦境中，她梦见自己总来到一个荒山野岭，那里四周没有人迹，她害怕极了，便使劲地呼喊，但是就是叫不出声。她惊慌地到处找路，奇怪的是一条路都没有。就在她惊慌失措时，突然从草丛里跳出来一个乞丐模样的人淫笑着向她扑来，她快吓死了，撒腿就跑，可是腿脚就是迈不动，就在乞丐伸手要抓住她的一刹那，梦中常出现的那只剥了皮的兔子突然窜出来，向乞丐猛扑过去，她才得以逃脱，然后梦也醒了。梦醒后的李蕊始终不得其解，后来有一个亲戚指点她说，经常做这样的噩梦，又接二连三地得怪病，是否要打打卦。

李蕊照亲戚的话做了，也不知道打卦的先生说了些什么，总之李蕊从打卦先生那里回来后，做了件让所有人很匪夷所思的事情。她先是从街上买回来一个很精致的小木箱，然后把一直高高悬挂在家中阳台一角的那张兔子皮放进箱子里，做完这一切她抱着木箱来到家门前的草坪上，选了一块草势长得很旺，旁边还有棵桃树的地方将箱子深埋了进去。

不论是耳闻还是亲眼目睹了此事的朋友们，都认为李蕊确实病了，而且病得不轻。但我却不这么认为。

(发表于《朔方》2013年第6期)

丢失的手链

照理说上级部门举办的业务骨干培训班，应该轮不到宁静，可是单位却派她来了。这事要搁在其他人身上不知该怎样感谢领导呢，可是宁静却并不领情。

事情是这样的。半个月前，宁静信心满满地将市级优秀人才推荐表交到单位办公室，她觉得单位今年向市上推荐上报的优秀人才，她的优势最大，没想到几天后，领导办公会上全票通过的却是同事毛丹。

毛丹五年前和宁静一起毕业，也一起分配到现在的单位。按说单位推荐毛丹应该也没啥，但问题是市级优秀人才推荐名额就一个。既然是一个，那肯定有一个人要被淘汰，宁静觉得无论从哪方面衡量，毛丹条件都不如她。比如说业务奖项，她获得的可都是省级大奖。据她了解，毛丹唯一一个奖项是本市颁发的，发表论文篇幅更是不如她多，这件事单位的许多同事也是有目共睹的。就凭这两项毛丹能争得过她？宁静自信满满，但事情的结果却是毛丹被推荐了，她被淘汰了。乍听到消息，宁静几乎被气晕。她气势汹汹地去找领导理论，结果来到领导办公室没等她的怨气发出来，领导的一番说辞，竟使她一下哑口无言了。领导说，单位之所以推荐毛丹，主要考虑毛丹的丈夫是财政局领导，单位办公楼的暖气几年不热，我们去财政局反映了情况，时间不长人家领导便给我们解决了问题，这是毛丹的功劳。二是市上今年给我们单位分配的一千万元招商引资任务，又是财政局帮我们单位完成的，这也是毛丹的功劳，所以单位推荐了毛丹。虽然你的条件很优秀，但也得考虑单位的实际情况，你要为我们领导分忧啊！领导话都说到了这个份上，宁静还能说啥呢。就这样她来到了这个培训学习班。

培训班设在离省城有十公里远的一个植物园里。植物园虽然风景秀美，但是交通却不方便。宁静下午三点钟从家里出发，大巴车颠簸了近四个小时才到达学习班驻地附近，下了车她拉着行李箱又走了近半个小时才找到报名的地方。履行完报到手续已是晚上九点，交房卡押金时，工作人员跟她说，你的房间在四楼阴面，里面已经住了一个人，晚餐十点前结束，早餐七点开始。工作人员说完，宁静心中有了一丝不悦，房间在四楼不说，先她又住进去了一个人。于是她说道，能不能给我调个阳面的房间住？我腿疼。工作人员说，房间是培训班早已安排好了的，我们没有权力调整。讨了个没趣，宁静拉起箱子悻悻往房间走去。

咚咚咚的敲门声响了有六七下后，房间门才慢腾腾拉开了一条缝，然后一张糊满糨糊的脸探出门问，你找谁？宁静瞪着糨糊脸说，我是学习班的，也被安排住进了这个房间，麻烦你打开门。糨糊脸一听连忙拉开了门。宁静拉着箱子一边往里走一边说，学习班每个房间都安排了两个人，你把房门反锁了，后面的人来了多不方便啊。糨糊脸听出宁静话音中的不满，便忙解释说，刚才我要洗澡才反锁了门，我不知道每个房间都安排了两个人。因为心情的关系，宁静无心再搭讪糨糊脸。她把箱子拉到墙角放好，然后看着屋子里的两张床又问道，哪张床你已经用过了？糨糊脸忙指着靠窗户的床说，那张我已经用了，你睡旁边的床吧。宁静看着糨糊脸指给她的床，面露不悦地说，床上的一堆东西也是你的？糨糊脸突然想起便忙走过去拾掇床上的东西，哪知一低头，脸上的面膜全部掉在了雪白的床单上，糨糊脸紧抓慢抓床单还是被弄脏了。宁

旅途

静没有好心情地把包往床头柜一放说，都已经脏了快别弄了，我叫服务员换条新的。说着拿起床头的电话便呼叫了服务员。工夫不大，一个女服务员手拿一条雪白的床单走进了房间，在服务员拾掇床铺时糨糊脸走进了卫生间。服务员换好床单离开后，糨糊脸从卫生间里走出来说，我叫杨桃，住在泾川县。我们那个地方挺穷，特别不发达。你住在县城吧？叫啥名字？宁静冷淡地回了句，我叫宁静。然后再没说啥，拿着洗漱用品走进了卫生间。

卫生间的墙壁上，高高悬挂着一件已经洗得看不出颜色的女士湿内裤。宁静心里再次感觉不爽，她放下洗漱包，拧开水龙头，低头正要洗脸时，面盆侧壁一团白乎乎的东西引起了她的注意。她用手指划了几下，然后将沾在指上的东西放在灯下仔细一看，竟发现是面粉。糨糊脸原来是用面粉在做面膜，这个女人真够奇葩。宁静在心里这样想着。等她洗漱完毕返回屋里，叫杨桃的女人已在酣睡中。

第二天早晨，当宁静睁开眼房内已不见了杨桃的身影。杨桃是什么时候起来的，又是什么时候出去的，她全然不知。因为头晚来迟的原因，她甚至都没有多看杨桃一眼，所以现在压根也就想不起杨桃具体长什么样子。宁静收拾完天已大亮。她扫了一眼墙上的闹钟正好七点，便提上包匆忙往餐厅走去。

早餐是自助，食物很丰富。盛好饭菜，宁静选了个空桌刚坐下，一个似曾相识的女人端着饭菜坐到她身旁说，大姐你早。她看了女人一眼，觉得在哪里见过，但一时又想不起，便客气地说，快别叫我大姐，说不准你比我还大呢，我们是在一个学习班吗？女人一边吃饭一边呵呵笑着说，我是杨桃，我们住一个房间你不记得了吗？她抬起头，仔细看了杨桃一眼，然后像是突然想起说，看我这记性，昨晚来得迟，真没记住你长啥样。杨桃说完没关系后，接着前面的话题继续说道，昨天报到时我看了花名册，宁静这个名字很独特，所以记得很清楚，从花名册上的信息看，你比我大几岁，所以我就叫你姐了。听杨桃说完，宁静心里更有些不舒服了。她从哪个角度看，都觉得杨桃的长相看上去比她显老，然而年龄却比自己小。岁月真是把杀猪刀啊！她不由在心里叹息。因为头天的不愉快，她不想再跟杨桃搭讪，便低头默默吃起饭，而杨桃却毫无心眼地又问道，大姐，你家孩子多大了？你丈夫是干啥工作的？杨桃的问话要是搁往日任何人问起，她都会耐心回答，可偏偏适逢近日她心情不佳，于是便不高兴地抢白杨桃说，你咋像是查户口的啊？讨了个没趣，杨桃再没开口说话。

上午，学习班例行公事地举行了开班仪式，一位领导讲完话后，培训班的老师针对三天的培训学习又做了一些补充说明。中间休息时，宁静认识了一位叫白雪的女学员，两人聊得似乎很投机。聊天中宁静得知白雪不仅与自己同在一个系统上班，喜好相同，而且性格还很相似，更巧的是她们还同岁，两人越谈越有种相见恨晚的感觉，杨桃几次过来搭讪，宁静都没理睬。中午聚餐时，杨桃不但又坐到了她身旁，而且像是突然发现新大陆似的，惊讶地盯着她手腕上的碧玺手链说，你的手链真好看，价格肯定很贵吧？心中本就有些反感杨桃，此刻见其口无遮拦地问这问那，借口上洗手间，她去了别桌。

下午，一个戴眼镜的老师讲了不到两个小时便宣布下课了，老师走后班长说，为了让学员们彻底放松心情，享受假日，学习班安排了两个半天课时，第二天上午上课，下午带大家去参观一个工厂。班长介绍完毕学员们立即七嘴八舌地说，学习班时间安排得这么紧，植物园近在身旁，这么美丽的风景大家若不抓紧看看，真是可惜了。经同学们这样一说，下课后真有不少人忙着去拍照、去赏花，还有人说要在湖心公园唱唱歌、聊聊天。宁静和白雪俨然已经是一对好姐妹了，下课后白雪热情

旅 途

地邀请宁静和她一起去参加一个朋友的聚会，宁静觉得不合适，便委婉地谢绝了。

晚饭后她独自来到了植物园。植物园里的小公园离上课的地方不远，从住处走过去也就十多分钟。园里有草坪，有花圃，有水池，池里还养着一些颜色很好看的小金鱼。园里的小径四通八达，人行道旁边开着许多叫不上名字的紫色小花，姹紫嫣红的花朵使宁静很快便陶醉其中。她微闭着眼睛，面向天空，舒畅而深情地呼吸着清新的空气，觉得这是几日来自己最心静和惬意的一刻。但是不久一个不合时宜的声音破坏了这一切。这声音由远及近传到她耳畔，就听这个声音说，大姐你好自在啊。不用说这是杨桃的声音，虽然仅相处了一天，她没有应声。杨桃不识趣地走到她身旁继续说道，大姐跟我去照相吧，她忍着心里的怒气，冷淡地说，这么美的景色，我想自己走走看看，你还是找别人去照相吧。杨桃则答非所问说，我喜欢夏天，所以起名杨桃，我约了几个同学来照相，你也参与参与吧，说着指了指身后不远处几个正忙着照相的女士。因为心中独享的那份静谧瞬间被打破，她实在是有些气恼，便催促杨桃快陪同学去照相。而杨桃丝毫没觉出，自顾自地继续说道，那边有我的一个大学同学，我们也有好几年没联系了，没想到这次在学习班碰到了。杨桃的唠叨，彻底破坏了宁静的好心情。杨桃走后，她无心再逛，便回了房间。

在房间，宁静越想越气闷，便决定洗个澡好好睡一觉。刚走进浴室洗了不到半个小时，忽听房门被人打开了。她心里正懊悔着洗澡前为什么没有反锁门时，杨桃的声音传进了她的耳朵，隔着卫生间的门就听杨桃说，大姐，你在洗澡？我来房间拿个东西，晚上和同学住，就不回来了，床头我给你放了两个从家里带来的苹果，你尝尝。她没吱声，似乎是东西拿上了，就听哐当一声门被锁上了。想着不会再有人来了，她才

丢失的手链

又安心洗起澡。

发现碧玺手链丢失是第二天早晨的事情。

早晨上课后,她总感觉自己身上好像少了点什么。第一节下课去泡茶时,才发现手腕上少了碧玺手链。那可是丈夫送给她的生日礼物啊,很贵重。因为每天早晨十点后服务员才会上门打扫卫生,于是她赶忙跑回房间寻找。打开房间门,看到屋里的状况和出门前一样,她便开始在可能放手链的地方仔细寻找起来,结果一无所获。坐在床头,她回忆了一遍,觉得头晚洗澡时好像把手链放在枕头旁,洗澡出来嫌麻烦没去吃饭,九点钟时感觉饥饿便吃了杨桃放在床头的一个苹果。本来她不打算吃,但那会儿确实有点饿,便没忍住。手链怎么会丢失呢?她苦苦思索着。突然,一个人闪进了她的脑海,那个人便是杨桃。她记得自己洗澡时杨桃曾经回过房间一趟。难道?这个念头冒出来没几秒,她又感觉不大可能。杨桃再怎么说,也是机关工作人员,又受过高等教育,即便家中条件再不好,也不至于吧?这样一想,她又在屋子寻找起来。可是手链就是踪迹全无。她懵了,这要是真丢了,可让她心疼一阵子了。苦苦思索无果,她决定到教室问问杨桃,毕竟她们同处一室。

回到教室老师已经在上课。她根本无心听课,眼睛一直盯着杨桃,那会儿心里一直在想着该如何询问?不问杨桃她着急,问吧又不知怎样开口。艰难地熬到下课,她很想快速追过去问个究竟,结果杨桃离开教室的速度比她还快。这使她心里突然有了一种猜忌,莫不是杨桃真拿了?她跟在杨桃身后一直走到餐厅,搁在前日她不仅会躲开杨桃,甚至都不会多看一眼。可是今天她必须要紧跟杨桃,只有这样才能寻机问出碧玺手链的下落。杨桃盛好饭菜看到一个空位便坐了过去,她跟着坐到了一旁。欣喜的是白雪看到她也坐了过来。因为心里藏了事,吃饭时她一直心神不宁。白雪看出了她的异样,便低声问怎么了?开始她不打算说给白雪听,觉得还是自己处理好些。可是经不住白雪再三追问,只好说了心中的疑问。白雪听完立即说,这事直接问杨桃呀,你们是室友,不问她问谁?你不好意思问,我给你问。说完没等她答复,便直接问旁边的杨桃说,你室友的手链不见了,就是你昨天看到的那个。正专心吃饭的杨桃,听见白雪这样问她,先是愣了一下,随即反应过来说,手链咋能丢了?房间就我们两个人,都仔细找过了吗?问没问服务员?她这才脱口而出说,我都找了几遍了,就是找不到。从昨晚到现在,就你昨晚回房间拿过东西,服务员一直没来过。杨桃还没答话,白雪先说道,既然服务员没进过房间,难不成手链长上腿跑了?长上翅膀飞了?白雪话音刚落,杨桃立即气呼呼地说,你说这话啥意思?难不成我拿了?杨桃话音刚落,杨桃旁边的一位同学马上抱不平说,东西丢了只能怪本人没保管好,哪能随随便便冤枉别人?大家都不是小孩子,说话别没轻没重的。杨桃的同学若不说这话还好,结果话一出口,跟白雪似乎很熟识的一个女学员跟着说道,人家手链丢了,住在一个房间也就随口问问,至于那么敏感啊?女同学刚说完,边上的一个男同学接着说道,别说刚认识两天,这世道亲儿子偷亲妈、亲哥偷亲弟的事多了,不足为怪。见有越来越多的同学参与了讨论,杨桃红着眼睛气愤地离开了餐厅。

　　中午午休,因为饭间的风波,宁静去了白雪的宿舍。下午按照学习班的安排,全体学员要到附近的企业参观学习。班长交代了一些该注意的事项便吩咐大家到门口乘车。上车时宁静察觉到了一些异样的眼光。有不满看她的,也有不满看杨桃的。最明显的是杨桃上车后,看到一个学员旁边的位置空着就要落座,结果这个学员却一脸冷漠地说,座位已经有人了。杨桃又向另外一个空位走去,刚要坐时这个同学忽然站起身呼喊着让杨桃身后刚刚上车的一位同学过来坐。杨桃只好悻悻地再次离开,最终杨桃坐到了最后一排。车辆行驶中,偶有同学调侃笑话,只要杨桃一插话，别的同学便不再搭腔，几次三番后杨桃不再开口了。而宁静则与白雪说笑了一路。在企业参观时，杨桃几次走近宁静身边想要说啥，宁静都避开了。她心里清楚杨桃想要和她说些啥，但她却不想说，因为自从第一天见面，她就对这个人没有好印象，即便手链没有丢失，她觉得她们注定也做不了好朋友。参观结束回到宾馆，宁静先去了白雪的房间。晚上吃过晚饭，她让白雪陪同回房间拿东西却发现房内根本没有杨桃的身影，不但杨桃不在，连同杨桃的个人用品也踪迹全无。原本打算晚上要去白雪的房间蹭睡，因为她觉得中午发生的那场风波，若跟杨桃再同居一室，心里肯定会尴尬不已。想不到杨桃也有同感，居然先她一步离开了房间，她索性留在了房间内。

　　第二天中午的结业仪式上，上级领导讲完话后优秀学员代表又发了言，每个学员的脸上都布满了开心的笑容，好像那些笑容就是专为那一刻而准备的。三天时间虽然短暂，但一些学员似乎有了很深的感情，大家互相说着体己的话，互相邀请着对方，场面很温情，也很感伤，宁静也不例外，那一刻，她不仅遗忘了前些日子的不愉快，而且连同近两日来发生的一切闹心事也都从心里一扫而光。下午她愉快地踏上了回家的路程。

　　晚上回到家，当她打开旅行包，她惊呆了，丢失的手链竟安然无恙地躺在包的夹层里。

压岁钱

也许命里注定一些东西不该他有，也许是他的名字没起好。白芒白芒，那不就是白白忙乎一场啊。

白芒出生在农村，三十多岁。白芒这个人怎么说呢，说他不聪明吧，打小学习挺好，顺利考上大学，大学毕业又考到了本市李乙镇工作。说他聪明吧，却又是个极其没有主见的人。尤其是结婚后，听熟悉的人说，啥事都听他老婆的。白芒和他老婆是高中同学，他老婆在一个事业单位里上班。两人有个儿子，叫小涛，年龄九岁，淘气得不得了。四岁时，一次和家里的小狗儿玩，玩着玩着突发奇想竟用打火机去烧小狗的尾巴，结果惹恼了小狗，手臂被咬伤，害得白芒夫妇仅打狂犬疫苗就花了好几百元钱。六岁时，一天放学回家，看到一个同学拿着玩具玩，便一直追着看。许是那个同学玩腻了，便说要是喜欢可以卖给他。小涛一听甭提有多高兴了，立即满身找钱，可是把身上搜遍也没找出几块钱，最后他居然把同学领回家，自作主张把自己存钱罐里的钱拿了出来给了同学。事后白芒夫妇把小涛狠狠揍了一顿。七八岁时更是让大人不省心，隔三岔五不是邻居来找家长告状，就是班主任传家长到学校谈话。因为这个儿子，白芒在单位的工作状态也一直不是太好。

白芒工作的李乙镇地处市郊。单位有正式编制的干部五十多人。刚上班那会儿，白芒被分配在单位的计划生育站工作，每天的工作任务是到各村给那些已经生育了一孩，但没有结扎的妇女同志做思想工作，让其少生多富。没两年又被调整到单位的信访接待办公室工作，业绩一直平平。主要原因是那几年老婆很黏他。每天上班送下班接，偶尔单位有个加班，他总是用各种理由推脱，惹得领导同事对他颇有微词。后来有了儿子，对工作更是有些懈怠。直到有一天，他带老婆参加一个同学聚会，内心才有所触动。那次聚会的召集人是他的大学同学，因为升职为单位二把手，借此请了一帮同学以示庆贺。上学时这个同学其实并没有那么优秀，可是参加工作不久，好运气却一个接着一个降临。据同学说，刚到单位上班那会儿他也就是个打杂的小职员，每天被同事呼来喝去。命运被改变是在一天的早晨。那天因为他到单位比较早，拖完自己办公室的地，他到水房洗拖把时发现水房水龙头好像坏了，水一直流个不停，便顺手试着修理起来，就在他低头专心侍弄阀门时，单位一把手领导正好进来接水，看到那一幕很是惊讶地夸奖了他几句，然后便走了。当时他也没想那么多，当然水龙头也被他修理好了。不久领导在单位干部大会上突然表扬了他，说是现在有很多单位就缺这种有主人翁精神的干部，让大家今后都要向他学习。时间不长他便被领导调到办公室工作。随着跟领导接触次数的增多，一年后又被提拔为办公室主任，然后便是单位的二把手。同学讲述时可能也就还原了事情的本来面貌，可是白芒老婆听完，心情却不平静了。那天回到家，她老婆就像变了一个人，突然温柔地跟白芒说，看你同学多有出息，以后家里的大事小情你就不用操心了，儿子也由我全部负责，你在单位好好工作，尽量和领导多走动，留个好印象，争取早日也被提拔。白芒按照老婆的话做了，工作还真是有了转机。时间不长他便被领导调整到单位办公室干文书。时间过得真快，转眼新年又将临近，近日单位干部私下疯传，说新年过后领导又要给大家轮岗。闻听此消息，白芒不觉心乱如麻。

旅途

人有时就是这样，无欲无求时很是知足，每天看太阳总是新的，一旦有了欲望，内心便无时无刻不被外物所扰。自从听说单位办公室主任即将被提拔为副镇长和新年过后领导又要给干部轮岗的事情后，白芒的心情便不平静了。办公室文书工作，细算他干了也有一年了，自我感觉干得很好，似乎同事们对他的评价也不错。这次主任要是被提拔为副镇长，那新的办公室主任人选必定得从干部中产生，如果他有幸干上办公室主任，那离副镇长、副书记一职不是也不远了吗？一想到这些，他的心情很激动。

一年前，也就是他上班的第八个年头，临近春节放假前，书记在干部会议上说，已经过去的一年里，通过观察，我发现好些同志上班吊儿郎当不安心于本职工作，春节上班后，我要给大家轮轮岗，把那些真正能干事的人调整到重要岗位上，不好好工作的人单位也给准备了岗位。书记此话一出，立即引起了大家的重视。当天下班回到家，白芒和老婆聊起了领导说的话。他老婆听完立即一脸严肃地说，马上要过年了，你们领导真是聪明，这个时候给大家说年后轮岗是再清楚不过的事情了。见白芒两眼茫然，他老婆气恼地诠释道，你怎么这么不开窍呢？你们领导说那话的意思是过年谁去拜年，谁就会有好岗位。不去拜年的，那就靠边站吧。我说得够清楚了吧？今年无论如何你都要去给领导拜个年，三十好几的人了，不能总是在单位原地踏步吧。白芒听完老婆的话连声说了几个好。

年二十九的晚上，在老婆的安排下，从没去过书记家里、从没给领导拜过年的白芒，提着丰厚的年货去给书记拜年了。开门的是书记夫人，听见有人来了，书记拿着本书从卧室里走了出来，见是白芒，先是愣了一下，然后热情地招呼他坐。走进客厅，白芒顺手把丰厚的礼物放在了沙发一旁，书记看见了，马上面露不悦地说，来就来了，你搞这些干啥,一会儿拿走。因为从来没有给领导拜过年,书记的话使白芒不觉有些紧张。书记似乎从他脸上看出了尴尬,便又用和蔼的口气说,别拘束,我观察了几年,你工作得不错,字也写得好,好好历练历练会是棵好苗子。听书记这样说,他才稍有松懈。坐下后,书记问了他一些单位的事情,他照实回答。他和书记一问一答时,书记夫人过来给他沏茶,他立即嗫嚅着说道,阿姨,其实我早就想来看您了,但是怕书记骂就没敢来,今天是鼓足勇气来了。一是给书记和您拜个年,二是看家里还有什么活儿需要干,我随时听候您差遣。书记夫人笑着说,你倒是挺有心,可惜就是我家的活儿几天前就被人抢着干完了,谢谢你了。听书记夫人这样说,他忽觉脸颊通红,不由在心里责怪起自己,为啥早就没想到这些呢?! 又扯了些闲话,看书记不经意间打了个哈欠,他便忙起身告辞。他要出门时,书记指着沙发旁的东西说,心意我们领了,东西你还是提回去吧。他忙不迭地说,书记,就是一点薄礼,您可一定要收下,不收就是对我有成见啊。看他紧张的样子,一旁的书记夫人马上笑着打圆场说,那就下不为例,下次来家玩就是了,可不能再提东西了。他连连说了几声好,书记关上门的瞬间,他兴奋地差点从楼梯上摔了下来。

  春节过后上班,书记真给单位干部们轮了岗,他有幸被调整到了办公室干文书工作。文书一职对单位好些干部来说,也是可望而不可即的好岗位,不仅有出具介绍信的特权,而且还掌管着单位的公章,不论谁来办事盖章,若文书不在那就得等了。这么重要的岗位,书记竟然轮给了他。一些人觉得书记这样安排,皆因白芒字写得好,人尽其才无可厚非。但也有一些人认为肯定还有其他原因。不管什么样的原因,只有白芒心里清楚。接手文书工作后,白芒工作的积极性更高了。每天提前上班,加班显然比过去多了很多,在书记跟前的表现那更是不用说,稳

旅途

重，勤快，还有眼色。虽然书记一直没在干部大会上表扬过他，但从书记的脸上，他还是看出了满意。今年单位又要轮岗，他必须要重视。虽然文书工作干得游刃有余，但领导的心思谁能摸得透呢？更何况这次竞争的又是主任一职。

以前，白芒觉得干啥工作都一个样，但自从干上了文书，他就不再那样想了。首先，他感觉到了单位干部看他时的异样目光。那种目光怎么说呢，是他以前很少见的，是一种让人看着很舒服的目光。大家对他那就更是不用说了，热情还大方。这也是他以前很少享受过的。记得以前干计划生育工作时，为买单还闹过一个笑话呢。一次，他带老婆和儿子到饭馆吃饭。饭毕结账时，他看见单位业务部主任也在该店吃饭，便跟老婆说明情况，得到老婆允许，结账时他把主任的饭钱也交了。临出门他带老婆和儿子过去打招呼，哪知主任竟然不好意思地说忘了他姓啥。他一下臊了个大红脸。还是他老婆机灵，立即跟主任介绍说他叫白芒，说他和主任是一个单位里的同事。主任这时好像才想起，马上跟他道歉说，哦，看我这记性，你别介意啊。那件事情后，他偶与老婆发生点矛盾，他老婆立即讥讽地说，说是上班那么长时间了，单位领导居然还不认得你，真是丢人啊。每当老婆说这些话时，他便默不作声。现在不一样了，自从干上文书，单位以前和他生分的同事，现在都与他联系了起来。偶尔碰在一个餐厅吃饭，竟然也还有人给他买单。逢年过节也有人给他家送些自产的苹果、葡萄、蔬菜等等，而他利用管理单位公章的特权也给一些人办理了一些着急的事情。老婆对他更是好上加好，尤其对他常常加班这事，很是理解和支持。老婆的这种变化，让他找到了自己的存在感，也意识到了好岗位对一个人的重要性。

时间过得可是真快啊，转眼又到春节了。年前的一周，书记果真在干部大会上讲了年后要轮岗的事情。回家后他跟老婆商量此事。他老婆听完，以不容商量的口气说，水往低处流，人往高处走，文书工作虽好，但也仅是个普通办事员的岗位，主任多好啊，好歹是个中层干部，以后提拔的机会肯定很多。年后你们领导又要给大家轮岗，这还用说吗？今年你还去给书记拜年，年货要比去年还重。白芒想了想说，可是我私下听一些干部说，书记年后可能上不了几天班就要退居二线了，万一他来不及轮岗，我们拜年的钱不就白花了？他老婆沉思了一会儿说道，虽然书记快退了，但我听说好些领导在退休前都会突击提拔一批干部或者免去一些干部。有的是为还人情，有的是借机泄愤，我们既然给他拜了年，这个人情他总得还吧。如果书记临退前能给你任个主任，那以后你离副镇长一职不就更近了？如若你当了副镇长，那我不就是副镇长夫人了？所以这个年还是要拜，万一书记不退，那我们可就一点希望也没了。觉得老婆说得确实在理，白芒答应了。在购置年货上，夫妻两人又起了争执。白芒建议给书记买把按摩椅，说是现在时兴送那个。他老婆则建议象征性地买些礼物，说是给书记女儿用红包装一份不菲的压岁钱。白芒最终被老婆说服。年二十八的下午，夫妻两人带着九岁的儿子小涛，兴致勃勃地走了几家大超市。在他们精心挑选年货的时候，小涛也没闲着。一会儿看上了一个小火车嚷嚷着要买，一会儿又看上了一款游戏机要买。因为忙着给书记家购置年货，他们无暇顾及小涛。晚上回到家，吃过晚饭，按往年习惯一家三口到小区外的僻静处祭奠亡人。白芒端着茶水和肉菜，他老婆拿着香纸，小涛则拿着一沓冥币不情愿地跟在父母身后。烧完香纸回到家里，小涛又想起了下午在超市看到的游戏机，便哭闹着让妈妈隔天一定去给他买回来。那会儿大人都把心思放在了马上要去给领导拜年这件事上，没心思理睬儿子。小涛的哭闹让两人心烦便狠狠把儿子训斥了一顿。挨了训的小涛怒气冲冲地坐在沙发一角，他怒视着眼前一直忙碌的父母亲，等父母装好礼品，一个去了卫生

旅途

间，一个走进厨房后，他快步走到衣架旁，从一件衣兜里掏出一个红包，快速抽出一张纸币，然后又从自己的衣兜里掏出一张同样的纸币塞了进去，做完这一切，他把红包放好一溜烟儿进了自己的房间。时间不长，白芒从卫生间里出来给老婆打招呼说要走了，等他老婆追到门口，白芒已经下楼了。

新年的夜色，风轻云淡。白芒提着给书记拜年的礼物，兴高采烈地打车来到书记家居住的小区。下了车，他刚走了没几步，迎面碰上了从小区里面往外走的本单位小张。小张看到他，声音极不自然地说道，我姑母住在这个小区里，我来给老人家拜个年。你来这里给谁拜年呢？因为没有思想准备，他忙慌不择口地说道，我来给表舅拜个年哦。你跟你表舅感情挺好啊，快去吧。听出小张的弦外之音，他没再说啥。两人分手后，他快速往书记家走去。快到单元楼门口时，借着路灯，他忽然看见单位小赵从书记家楼道里走了出来，便赶忙躲到了旁边的单元，见小赵走远，才忐忑着来到书记家门口。站在门口，他犹豫了好一会儿才敲响了门。开门的是一个不认识的女人。走进客厅，他心里涌上来的第一个感觉是：今天书记家里可真是热啊。他在沙发上坐下后，书记夫人从卧室里走出来看到是他，笑呵呵地说道，是你呀，好久不见了。阿姨，按理我早就应该来看您了。他不好意思地说。在他和书记夫人一问一答时，书记端着茶杯从一间屋子里走出来，温和地说道，来了，家里的年货都置办齐了？看着热情的书记，他忙心情愉悦地说，书记，我们小家庭，家小人少，也没啥好办的。要过年了，我来给您和家人拜个年，谢谢书记几年来对我的提携和关心。听他说完，书记说道，今年以来，我看你工作的积极性挺高，年轻人就要这样啊，肯吃苦有上进心就好，照这样干下去会有很好的发展前途，好好干吧。像是得到了尚方宝剑，他马上激动地说道，谢谢书记对我的培养，不论您把我安排在哪个岗位上，我都会尽心尽力干好，绝不会给您丢脸。书记看着他说，单位要是多有几个像你这样的干部，我们的工作就不愁干不好了。白芒正想再说些啥，结果还没等他把话说出口，先前给他开门的女人过来招呼说开饭了。他只好识趣地起身告辞。书记也没有挽留，他要走到门口时，书记像是突然想起指着沙发旁的礼物说道，这是你提来的东西？去年不是给你说了，来就来了别总提东西，影响不好，你把东西拿回去吧。他忙不迭地说道，书记，就是一点薄礼，您一定要收下，明年我一定不拿。书记拍了拍他的肩没再说啥。走到门口，在书记将要关门时，他忽地想起给书记女儿的压岁钱还装在口袋里，便赶忙掏出来塞到书记手里说道，看我这记性，这么大的事情差点给忘了，这是我给小妹妹准备的压岁钱，我的一点心意，刚才光顾着和您说话了，麻烦您一定转交。书记嘴里说着算了算了，都十几岁的人了，手却不由自主地接过了红包。从书记家里出来，走在路上，白芒的心里就像喝了一杯浓浓的蜂蜜水甜透了。

  新年上班的第一天，白芒感觉到了书记与往日的不一样。缘由是按往年习惯，大家一上班会三三两两到书记办公室例行问候。白芒去了，并且是一个人去的。他进去后恰逢单位一帮同事说说笑笑正往外走，他庆幸和书记终于有了独处的机会，可以和书记单独聊聊主任一事了。可是让他没有想到的是，书记看到他，不仅没有表现出他预想的那种高兴，而且还就跟变了个人似的一脸不耐烦地说道，你先出去，我有个电话要打。一分钟没多站，一句话没多说，他便被书记支了出来。接下来的一周里，他一直试图找机会和书记单独聊聊，可是书记看见他，不是一脸的不快，就是无缘由地当着人的面训斥他几句。书记的变化，让他诚惶诚恐。回到家他跟老婆说了此事，一贯聪明的老婆，一时也弄不明白究竟哪个环节上出了问题。

旅途

一个月后的一天，市委发文了。文件的大概内容是，原书记退居二线，新任书记由外单位调进。事情来得突然，单位拟定的节后轮岗一事，自然也化为了泡影。书记退居不久，有干部私下责备白芒说，你给老书记拜年，咋能在红包里夹带一张冥币呢？

冥币？白芒不由惊得目瞪口呆。

（发表于《回乡文学》2014年第1期）

导　演

　　李不凡大学一毕业便考上了公务员，工作没几年就被领导提拔为办公室主任。李不凡的老婆叫梦溪，长相秀丽，身材高挑，两人是大学同学。李不凡打小学习就好，照说付出了就该有回报。但一些人却认为是李不凡的名字起得好，不凡不凡，就是不同凡响，由此走了狗屎运。不管人们怎么说，李不凡夫妇自从结婚后，不论是工作还是家庭生活，就是比同龄人过得滋润、过得好。李不凡在单位干得顺风顺水时，老婆梦溪也没闲着，先是在一家小企业干会计，后来考取会计师证便跳槽到外资企业去了。家庭生活奔上小康后，李不凡老婆的个人生活质量也与以前大不一样了。隔三岔五，不是与朋友游山玩水，就是出入各大美容院。照说她老婆该知足了，可是事情并没有人们想得那么简单。

　　一天，一个闺蜜约梦溪逛街，照之前约定好的时间，梦溪早早便在路口等候。她原以为闺蜜会打车过来，没想到闺蜜居然自己开着一辆新车来接她，这让梦溪大感意外。梦溪的这位闺蜜叫王小麦，经营着一家化妆品店，生意不错。据说老公还是某单位的一位副局长，交际能力极强，朋友也多。车停稳后，梦溪上去环视了一眼车内布局，无不羡慕地说："你可真是会享受啊，我记得之前的那辆车也才开了五年，咋又换了？"王小麦一脸得意地说："以前的那辆过时了，这是丰田牌的，价格还可以，开上拉风。"小麦说完话题一转说："梦溪，你们家李不凡咋不

旅途

买车呢？条件那么好，快买吧。家里有车就是方便。"梦溪叹口气说："买车？我们都没想过，再说我们夫妻也都没有驾照啊。""那有啥难啊，考一个不就行了。现在有房有车的人家，那才叫生活完美呢。"有道是，说者无意听者有心。那天和王小麦分手回到家，梦溪便严肃地跟丈夫说道："我仔细考虑过了，我们家要买辆车了。你看人家王小麦前面那辆车才开了五年就又换了，人家那才叫会过日子呢。"李不凡看着老婆似乎还没有想好说啥，他老婆又说道："你单位工作忙，驾照还是我来考，儿子这几个月你多操点心就行。"李不凡这才说道："你今天和王小麦逛个街，咋就想起买车了？王小麦还跟你说了些啥？我们家现在这样不是挺好吗？"梦溪说道："好啥呀，现在有房有车的人家那才叫生活完美呢，人家王小麦家里都换了两辆车了，我们家一辆都没有，再说了家里有辆车多方便啊，我觉得应该买辆车了。""我们两人的单位离家很近，偶尔有事打车也很方便，我觉得没必要买。"李不凡说。"再方便也不如家里有辆车方便。我仔细算了，我们两个人的工资养辆车不存在问题。这事我决定了，过几天我就去学驾照。"梦溪态度坚决地说。见老婆决心已定，李不凡没再说啥。不久，梦溪如愿考取了驾照。驾照拿上的第二个月，李不凡家里买了辆车。

新车买回来后，梦溪高兴地每天都要开出去逛一会儿，说是新车要多磨。半年后的一天，自恃驾技已很熟练的梦溪跟李不凡说道："我们的车买回来也有一阵子了，周六我开车带你去看望你父母如何？"李不凡立即说好啊。周六，梦溪驾驶着车兴高采烈地往丈夫老家驶去。

李不凡父母家距离市区有五十多公里路，虽然路程不是很远，但是路况却不好，岔路口很多，不时会有人横穿而过。梦溪谨慎地开着车，一个多小时后总算安全到达了李不凡的老家。儿子和儿媳妇的突然出现，使李不凡的父母十分激动。陪伴两位老人过了一个愉快难忘的周末,周天下午他们开车返程。因为走的是回头路,梦溪自觉路况很熟,开车时便有些放松。她一边陶醉地倾听着曼妙的音乐,一边和李不凡聊着家常。他们从相识聊到相爱,从儿子的出生聊到儿子的成长。他们憧憬着将来要在城里买栋大别墅,要接来双方的父母同住。就在他们聊得得意忘形时意外发生了。梦溪驾驶的车,在将要经过一个岔路口时,车前方突然窜出了一位老太太。一个急刹车,可是梦溪还是听到了咚地一声闷响,这时就听车窗外有人高喊:撞死人啦!

梦溪和李不凡下车后看到的场景是:一个年纪看上去有七十多岁的老太太,侧身躺在地上,衣裤沾满灰尘,身体一动不动。梦溪吓懵了,站在车前不知所措。车旁很快便围满了人,就听有的说快报警,有的说快打120。下车后还算镇定的李不凡,一边保护着现场,一边听从人们的建议快速拨打着交警电话和120。20分钟后120救护车先行到达现场。经过商量,梦溪随医生先行护送老太太到医院抢救,李不凡则留在现场等候交警。

医院里,医生对老太太进行了全面检查后说,根据检查情况病人右腿轻微骨折,昏迷系受惊所致,应该无甚大碍。听说老太太无生命危险,梦溪紧张的心情霎时轻松了许多。她告诉医生说,老太太的住院费用她会负担,她希望医生用最好的药和最先进的医疗设备尽早治好老太太的腿,医生表示会尽力而为。

老太太叫郭氏,是市郊的一位农民,七十一岁,与儿子一家共同生活。郭氏的日常工作就是靠捡拾破烂补贴家用,这些情况是郭氏恢复意识后告诉医生的。郭氏只是右腿轻微骨折,但不知为啥从清醒的那一刻起便叫疼不止,那声音听上去好像还有很重的病情没查清楚似的。李不凡协助交警处理完现场事故来到医院,没等喘口气,梦溪便焦急地说:"病人一直哼哼不止,看来我把人家撞得不轻,你让医生再给查查可别

旅途

误诊，不管花多少钱，我们都要把人家治好。"李不凡找到医生，表达了他们要全力治愈好郭氏的愿望，医生、护士对他们的积极态度大加赞赏。郭氏住院的当晚，在病房，李不凡夫妇见到了从农村赶来的郭氏家人。来的是一男一女，这两个人的年龄看上去都在五十岁以上，从衣着打扮看家庭情况不是很好。女人黑瘦矮小不说，衣着还很邋遢。男人一脸沧桑，神情似乎还有些萎靡。他们看到李不凡夫妇，既没有愤怒地扑上来拳打脚踢，也没有恶语相向。女的很冷淡地说："我是病人的儿媳，和我一起来的是病人的儿子，我们合计了，只要你们尽心尽力把老人治好，只要如数交够住院费，事情就算了。"女人说完，被称为郭氏儿子的男人说道："我老妈没被你们轧死算她命大，过两天我要给叫叫魂，压压惊，这事是由你们引起的，请白事先生花的钱你们得出，至少两千。"男的说得斩钉截铁。男人说完女人接着说道："我们农村人家里事多，不可能撂下家务事成天在医院服侍老人，你们要留下一个人在医院照顾病人。"听完女人的话，李不凡忙说道："大哥大嫂，你们前面提的条件，我们都可以答应，只是最后这一条恕难完成。我家孩子还小，不行我们花钱雇一个人专门在医院伺候病人，你们看行不行？"女人没等自己的男人搭腔立即抢着说道："你们要是花钱雇人不如我留下来伺候病人，自家的老人还是自家人照顾方便些。"觉得女人说得在理，李不凡和梦溪答应了。

那天，李不凡夫妇总计掏出了八千块钱，其中五千交的是住院费，剩下的三千分别是给郭氏的压惊钱和提前预支郭氏儿媳的工钱及生活费。他们付钱时郭氏醒着，但什么也没说。他们起身要告辞时，郭氏用极其微弱的声音跟他们说道："我感觉被撞得不轻，浑身哪儿都疼，这个医院要是给我看不好，你们就把我转到一个更好的医院去治疗。"李不凡连忙回答说："大妈，你放心，我问了医生，医生说你的腿只是有些轻微骨折，不严重，用些好药时间不长就会出院的。"郭氏似乎还想说啥被儿媳打断了，郭氏儿媳跟李不凡说道："我婆婆年龄大了，脑子不清楚，以后医院里的事情，就由我们两口子说了算。"李不凡只好应允。

第二天忙完家里事，梦溪买了补品到医院看望郭氏。她走进病房看见郭氏坐在床上正端着一碗饭吃，看见她郭氏放下碗说："睡了一夜，浑身越觉得疼痛得厉害，一会儿医生来了我要给说说，不定还有啥病没瞧出来呢。"梦溪说道："应该的，哪儿不舒服一会儿医生来了你照实说就是了。"医生来查房时，先前说话还算周正的郭氏马上哼唧着说自己浑身哪儿都疼，问医生是不是自己的骨头撞碎了，是不是哪个内脏撞坏了，是不是还有没查清的地方。查房的医生笑着说道："老太太，你只是轻微骨折，你要相信医生，要相信仪器，像你这个年纪，摔一下浑身疼痛是正常的事情，住一段时间就好了。"郭氏似乎对医生的回答并不满意，立即不满地说道："伤筋动骨一百天，我都快疼死了，哪能休息几天就好了，你们医生真是铁石心肠啊。"见郭氏如此，查房的医生没再搭腔忙乎别的病人去了。

郭氏住的病房总共有三个病人。郭氏靠门住，靠窗住的是个年轻的女人，像是城里人，一直不和病房里的人搭话，中间床住的是个中年女人，似乎以前就认识郭氏。查房的医生走后，郭氏的儿媳板着脸跟梦溪说道："昨天我来得匆忙，忘带换洗衣服了，你明天来时给我们娘俩一人买一件换洗的衣服吧。"梦溪答应了，梦溪告辞要出门时，躺在床上的郭氏嗫嚅着说道："我的鞋也烂得不成样子，你来时再给我带双鞋。"梦溪心中掠过一丝不快，但她还是应承了。梦溪转身要离开病房时，住中间床的女人问郭氏说："郭大妈，我好像记得去年你就被车撞得住了院，今年咋又被撞了？"郭氏立即哼哼哈哈地打断了女人的问话，梦溪当时也没多想。

旅 途

第三天忙完家里事，梦溪带着给郭氏和郭氏儿媳买的东西再次来到医院。走进病房，她看到郭氏靠在床头端着碗汤在喝，郭氏儿媳则手拿着一个夹菜馍吃。看见梦溪郭氏放下碗，唉声叹气地说道："都三天了，我还是不能动，浑身哪儿都疼。"梦溪把东西放到床边说："医生不是说了，你就是右腿有点轻微骨折，再治疗几天就好了。"她话音刚落，郭氏儿媳便气咻咻地说道："你说得轻松，这么大年纪的人了，住上几天病就能好，你是怕我们多花了你们的钱吧。"梦溪忙解释说："你误会了，我没有那个意思。"梦溪还要往下说，一个护士走进病房问谁是郭氏的家属，说是该交住院费了。郭氏儿媳立即用手指着梦溪说道："这是撞人的，让她随你去交吧，我们还住好些日子呢，最好让她多交些。"郭氏儿媳的话，让梦溪听着很不舒服，但她还是跟随护士如数交了住院费。

第四天下午，梦溪单位有事李不凡请假去了医院。走进病房，李不凡看到郭氏脸色好了不少，人也精神了许多，便说："大妈，恢复得挺快啊。"郭氏的儿子和媳妇都在，一家人正围在一起说着什么，听李不凡说这话，郭氏儿子马上板着脸说道："你只看到表面，离骨头恢复好还早着呢，正好你来了有个事还得跟你说说。这几天我天天往医院里跑，把摩托车跑坏了，修车得花钱，这事是由你们引起的，你看该咋办？"李不凡愣了一下说道："这事我怕不能答应，你那辆车说不准早就该修了。"郭氏儿子说："话是这样说，但是你们要是不撞我老妈，我的车估计还能再骑个十天半月呢。"李不凡正要搭腔，郭氏儿媳说道："要不是你们把老人撞伤住院，我们跑到医院里来干啥？我们不来医院，我们家的摩托车也就不会坏了，修车的钱你们要赔偿。"见女人说话咄咄逼人，李不凡沉默了一会儿说："修车要花多少钱？"郭氏儿子沉默了一下说道："大概两千。"李不凡吃惊地说道："买辆新车也不过三千。"说完自知失口又想补充时，郭氏儿子说："你觉得不划算，那你就给我买辆新车吧。"

没想到郭氏儿子会这样说。李不凡考虑了一下说:"要不这样,我倒有辆摩托车骑了不到两年,干脆送你吧。但我得回去和老婆商量一下才行。"郭氏儿子痛快地答应了。

从医院回到家里,李不凡跟梦溪说了摩托车的事。梦溪听完不高兴地责备李不凡说:"你傻啊,那辆摩托车还八成新呢,买时我们花了将近五千,你倒大方,一张嘴五千就这么送人啦?如果按交警处理结果来划分,郭氏还算横穿马路呢。她的腿伤自己也要负担一部分责任,我看那一家人明摆着是想讹人哪。"听老婆说完,李不凡揶揄着说道:"当初如果你听我劝不要买车,今天也就不会有这些烦心事了,好在他们索要的东西的价值也不大,那辆摩托车反正我也不骑了,送就送了吧,没准郭氏一家念我们的好早些出院呢。"自知理亏,梦溪没再反驳。

郭氏住院一周那天,梦溪去探视,郭氏哼唧着说病房里的人太多了,让给她换个两人间的病房。回家后梦溪跟李不凡提起此事,李不凡说:"那就满足她,让她们吃好了,住好了,看她们还能说些啥。"经过和医生商量,郭氏被调整到了环境更好的两人间病房。

郭氏住院十天时,梦溪去病房,郭氏儿媳说:"我们婆媳两人的生活费你该给了。"梦溪惊讶地问道:"不是已经给了一千?"郭氏儿媳说:"病人每天都要补充营养,现在物价又这么高,就这我们婆媳两人还是省吃俭用呢。你算算看,我出去打一天小工,一般挣一百元。十天一千元,这是不是第十天了?"梦溪被郭氏儿媳的账一下算得没了话说,一狠心又给了一千。从医院里出来,梦溪心里十分不痛快。到家后她气愤地跟李不凡说道:"以后除了交住院费,那一家人再要什么都不能答应了。想想看,自从那个郭氏住院,我们家的生活彻底被打乱了,原想着尽量满足她们的要求换个安心,可是我看事情没那么简单呢。"李不凡说:"我打问了,医生说最多再有十天她们就可以出院了,再坚持坚持

旅途

吧。"梦溪说好。

郭氏住院半个月时，李不凡去病房，郭氏儿媳不在，郭氏指着病房一个学生模样的女孩说道："这是我的外孙女，我女儿去世多年了，孙女一直由我供养。今年上高一了，学校让下周交五百元的补课费，孙女今天来找我要钱，可是我已经被你们撞成了这个样子，哪有钱给她啊！"郭氏说完便不停地唉声叹气。李不凡心里很明白，郭氏是在问他要钱呢。他本想狠下心不给，但当看到女孩用可怜巴巴的眼神看着他时，心不由软了，二话没说给女孩掏了五百元。

郭氏住院第十八天时，护士催促李不凡又交了五千元的住院费。二十天时，他们找到医生询问情况，医生说病人应该可以出院了。李不凡说："可是病人一见到我就说疼，到现在我还没见过病人下床走动呢。"医生嬉笑着说道："那是病人不想在你们跟前走动啊。"李不凡吃了一惊，忙问道："那该咋办呢？"医生顺口说道："按交警划分的责任该咋办就咋办啊。"像是忽然开了窍，回到家里，李不凡立即跟梦溪转述了医生的话。像是大梦初醒，梦溪马上说道："我们早就该想到这些啊，咋就这么笨呢。明天就到医院跟他们谈，要是他们提出的要求不过分就答应了，要求过分我们就起诉。"李不凡说行。

隔日，李不凡夫妇一起来到病房。郭氏很开心地和同房间的一个病人在聊天，郭氏儿媳则靠在床边满足地吃着他们隔三岔五给郭氏带去的营养品。郭氏儿媳的模样跟第一天她们见到时的已大不一样。首先皮肤白净了，因为穿了他们给买的新衣服，整个人看上去精神了不少。郭氏也如此，刚住院时灰头土脸不说，身体还干瘪得像不久于人世似的，仅仅二十天的时间，郭氏满是皱纹的脸不仅舒展了许多，而且身体看上去也很饱满了。看到李不凡夫妇，郭氏马上又呈现出一副病怏怏的模样说："我浑身上下还是疼，要不然你们给我转个医院再查查？"梦溪强压心中的不快说:"我们问了医生,医生说你完全可以出院了,回家再静养一个月应该能够痊愈。"郭氏立刻大声说道:"我连床都下不了,你们居然让我出院,真是心狠啊。"郭氏儿媳也嚷嚷着说道:"伤筋动骨一百天,才二十多天,你们就赶着病人出院,我们要告你们。"终于等两个女人发泄完,李不凡说道:"大妈,我们是撞伤了你不错,但是交警处理的结果是,你横穿马路也负有一定责任,出于人道主义精神,我们已经做得仁至义尽了。我算了从你住院到今天,我们总共交了两万元住院费,前前后后又给了你们一万多,加起来近四万。医生明确跟我们说了,你完全可以出院了,今天你要是答应出院,我们就再给你们一笔钱,要是不答应,从明天起住院费我们不会再管了。"李不凡的最后一句话似乎起了作用,郭氏儿媳跟婆婆嘀咕了一下说道:"出院这事我们娘俩做不了主,得等我男人来商量了再给你们答复。"李不凡说可以。

  李不凡和梦溪在医院等了约莫有一个小时后,郭氏儿子出现了。那一家人经过协商向他们索要两万元。梦溪没有答应。梦溪说:"仅仅就是个腿部骨折,我们已经花了近四万元,你们要是这样不讲道理那就让法院判。法院判多少我给你们多少,说不上到时候你们还要给我们退钱呢。"梦溪的话好像对郭氏一家又起了一些作用。那一家三口经过再一次商议后提出要一万五。梦溪一口咬定就一万。郭氏一家最终妥协。钱拿到手的当天郭氏出院了。郭氏出院一个月后,李不凡夫妇到海南痛快地游玩了几天,他们希望清澈的海水能将心里的阴霾一洗而光。然而事情并没有结束。

  三个月后的一天早晨,李不凡夫妇家里突然来了两位不速之客,这两个人便是郭氏夫妇。看到李不凡,郭氏儿子直言不讳地说:"我老妈脑中风住院了,病很重,医生说这次得病不排除那次车祸,住院费要交三万,这钱你们得出。"听了郭氏儿子的话,李不凡不由火冒三丈地说道:

旅途

"那次车祸，交警已把责任分得很清，我们绝不会再给你们钱了。"一旁的梦溪也气愤地指责道："如果你们家确有困难或许我会考虑一下，但是你们若是用这种方法来要钱，对不起，法院见！"没达到目的，郭氏夫妇悻悻离去。

几天后，郭氏夫妇做了件让人十分震惊的事情。他们居然想把病入膏肓的郭氏送往李不凡家中，不幸的是在送往途中发生了意外。

据说，郭氏儿子骑着三轮车，车上躺着郭氏。三轮车在经过一个下坡路时因车闸失灵连车带人摔入沟底，郭氏当场丧命。

吴家的那些事儿

吴奶奶，其实并非我的亲奶奶。只所以称其为奶奶，一是我姥姥曾与吴奶奶同村为邻，二是姥姥在老家生活的那些年，曾经得到过吴奶奶及其儿子比较多的照顾。更重要的一点是吴奶奶和我姥姥是同年同月结的婚。吴奶奶是由别人介绍，由外村嫁给吴爷爷，而我姥姥和姥爷则是青梅竹马结合在一起，由此，我出生后姥姥便让我称其为吴奶奶，母亲则称吴奶奶为吴大妈。

母亲出生的那个村庄距离县城有五十多公里，村里有一百多户人家，都是世代为农的本地人，主要靠种植养家糊口。我的姥爷是该村走出的第一位文化人，这得益于太姥爷曾是本地有名的秀才。姥爷生于四十年代，十六岁时考上当地唯一的一所师范学校。母亲十四岁那年，根据相关政策在城里工作的姥爷给母亲和姥姥办理了城市户口，从此母亲成了城市人。我自懂事起便听母亲说，她在农村居住的那些年里，因为姥爷在城里工作不常回家，姥姥身体不好，姥姥的邻居也就是吴奶奶常常帮助姥姥一家。吴奶奶和姥姥是同龄人，两人都生于四十年代末，吴奶奶十六岁结的婚，喜日子和姥姥碰在一天，两人的关系自然就亲近了不少。吴奶奶结婚的第一年便生了儿子，姥姥则因身体不好，七八年之后才生了我的母亲。我一直称吴奶奶的大儿子为大舅，二儿子为二舅。大舅叫吴实，生于六十年代初，据说那时正闹饥荒，要不是吴奶奶娘家

旅途

隔三岔五接济，大舅早就饿死了。二舅叫吴飞，和我母亲同龄，生于六十年代末。大舅比我母亲大七八岁，母亲说，大舅是她见过的最老实、最实诚的人，从小到大就知道埋头干活。吴奶奶很喜欢女孩儿，可惜生了两个儿子。打我母亲出生，吴奶奶家里只要做了好吃的总会给我母亲留一份。吴奶奶的缝补手艺极好，每年冬天，我母亲的棉衣棉裤便由吴奶奶承揽。其实，吴奶奶家的生活也并不是很殷实。吴爷爷是位普通的农民，平日里最大的爱好就是侍弄自家的一亩三分地。吴奶奶不一样，吴奶奶的娘家据说光景还不错，吴奶奶小时候还上过几天学，认识不少字呢。吴奶奶做事利索，性格豪放，结婚后被推选为村里的妇女小队长。在担任小队长的那几年里，吴奶奶利用权力之便为不少妇女办了不少好事。姥姥那时获益最多，比如多记几个义务工啊，多记几个工分等等，那年代就靠这些分钱呢。吴奶奶五十多岁时吴爷爷去世，听说是得了一种不好治疗的病去世的。吴爷爷去世时，大舅已经结婚，二舅刚刚成人。大舅是小学文凭，而二舅则读到了初中毕业。二舅初中毕业便留在县城打工，具体干什么二舅不说家里人便也都不太清楚。吴爷爷去世时二舅接到信息回来过几天，但之后就又不见了人影。开始吴奶奶一直托人找，想让回来早点成个家，可是始终也没找到，后来吴奶奶索性也就不再找了。大舅自小性格内向，为人善良，可是命运却不好。大舅与现在的大舅妈是二婚，大舅的第一任妻子生孩子时因大出血去世。大舅的那个孩子是个女孩儿，叫吴芮，出生于八十年代初。吴芮六岁时别人给大舅介绍了大舅妈，大舅妈跟大舅结婚时已是三十多岁，虽然年龄有些大，但长相还不错，比大舅小三岁。大舅妈因家境不好没上过学，十七岁时差点还被家人换了亲。换亲事件后，虽然常常也有人上门提亲，但不是大舅妈看不上人家，就是人家嫌弃大舅妈没文化，就这样一拖再拖就把年龄拖大了。大舅妈同意嫁给大舅时提出的唯一条件是：吴芮必须送人。理由是：她可不愿意一进门就给别人的孩子当后妈。大舅开始不同意，说宁可单身过一辈子也不会把女儿送人，可是大舅最终没拗过自己的母亲。吴奶奶想得长远，吴奶奶觉得儿子还很年轻，如果再娶一房还能再给吴家延续香火，她可绝不容许因为孙女而让吴家断了后。吴奶奶决定分门另过自己带大孙女，吴奶奶的想法大舅始终不赞成，后来事情有了转机。大舅前妻的妹妹嫁了个城里人，打小跟姐姐关系甚好，姐姐去世后这个妹妹没少照顾外甥女，听说了大舅家的事情后，这个妹妹决定把外甥女带到城里读书。天大的好事，既解了大舅的难处，也有利于吴芮的成长。吴奶奶欣然同意，吴芮进城半年后，大舅和大舅妈喜结连理。

大舅妈和大舅结婚后曾生过三个孩子，可惜的是都夭折了。老大是个男孩，五岁时出门玩耍不小心掉到农渠里淹死了。老二出生一个月染上痢疾，因为治疗不及时病亡，老三尚未出世便流产了。其实大舅妈和吴奶奶的关系一开始还是蛮好的，自从孩子接二连三夭折，吴奶奶又听医生说，大舅妈以后恐怕再也不能生育了后两人的关系便有些紧张了。吴奶奶认定是大舅妈让吴家断了香火，大舅妈则迷信吴奶奶家风水不好留不住自己的孩子。大舅是个老实人，每天就知道埋头干活，对于家里两个女人的勾心斗角从来视而不见。那时农村人就围着几亩地转悠，闲暇的时间比较多，每年大舅都会去城里看望吴芮好几次，假期吴芮也会到老家小住几日。因为吴芮已经是城里孩子了，加之大多费用都由其姨母负担，大舅妈再见到吴芮时态度还行，有年还难得为吴芮做了件小棉袄。那时吴奶奶的身体还算结实，家里家外总能看到其忙碌的身影，大舅妈就算对吴奶奶有再多的不满也只能是过过嘴瘾了，该吃给吃，该喝给喝。

吴奶奶一直和大舅生活在一起。吴爷爷在世时吴奶奶曾打算另盖两

旅途

间房把大舅分出去，但随着吴爷爷的去世和二舅的离家这一打算便付之东流了。母亲说，吴奶奶的一辈子真是不易，丈夫早早撒手人寰，好不容易给老大娶了媳妇没想到又是那样的结果。指望老二长大分担家务，可是老二却又是个极不负责任的人。每次提到二舅时，母亲都是一脸的愤怒。母亲常常抱打不平说，要是生了那样的儿子还不如不生，没责任心不说还枉自让家里人担心牵挂。就在吴家人都快遗忘了有那么个人时，有一年二舅回来了，是衣锦还乡。二舅回村可是大大炫耀了一番，二舅跟村里人说，他在云南开了公司，生意很好，等钱赚多了他会回来给家里翻建几间新房。二舅那次回来给大舅买了一件皮夹克，给吴奶奶买了一对金耳环，给吴芮买了书包，临走给了大舅妈一笔钱，说是回得匆忙不知该买些什么，让大舅妈自己看着买。二舅还说，大舅妈照顾吴奶奶有功，隔年他回来再给大舅妈买一对金耳环。村里人都被二舅的大方所感动，一时吴奶奶家成了村里人人羡慕的人家。大舅妈也像变了一个人，不仅给自己添置了几件新衣，还变得爱打扮了。二舅走后，大舅妈每天除把家里拾掇得井井有条外，还把大舅也收拾得精精神神，对吴奶奶更是关心备至，这在过去的那几年里是不曾有的。村里人都说，这人一有钱啊，精神面貌就是不一样。

那几年，二舅就是吴奶奶家的希望。二舅走后的第一年，隔三岔五总会给家里打个电话，有一次还寄回来几千块钱。收到钱的那几天，吴奶奶甭提有多高兴了。大舅妈则逢人就讲，她家二弟多么有心，她家二弟给他们寄钱了，二弟不久会回来给她们家建新房。第二年，二舅又寄回来几千块钱，信上还说等他闲了他要邀请全家人到云南去旅游。从接到信息的那天起，大舅妈便开始做起了出门旅游的准备。大舅似乎很木讷，二舅不在家时他那样，二舅回来时他还那样，好像啥事都不可能让他激动似的。吴奶奶和大舅妈可就不同了，人前人后总提二舅，说二舅多么的有孝心，多么的有出息，说吴家就盼着二舅光耀门楣了。可是好景不长，没过三年，来无踪去无影的二舅突然又没了音讯，吴奶奶急得托人到处打听，久久得不到音讯，吴奶奶病倒了。自从吴奶奶病倒后，吴家的境况便一日不如一日。吴奶奶个把月就要住院几天，钱花了不少可病却始终不见好。家里本就没啥收入，吴奶奶的病又像个无底洞，大舅妈又恢复到了二舅没有回来前的样子，脾气变坏不说，对家里的事也是置若罔闻，动辄还对吴奶奶恶语相向。大舅是个孝子，在得不到大舅妈的支持下，就是借钱也要给吴奶奶治病。每每说起那些往事，母亲都唏嘘不已。一年的冬天，母亲陪姥姥到医院看病，在医院门诊大厅母亲碰到了冻得瑟瑟发抖的大舅。大舅衣着单薄地斜靠在一把椅子上，旁边的椅子上蜷缩着吴奶奶。那天，两人潦倒疲惫的神情，母亲说她永远也忘不了。简单寒暄后，母亲得知大舅是带吴奶奶到医院看病的。吴奶奶得的是肺炎，医生让立即住院，可是大舅身上没有那么多的钱，正犯愁不知咋办时，就碰到了母亲和姥姥。姥姥是个知恩图报的人，听明白事情后让母亲给吴奶奶交了住院费。吴奶奶住院的那几日，每天姥姥都会在家把饭做好，然后让母亲送到医院。姥姥说，医院的饭菜没营养，姥姥坚持要让吴奶奶吃家里做的饭。吴奶奶病愈出院时姥姥又给了吴奶奶一大包自己穿过的八成新的衣服，同时还让母亲给大舅买了一身新衣，姥姥说，她过去在老家时吴奶奶一家没少照顾他们，吴奶奶的恩情她终生难忘，以后她会时常看望吴奶奶。

姥姥说到也做到了。从那以后，每年姥姥都让母亲陪着去吴奶奶家几趟。每次去都不空手，要么就是资助些钱买肥料，要么就是给送些吃吃喝喝。吴奶奶生病吃的好些药都是姥姥买的，村里人都被姥姥和吴奶奶的友情所感动。由于姥姥和母亲对于那个家庭无私付出的缘故，大舅妈也安静了一阵子。这种平静的生活后来随着大舅的离世和埋葬被

旅途

打破了。

大舅实在是个好人，可是命运多舛。每次提到大舅的离世母亲都伤心不已。大舅出生在农家，父亲早早去世，帮助母亲持家并养大弟弟。大舅一生善良、敦厚，帮人从不求回报，好不容易娶了妻子却因大出血早早离世，再续弦却无奈骨肉分离，难得有了儿子，上天却不垂怜，一个又一个过早夭折。期盼着弟弟光耀门楣，却最终成了痴人做梦。对母亲孝顺，却无能为力，终盼女儿成家，却无缘享受天伦。大舅的五十年，是坎坷的五十年，是勤劳的五十年，是平凡的五十年。大舅是在吴芮结婚的第三年突然离世的，医生说是脑梗，吴奶奶说是劳累，母亲则说大舅是好梦终圆罗汉堂。

大舅妈其实也是个苦命人，出生在贫困之家，因家贫没读过书，因不识字延误了婚事，最终嫁了大舅却又是个二婚，好容易有了孩子却没有做母亲的命。盼着二弟改善家境，最终却成了梦想。大舅五十多岁去世，大舅和吴爷爷是得同一病症也是同一年龄去世的。村里不迷信的人觉得父子俩许是赶巧得了同一种病症，又同一年纪去世。村里迷信的人则说得更玄，有人说，吴爷爷家祖上盖房时风水没看好，将房子盖在了土地爷的上风，盖好后又没孝敬打点土地爷爷，所以他们家从盖好房子的那一天起便一代不如一代。也有人说，吴奶奶是个命硬的女人，克夫克子还克孙子，大舅妈对后面的这个传言是深信不疑。大舅的葬礼是吴奶奶和吴芮操办的，那年吴奶奶也就刚近七十岁，眼不花耳不聋，脑子清楚得很。因为记恨大舅妈没给吴家留下后，吴奶奶做主将大舅和吴芮的亲妈合了葬。埋葬大舅时，吴奶奶和大舅妈几乎是剑拔弩张。大舅妈坚持给大舅单立墓，说是等自己百年了要跟大舅合葬，可是吴奶奶却不同意。因吴奶奶是一家之主，吴芮是大舅的女儿，吴家人多势众，形单影只的大舅妈最终没讨上说法。吴奶奶声色俱厉地说，一个连一男半女都没有给吴家留下的人，还有啥脸面进吴家的祖坟？还好意思提合葬？我能让你给我儿子挂脚就不错了，大舅最终和吴芮的亲妈合了葬。吴芮那时也已成家，因为自小在城里长大，跟大舅妈本就没有多少感情，况且合葬的又是自己的亲爹亲妈，她能说啥呢。

  吴芮是不幸的，但也是幸运的。吴芮生于八十年代，因家庭变故被小姨带进城里生活。小姨不是母亲却胜似亲母，在跟随小姨生活的那些年里，小姨对其倾注了浓浓的母爱。在爱的氛围中慢慢长大的吴芮，随大舅，性情温和，为人善良，懂得知恩图报。渐渐长大的吴芮，常跟人说她这一生第一个要感谢的人是小姨。小姨将她带进城市，供她吃穿，供她上大学，视她为己出，让她享受母爱，使她心中充满了爱，使她学会了做人做事。第二个要感谢的人是父亲，父亲虽然没有养大她，但在她心里父亲是世界上最好的父亲。第三个要感谢的人是奶奶，自她出生，奶奶在她眼里既是奶奶又似母亲，那种爱是很难用语言来形容的。打大舅妈进门，吴芮一直称其为二妈，到城里上学后，每年假期回来，她称呼二妈的这个人，要么送她一双小鞋，要么送她一件新衣服。前面说了，吴芮天性善良，懂得感恩，这个二妈虽然不是亲妈，虽然和奶奶不和，但对她和她父亲还是好的，所以在吴芮成长的那些年里，没有人听到吴芮非议过她二妈。吴芮大学一毕业便有了工作，工作四年后结了婚。吴芮结婚时吴奶奶托人到处打听过二舅，但音讯皆无。吴奶奶恨二舅恨得就差没让吴芮登报申明脱离母子关系了。大舅去世时，母亲和姥姥都去了。葬礼上，母亲听吴芮说，她托人打听到了她二叔的消息，说村里曾经有人在云南街上碰到一个熟人说，她二舅公司的生意一开始挺兴隆，也确实挣到了钱，但有一天公司突然闭门谢客了。从那以后再也没人在云南见到过二舅。有的说，是同行竞争得罪了人被灭了口。有的说，是做毒品生意被人揭发隐姓埋名了。不论是被人灭口，还是隐姓埋

旅途

名，总之二舅是失联了。对于吴奶奶来说，二舅永远是她的一块心病，恨得牙根发痒，又牵挂得夜不成寐。大舅去世，吴奶奶不仅给自己挑选了一块好地也给二舅留了一方。可能在吴奶奶心里觉得，你就是跑得再远，活着你是我的人，就是死了我也要找到你的魂。吴奶奶执意将吴芮的亲生父母合葬在一起，从头至尾没提过大舅妈将来要葬在哪儿。大舅妈是个目不识丁的农村妇女，骨子里有着那种嫁鸡随鸡、嫁狗随狗的思想，大舅的葬礼使大舅妈备受打击。

埋葬大舅后，吴奶奶进了城。原本吴芮要奶奶随其在城里生活，可是生活了一段时间后，吴奶奶因为不习惯城里人的生活坚持要回农村。一开始吴芮坚决不同意，觉得一是老家已经没了奶奶至亲的人，奶奶回去还有啥意思呢。二是父亲的葬礼使二妈和奶奶的关系更僵，奶奶再回去二妈能给她好脸色看？可是奶奶不管那些。奶奶态度强硬地说，那儿才是我的家，我要叶落归根，我偌大的年纪了还怕个啥，我只有在那儿才会活得更安心，我只有在那儿才会等来让我又恨又念的那个人。吴芮没拗过奶奶，只好妥协了。吴奶奶再次回到老家，所有人都为其捏了一把汗。可是人生真的很奇妙，随着时间的推移，好像一切都会被改变。再次回到老家的吴奶奶，并没迎来大舅妈的暴风骤雨。过去了许多年，又经历了许多事，大舅妈许是想明白了许多。从吴芮送回吴奶奶的那天起，大舅妈像变了个人，不仅为吴奶奶收拾好了起居室，而且还不停地嘘寒问暖。最让吴芮感动的还在后头。送回奶奶不久，奶奶出门时因为不小心摔伤了腿。吴芮得知消息赶到老家时，奶奶已经躺在了乡医院的病床上。奶奶跟吴芮说，她跌倒后是她二妈找车找人把她送到医院的，住院费是她二妈交的，自己在家的这些日子里，吃吃喝喝、洗洗涮涮也都是她二妈侍弄的，她二妈像换了一个人，对她很好，让吴芮安心上班。吴奶奶的一番话，事后吴芮完整地转述给了我姥姥。

照理前些年大舅妈与吴奶奶关系不好，吴奶奶再次回到家大舅妈不赡养也在情理之中。可是大舅妈不仅接纳了吴奶奶，而且还担起了赡养义务。母亲和姥姥探视了吴奶奶三四次之后，说大舅妈照顾吴奶奶是发自内心的，她们能真切地感受到。吴奶奶摔伤后，姥姥和母亲前去探视。吴奶奶说，媳妇现在对她很好，以前她做的一些事还真是有些对不起这个儿媳。这些话要是从别人嘴里说出来可能人还不信，但是从吴奶奶嘴里说出来，大家相信。每月，吴芮都会带孩子看望奶奶，吴芮的孩子叫大舅妈为奶奶，祖孙俩很亲。有时假期孩子也会破例在吴家住些日子，不知底细的人打死也不信那一老一小会是没有血缘关系的祖孙俩，打死也不信每日雷打不动背婆婆出门晒太阳的婆媳俩曾经竟有着那么深的矛盾和成见。我始终坚信有一种爱，她一直潜行在人间，永远蛰伏在每个人的心中。沉寂了有四五年之久的吴家大院，伴随着亲情的复苏，而变得生气勃勃。母亲陪姥姥一年探视吴奶奶几次，每次吴奶奶都抑制不住一脸喜悦地跟姥姥说，媳妇老了才觉得像是自家人了，儿子虽然一个走了，一个失踪了，但是老天却给她留了个好孙女，现在自己四代同堂，也算是有福之人啊！

吴奶奶活了七十八岁，算是高寿。吴奶奶去世时叮嘱了吴芮两件事，一是要不离不弃继续寻找她二叔的下落；二是叮嘱吴芮，她的二妈百年后也要与她父亲合葬。吴奶奶去世时正赶上了国家要求对农村规划区内坟头林立、乱埋乱葬现象进行彻底搬迁的政策，吴奶奶理所当然地进了公墓。至于大舅妈，听说吴芮早早在公墓买好了三个人的合葬墓。毋庸置疑，那是大舅妈晚年以后用自己的德行修来的。

对面阳台上的眼睛

一

午后的阳光，透过玻璃，金灿灿地映照在床上，映照在怜梦酣睡的脸颊上。

怜梦常常跟人说，自己的名字没起好，小时候做了太多伟大的梦。有时梦见自己是位歌唱家，穿着华丽的演出服，在千万粉丝的欢呼声中纵情高歌。有时又梦见自己是位服装设计师，连著名歌星都来找她设计服装，她得意极了。然而梦醒后的现实情况却是，大学毕业赶上了国家不包分配工作。处了对象好不容易要结婚了，城市的房子又贵得要命。省吃俭用还完了房贷，孩子又像个来讨账的，让她入不敷出。最终怜梦被一家国企录用，工资不高还常常加班，但最最让她头疼的是不知如何与人相处。

刚上班那年，怜梦每天傻呵呵地跟公司这个同事聊天谈心，跟那个同事逛街吃饭，自我感觉跟每个同事都很好。然而一段时间后，因为单位调岗一事，一位同事和她翻了脸。她想不通，觉得以往关系那么好，怎么说翻脸就翻脸了呢？更甚者为了工资晋级一事，一位同事竟还掘地三尺地把她的工龄一直追查到源头，结果她还是晋级了。两件事的发生，让她感到了人际关系的可怕。那以后，她在单位便少言寡语了。

近半年来，每天只要踏进单位大门，怜梦就压抑，工作上越是小心谨慎，差错越多。与同事说话，往往也是言不由衷。起初，她没有意识到有什么不妥，直到一天她遭遇了一位女同事的白眼，才感觉到自己的心理可能出问题了。事情的起因是，一个女同事不仅长相一般而且体型还很胖，为了减肥这个女同事可没少花钱，也没少费心思。那天，她在楼道恰遇那个女同事，因为以往有些交往，张口便说道："其实你胖点也挺好看，我咋就不胖呢。"她的这句话，立即惹恼了那位同事，那位同事不仅狠狠剜了她一眼，而且还气呼呼地抢白说："我咋得罪你了，你有毛病啊？"说完气呼呼地离去。看着同事走远的背影，怜梦窘得恨不得有个地缝钻进去。那以后她便很少说话了，近日更觉精神恍惚。

二

窗外绿色满园，似睡似梦中怜梦恍惚置身浴室。

家里的浴室宽敞而明亮，宽大洁白的浴缸倚墙而立，银灰色的玻璃吊顶在粉红色墙砖和淡黄色壁灯的映衬下，显得温馨而柔美。自从拥有了这个小天地，只要心情不佳，怜梦都会在浴缸里浸泡一会儿。她脱去睡衣，小心跨进浴缸，然后舒畅地仰躺在温暖的水流中。拧开浴缸旁的收音机，她陶醉地闭上了双眼。

不知道欣赏音乐是否算得上是世上最唯美的事情，但值得肯定的是：音乐能令人沉醉，令人振奋其中。在聆听了一曲又一曲委婉动听的音乐后，怜梦心满意足地披上浴巾走出了浴室。

虽是秋日，但是太阳依旧光芒四射。怜梦穿过客厅来到阳台，一阵风儿吹过，几片浅黄的树叶在窗前飘来荡去。如画的美景，使她不禁忘情地张开了双臂。站在白云蓝天下，怜梦感觉自己要醉了，但分明又醒着。一丝凉意袭身,她下意识地低下头,却见披在身上的浴巾不知何时已滑落地面,她惊了一下,俯身去捡拾浴巾时,透过余光,突然看到了对面阳台上的一双眼睛。那是一双男人的眼睛,那双眼睛戴着黑色的墨镜,墨镜正直视着她家的阳台。她吓懵了,迅速蹲在了地上。不知时间过去了多久,感觉狂跳的心情渐渐平静后,她裹住身体,起身向对面的阳台看去。那双戴着墨镜的眼睛依旧在直视着她家阳台,她气恼地关上窗户转身走进了客厅。

客厅的阳光,像是洞悉了怜梦此时的心情,转瞬褪去了先前耀眼的光芒。坐在沙发上,她在心里开始了自问:对面阳台上的那双眼睛,是那家的主人?还是来串门的亲戚?那双眼睛看没看到她的身体?若是看到了接下来会怎样?一连串的疑问和焦虑,使她开始焦躁不安。

三

夜色渐临,环顾空寂的室内,怜梦感到了一丝恐惧。对面阳台上的眼睛是否是个窥视狂?那双眼睛里会不会有个摄像头?过去的几个小时里,怜梦一直被这样的问题困扰着。尤其当想到摄像头,更是觉得自己就像一只跌入暗流的羔羊,无论怎样挣扎都爬不出那股汹涌的漩涡。再联想到不久前,自己曾看到的一则新闻,情绪越发有些崩溃。那则新闻的大概内容是:某大学的一对恋人,一天晚自习后,在同学们离开教室不久两人便大胆地在课桌上做起了爱,没想到做爱的过程,正巧被对面学生楼里的一个男同学用手机抓拍到了。该同学不但拍了,还给一个好友发了视频。这下一传十,十传百,很快那对恋人便在学校出了名。后来拍视频的同学虽然受到了学校的处罚,但碍于面子和名声,女同学不得已休学,男同学从此也是一蹶不振。想到这些,怜梦更是胆战心惊。

夜色越深时，她忽然想起了丈夫。丈夫今天怎么没在家里呢？黑暗中她试图呼喊丈夫，可是却怎么也发不出声音。她想起身站起来，但身体软得竟像棉花一样。她睡了又醒了，醒了又睡了。迷迷糊糊中她突然看见丈夫站在身旁，便哭泣着说了事情的经过，没想到一向对她温柔体贴的丈夫听完，不仅暴跳如雷而且还骂她不知羞耻。看着丈夫变形的脸，她伤心欲绝地跑出家门，结果竟漫无目的地走到了单位。

单位办公楼前两个同事正说着什么，见她走来立即转身离开。她敏感地察觉到同事似乎是在谈论着一件事，而那件事正和她有关。难道眼镜偷拍一事已经传到了单位？怎么会传播得这么快呢？她强压心中的悲伤，不安地走进自己的办公室，同处一室的李会计今天居然不和她打招呼，这使得她越发心慌不安。她决定找平日要好的赵姐讨个主意。走进赵姐的办公室，有两个同事正围在赵姐跟前说着什么，见她进来大家立即散开。她看了赵姐一眼，发现赵姐今天的神情似乎也跟往日不大一样。难道？涌在她嗓子眼的话竟一下又咽了回去。她愣怔地看着赵姐发了一会儿呆，见她神情异样，赵姐忙问有啥事，她想了一下说没事便匆匆离去。在楼道她又碰到了几位匆忙而过的同事，这些同事往日也是与她打招呼的，可今天却都把她当空气一样对待不理不睬，她心里越发肯定偷拍一事已经传遍了单位。她一边走一边在脑海里像放电影一样把跟自己有过矛盾的同事逐一筛选着。刚上班时，因为不知情，她和同事小王的男朋友走得近了点，后来小王吃醋找茬骂了她一顿。要说那事也不怨她，主要是小王的男朋友愿意和她在一起聊天。但是她早就远离了小王的男朋友，小王不至于记恨她找人偷拍吧？她这样想着，觉得小王应该不会那么小心眼，便又想到了同事张红。张红是她前男友张军的姐姐，她和张军处对象时，张红对她可好了，后来因为性格不合她和张军分了手。当时张军不想分手，但她执意要分。张红找她谈过几次话，想

旅途

让她和张军和好,做自己的弟媳,但她没有答应,没想到后来两人居然成了同事。同事几年来,张红对她不冷不热。会是张红报复她吗?她反复推敲,觉得应该也不可能,因为张军已经结了婚,听说小日子过得还不错。她又想到了小周。同事小周和她一起进的单位,两人曾经为了出纳岗位较过劲。小周刚上班那会儿一心想干单位的出纳,并托关系给领导送过礼,但是领导后来却宣布她接管了出纳一职。事后她才知道原来丈夫的舅舅和她们单位的领导是好朋友,丈夫的舅舅对她这个外甥媳妇印象不错,便自作主张向她们领导给她讨要了出纳这个岗位。她干上出纳后小周一直对她心怀不满,觉得是她抢了人家的岗位。可是这能怨她吗?难道是小周作怪找人偷拍?小周被她暂列为嫌疑人之一。她又想到了同事小毛。同事小毛曾被单位拟推荐为副经理,上级部门来考察的前一天,小毛逐一给单位同事打了招呼,意思就是领导来考察时,希望大家能给说些好话。那年因是刚上班,性格单纯没经验,领导来单位考察小毛时,她照实说了小毛很多优点,但也口无遮拦地提出了几条缺点。小毛最终没被提拔,没想到事后小毛不从自身找问题却把过失推到了她身上,说是如果不是她提的那几条缺点,说不准自己就被提拔了。从那以后,小毛跟她说话总是阴阳怪气,态度也不好。小毛被她暂列为嫌疑人之二。单位老白也脱不了干系。记得刚上班那会儿,老白对她特别关心,经常会送她一些小礼物,她也把老白视为长辈,经常叔叔长叔叔短地叫着,可是有一天老白的一个举动使她大为震惊。那是一个冬天,那事发生在一天晚上。那晚要不是赵姐的及时出现,她的清白可能就被老白毁了。那天晚上,她在单位加班,九点多钟时,忽然听到楼道里有人走动的声音,那声音由远及近,不一会儿便停留在了她的办公室门口,然后有人敲门。起初她不想开,后来听敲得急,心想怕是单位领导有啥急事便开了门。敲门进来的是老白。老白脸颊通红不说走路还摇晃不停,她的第一感觉是老白喝酒了,而且还喝了不少。老白进门便前言不搭后语地给她说着什么,她没心思听也不想听,因为她不想和酒鬼纠缠,便想伸手把老白推出房间,没想到老白却突然抱住她又亲又啃,她吓坏了,一边喊叫一边挣扎着想要逃脱,然而她一个弱女子哪是一个强壮男人的对手啊,任凭她喊叫,任凭她挣扎老白就是不松手,甚至动手脱起了她的衣裤,就在她喊得声嘶力竭时,赵姐突然在门外大叫着她的名字。结果可想而知,老白没得逞,赵姐救了她。原来那天,赵姐临时来单位拿东西,突然听到她在办公室里又喊又叫,便闻讯赶来。从那以后,她便跟赵姐特别亲近,有啥烦心事儿都愿意和赵姐说说。可是今天赵姐的神情却和往日不同,但不管怎么样,她是不会怀疑赵姐的。难道是老白要报复她吗?老白被她暂列为嫌疑人之三。神情恍惚地回到办公室,坐在桌前,她却不知该干些什么。这时单位前几年为跟她争工资晋级,不惜将她工龄掘地三尺的王姓同事走进办公室向她咨询一些事情,因为心里装满了焦虑,在王同事连问了三遍后,她还是答非所问。气得王同事白她一眼摔门而去。她的反常引起了李会计的注意,李会计停下手头工作,关心地询问她是不是身体不舒服,她跟李会计说没事的时候,其实很想把心里的焦虑说出来,但是话到嘴边又咽了回去。联想到前面的一些同事,当然除了赵姐,她觉得单位的每个同事都让她害怕。告别李会计她匆忙逃离了单位。

四

路上人来人往,好多人她好像都没见过。有的人穿着长袍,有的人穿着短靴,还有的人后背居然长着一对翅膀,以前怎么都没见过呢?她奇怪极了,一边走着一边东张西望着,竟一不小撞到了一头似驴非马的动物身上。那个动物套在一辆小车的前面,车旁跟着一位老头,老头正着急忙慌地走着，动物似乎是被惊着了，一下子窜出老远。老头一边吆喝着动物，一边瞪着黄豆大的一双眼睛说，你的眼睛比老汉还瞎啊！要是把老汉我的驴马撞伤了，你是要赔的。老头的嚷嚷声，引起了一位老妇人的注意。这位老妇长得倒很慈祥，面相似曾相识。老妇人气喘吁吁地走过来拽着她的胳膊说："姑娘，你是有啥事想不开啊？我们公司是专门为人排忧解难的，收费不多，你倒给我说叨说叨。"因为怀揣了满腹心事，她没有理睬老妇人。老妇人陪着她走了好长一段路，见她像个木头似的只好悻悻离去。在路过一个路口时，眼见红灯亮起她却径直迎着车辆走去，眼尖的交警发现后，迅速冲过来一把将她拽到路边，被交警严厉批评了一番后，她惊魂未定地回到了家。

家里空寂得有点儿瘆人。疲惫地躺在床上，她很想沉沉地睡上一觉，可是纷乱的思绪搅扰得她根本无法入睡。丈夫这时会在哪儿呢？是下定决心要离开这个家，还是选择原谅她？她揣测着，越揣测越觉得是前者，一股哀伤不觉涌上胸口，她绝望极了，从床上爬起来在屋子里转来转去。忽然她看见卧室窗台上的一盆花似乎快干死了，便迅速端来一盆水去浇，哪知浇到花盆里的水顺着花盆边沿，开始不停地往外溢。水流由小到大，由少到多，不一会儿卧室的地面便浸满了水。她吓得往客厅里就跑，可是水流就像有人在指挥似的，流的速度比她还快。她感觉似乎仅有一刻钟的工夫，家里便水漫金山了。卧室、客厅、厨房到处都是水。突然降临的灾祸，吓得她慌不择路往阳台上跑去，这时她又看见了对面阳台上的那双眼睛，那双眼睛依旧戴着墨镜。愤怒与恐惧一起涌上心头，她大喊一声扑向窗外。

窗外，阳光灿烂，薄云轻逸。丈夫的脸颊，如午后的阳光正在向她微笑。

(发表于《安徽文学》2010年第9期)

风雪之夜

　　小张与老王原本不认识，因为结婚，小张的新房碰巧与老王买到了一个小区，并且住同一个单元。小张住四楼，老王住三楼，两家人从此成了邻居。

　　结婚后的第四天，小张下楼倒垃圾，看见三楼敞开着客厅门，门口站着一位四十多岁的男人在扫垃圾，感觉是王邻居，便礼貌性地笑了笑，哪知王邻居却冷漠地看了他一眼，低头继续扫地。邻居的冷淡，让小张心里很不舒服。因为不舒服，楼下倒完垃圾，他有意在楼下又多停留了一会儿才姗姗上楼。在经过三楼时，小张看到客厅门已紧闭的老王家门口干净又清爽，而与其对门的分界线处却显眼地堆放着一堆新扫的垃圾，这一细节，让小张立即对这个邻居又添了几分不满。

　　半月后的一天凌晨，小张与王家有了第一次摩擦。那晚，小张与妻子正在缠绵，他家的墙壁忽然传来叮叮咚咚的敲击声。倍感扫兴，小张撇下妻子开始满屋子搜寻声音发出的地方，最后在卫生间，他听出声音是从三楼王家传来的。深更半夜，这家人不睡觉打击墙壁做什么？小张的妻子不满地发着牢骚。想到半月前下楼倒垃圾王邻居的不理不睬，小张生气地到卫生间拎出拖把对准声音发出的地方就是一阵猛烈敲击，楼下的声音戛然而止。觉得许是震住了楼下的人，小张上床再次将妻子揽入怀中，哪知时间不长，他家的墙壁又响了，而且敲击声比先前还大，

旅途

似在有意还击。小张气愤地走进厨房，翻出家里备用的一把铁锹，对准卫生间的地面就是一阵猛拍，拍击的声音比先前还响亮，楼下就此偃旗息鼓，但小张再也没了好心情。天亮，小张与王邻居在楼道相遇，因为心里藏了不满，便冷着脸擦身而过。

春天褪去，夏天就要来临的一天，小张家里出了一件大喜事。小张的妻子怀孕了，小张第一时间告诉了父母。母亲接到电话的当天，提着自家饲养的鸡兴奋地来城里看望儿媳。让人没有料想到的是，小张的母亲提着鸡在经过三楼王家门口时，不慎一脚踩到门口堆放的一堆垃圾上，重重摔了一跤。这一跤摔得老人家整整在床上躺了一个月。照理上了年纪的人摔了磕了也在所难免，可是小张不那样想。他认为，如果王家及时把门口的垃圾清扫干净，母亲就不会摔那一跤，就不会在医院躺一个月。每次到医院，看着躺在病床上的母亲，因疼痛哼哼不止的样子，小张都会心疼不已。心疼母亲越多，小张恨王家越深。一日，小张早起在阳台上锻炼，无意看到楼下王家阳台上的玻璃擦得锃亮，想到母亲的无故摔伤，他走进客厅端起前一天晚上喝剩的半杯茶水，一挥手泼到了三楼的玻璃窗上，做完这一切，他坦然回到了屋里。时辰不大，楼下王家便吵闹开了，小张侧耳细听，竟是他刚泼到玻璃窗上的茶水很快就被老王的老婆发现了，就听老王的老婆一边大骂着泼茶水的人，一边叫喊着让屋子里的人给她搬把凳子。小张听后心里暗自窃喜了一会儿。哪知工夫不大，就听老王家里哐当一声什么倒了，跟着老王老婆的叫声更大了。站在阳台上的小张，心里不由乐开了花。泼茶水事件的第三天，小张到医院给母亲买药，碰巧看到老王的女儿也在买药，因为一直对老王心存成见，由此对老王的女儿也是恨屋及乌。老王的女儿排在前头，小张随后，感觉跟老王的女儿挨在一起别扭，他便退后了几步，想等老王的女儿走后再买，哪知在等待的过程中，他的眼睛无意往老王女儿身旁一瞅，居然发现一只手已经伸到老王女儿身后的挎包里，老王的女儿浑然不知。这事要搁在别人身上，小张觉得他肯定会大吼一声，吓跑小偷。但是那天他却懒得管，谁让眼前的这个女人是老王的女儿呢。老王的女儿在柜台前耐心地等待着，胆大的小偷从老王女儿的挎包里掏出手机又掏出钱包。小张目睹这一切，有一刹那，他很想跨上前一把抓住小偷，但最终他什么都没做，只是眼睁睁地看着小偷偷完东西，大摇大摆地从眼前走过。

夏去秋来。小张妻子的肚子渐渐大了，临近生产的那个月，小张陪妻子在岳母家小住了几天。一天下午，他回家给妻子取东西，在自家楼梯转弯处碰到了从楼上下来的老王，觉得奇怪，但小张也没有多想。老王回家后，小张竟怎么也打不开自家门锁。倒腾了好一会儿，还是打不开，他只好打电话叫来开锁匠。开锁匠仔细检查了门锁后，说是锁芯坏了。听锁匠这样说，又联想到之前在楼梯口碰到老王，小张断定锁芯必是老王所为。锁芯事件不久，小张与朋友聚会，那天因不胜酒量喝醉了。醉了的小张回家时，碰到了在楼下遛狗的老王。要是在往常看见老王，小张早早就避开了，可是那天他醉了。看见老王牵着狗，小张径直迎了过去。老王看见小张迎面走过来，沉着脸就要绕道走却被小张挡住了去路。一个要走，一个挡在眼前，眼看一个男人与另一个男人的战争就要爆发，这时一个意想不到的声音突然响在两个人的耳旁。这个声音是老王家的狗发出来的。老王家的狗见主人突然被陌生人挡住了去路，便汪汪叫着一下扑到了小张的身上，一股凉风，一个激灵，小张酒醒了。酒醒了后的小张，以迅雷不及掩耳之势一拳砸到了狗头上，狗尖叫着落荒而逃。目睹自家的狗被人拳击，而这个人又是自己最不愿意看到的，老王立即破口大骂说，姓张的，搁着那么多的路不走，偏挡人道，今天要是把我家的狗打坏了，老子非让你吃不了兜着走。心里本就对老

旅途

王存有成见，加之又喝了酒，年轻气盛的小张，见老王像个泼妇似的骂他，火爆脾气骤起，一不做二不休，对着老王的脸就是一拳，毫无防备的老王一个趔趄摔倒在地。少顷，反应过来的老王，撕扯着小张的衣领来到了居委会。经居委会大妈调解，打狗打人的小张，给老王赔礼道歉并赔偿精神损失费五百元，小张爽快地答应了。因为一拳与五百元比起来，一拳或许更让小张开心些。

打狗打人事件不久，冬天到了。

进入冬天的第一个月，单位关系好的一位同事悄悄跟小张说："市委拟在单位提拔一名副局长，你尽量争取一下。"同事的话，让小张动了心。心动不如行动。当天晚上，小张和妻子来到父母家中说明了情况。父母一直觉得自己的儿子很优秀，便答应了。小张起身与父母告辞时，母亲递给了他一个信封。隔日，小张买了两瓶茅台酒来到平日和自己关系不错的书记家里。书记很热心，答应会给他帮忙。为了尽早实现梦想，当上单位副局长，第二天，小张花三千元买了一把按摩椅，又装了一个红包去了局长家里。局长明白小张的来意后，先是肯定了小张的人品及工作能力，最后诚恳地说，任用干部这等大事不是哪个领导说了算，但作为单位领导，我推荐是可以的。局长还说了许多，但小张仅就记住了局长无意中提到的一个能决定他命运的市委领导的名字。从局长家里出来，小张立即打电话询问父亲认不认识这个市委领导，他父亲想了一会儿说自己不认识，但知道他有个表姨父好像和这个领导有亲戚关系。隔日，在母亲的牵线下，小张买了几百块钱的礼物去了一趟表姨父家。因为不常联系，小张见了表姨父有些拘谨，但一想到关乎自己前途的事情，还是硬着头皮跟表姨父说明了来意。表姨父听他说完，解释说那个市委领导是自己女婿的表舅，他们也仅仅见过两次面，话不好说。表姨父的话让小张有些失望，失望之余他又恳求表姨父说，有亲戚关系

风雪之夜

总比没有好,还是恳请姨父给帮个忙,事成一定重谢。表姨父听完小张的话,立即说不是他不帮忙,而是跑官要官这个事他没做过,表姨父劝小张别太看重拉关系走后门,说是只要人品好,工作努力,一定会有领导赏识。表姨父的话让小张沮丧到了极点,他起身要走时,表姨替表姨父做了主。表姨说,小张你先回去,你表姨父死脑筋了一辈子,隔日让你姐夫陪着去一趟他表舅家,但成不成姨可是不能给你打保票。表姨的话让失望的小张又看到了希望。从表姨父家出来,他看天,天美;看地,地宽,甚至连一不小心钻进脖颈里的冷风,觉得也是温暖的。小张满心欢喜地等待着。

半个月后,表姨回话说表姨父去了一趟那个亲戚家,说是意思说明白了,只是亲戚当时没表态。表姨的话让小张觉得自己离副局长一职更近了。进入冬天的第二个月,单位的副局长任命了,任命的不是小张,是单位的另外一名干部。小张伤心至极,他怎么也想不通,自己该花的钱花了,该走动的关系走了,怎么就没成功呢?直到有一天,当他和楼下老王家又一次发生矛盾时,他才明白了副局长一职为什么与他擦肩而过了。

那是一个周末,也是小张妻子生下女儿的第三十天。初当父亲,小张心里别提有多高兴了,经过和母亲商量,小张决定在那一天宴请亲朋好友到家里为女儿吃月子长面(请亲戚到家里吃长面,以示庆贺)。接到邀请电话,七大姑八大姨相约着纷纷来到了小张家里。小张的姑姑带着七岁的孙子也前来祝贺。孩子毕竟是孩子,在屋子里玩了没一会儿觉得没意思嚷嚷着非让奶奶带到楼下去玩。小张的姑姑见了老亲戚话匣子一打开便不肯挪动,孩子站在奶奶身边哼哼唧唧,小张看着心烦便把孩子带到楼下玩耍,哪知孩子一到楼下就像脱了缰绳的野马,又是蹦又是跳,小张等了好一会儿见孩子丝毫没有要跟他上楼的意思,他着急家里

旅 途

还有许多事情，便叮咛了几句上楼去了。小张上楼不到二十分钟，楼下便传来了孩子尖利的哭叫声，姑姑听出声音是自己的孙子发出来的，大喊着让小张赶快下楼去看看。小张扔下手里的活计噔噔就往楼下跑去，跑出楼道门，他一眼看到的先是楼下老王的老婆。只见老王老婆手指像雨点似的正指着姑姑孙子的鼻尖大骂着什么，孩子吓得站在一旁直哭，小张走过去拉过孩子，正要问原因，老王老婆马上气冲冲地说道，原来这是你家的野孩子啊，我说怎么这么没教养，看把我埋在地里的葱踩成什么样子了？没等老王老婆说完，啼哭着的孩子赶忙辩解说，我不知道地里埋的是葱，我不是故意的。因为一直对老王家有成见，此刻见老王老婆因为这么一丁点儿小事大骂孩子，小张气不打一处来，他像机关枪似的砰砰砰把老王老婆大骂了一通。因为两家积怨已久，此刻，老王老婆对小张也是仇人相见分外眼红，她以牙还牙地把小张也狠狠骂了一顿。骂完后并幸灾乐祸地说，就你那素质，就你那怂德行，还想找我女婿的大伯要官，快做你的黄粱梦去吧！老王老婆的最后一句话震惊了小张。老王老婆还在说，但小张已无心恋战，那一刻，他心里只有一个恶念，就是咒老王一家赶快从他眼前消失。不久，在一个白雪皑皑的夜晚，他却又做了件让人匪夷所思的事情。

那是冬季里最冷的一晚。那天，雪一直下个不停，风也一直在刮。小张和朋友吃完晚饭已是凌晨，朋友们见雪大风大，纷纷提出到茶楼玩一夜，小张考虑到妻子一人在家带孩子的诸多不便，便婉谢了朋友的好意。走出餐厅，凛冽的寒风差点又打消了他回家的念头，但一想到妻儿，他还是毫不犹豫地踏上了回家的路。要是往常晴朗的天气，小张从餐厅出发步行回家也就半个小时路程，可是那晚就怪了，天越冷路好像也跟人较着劲似的难走。车打不上，怕妻子担心，小张只好缩着脖子急急赶路。艰难地走了约有一个小时的路程，在回家必经的一个岔路口，他冷不丁看到雪地里有一团黑乎乎的东西。开始他疑是冻死的猪或狗，便没多想继续往前走去，走了没几步快要走过那团黑影时，隐约他听见一个声音，不容置疑，那是人发出来的。毕竟是男人，好奇心促使他毫不畏惧地迎着那团黑影走了过去，近前他蹲下身仔细查看，发现果真是个人。确认无误，他试图去拉起那人，那一刻，他心底只有一个念头，就是赶快送这个人回家，这么冷的天，如果不相救，这个人必死无疑。想到这，他开始大声呼喊，喊了几声，躺在地上的人毫无反应，觉得再喊也是徒劳，他索性一下搬过了那个人的脸，霎时，他愣住了，因为借着雪光，他清清楚楚地认出了眼前的人，竟是楼下的老王。新仇旧恨一起涌上心头，他重又重重地将老王摔倒在地，许是被摔疼了，老王竟然哼哼了两声，但之后又无声息。联想到往日与王家的矛盾，他站起身愤怒地对着老王的屁股就是几脚，只可惜老王醉得太厉害了，竟然全然不知。踢疼了脚的小张，觉得还不够解恨，蹲下身又把老王衣兜里的钱搜了个精光，然后他心情舒畅地往家走去。一步两步，离家越近，不知为什么，他的心里越忐忑不安，终于，他又返回了身。

　　雪，仍在下。风，仍在刮。洁白无垠的雪地上留下了两双清晰的大脚印。

列文的一天

近几天，列文的心里特别不痛快，像罩了一层雾霾。

早晨起来洗漱完毕，列文不是像往日着急去上班，而是烦躁地在屋子里走来走去。半个小时前，他老婆问谁送女儿去学校，列文口气很冲地说，明知故问呢？惹得老婆不满地嘟囔了他一句，然后拉着女儿赌气走了。

其实女儿大多时间都是列文接送的。因为列文的单位与女儿的学校顺路。但是自从三年前出了那场车祸，列文就不多送女儿了。

列文一直生活在一个仅有二十多万人口的小县城里，父母都是普普通通的企业职工。列文大学一毕业便考进了一个事业单位工作。因为人长得精干利落，加上聪明上进心强，上班没几年便被单位领导提拔为中层干部。列文的老婆叫乔叶，在一家企业上班，两个人是大学同学。大学毕业那年两人结了婚，婚后不久便生了女儿。因为是双职工，双方工资都不低，列文家里的日子过得还算小康。

今天天气意外地热，从早晨起来，列文身上的汗便没断过。虽然只穿了条短裤，但汗还是不停地出。许是因为太热的缘故，列文心情烦躁地一会儿坐在客厅的沙发上，一会儿又挪到餐厅的椅子上。这样折腾了几次，最后他索性走进了卫生间，拧开淋浴水龙头，当清凉的水自头顶一泻而下时，他感觉凉爽了许多。

列文的一天

列文决定今天要去办一件大事情,这件事一天前他就已经在酝酿了。因为这件事事关他的名誉和前途,他觉得今天若不采取点行动,恐怕以后每天都会生活在煎熬里。这件事他跟谁都没说起过,包括他老婆乔叶。不说的原因,主要是怕万一跟人说了,有可能还没实施事情就流产了。之所以选择今天要办,主要考虑是星期五,一般周五较前面几天来说,事情相对少些,领导大多也都会在单位里办公。

让列文烦心的事情是这样的。一周前单位开干部大会,会上领导说,市委拟在单位内部提拔一名副局长,大家先推荐两名,然后单位领导办公会再从中推选出一名报送市委组织部,领导话音刚落,坐在列文身旁的一位老同事便跟列文说,你年轻,工作又踏实,有希望被推荐。列文谢过老同志,回到办公室心里便盘算开了。他把单位里可能被推荐的人逐一分析了一遍,觉得如果推荐两名候选人,其中的一名应该有他。一是上班几年来,不论工作能力还是为人处世,他觉得自己做得都很好,尤其前任局长,对他的赏识和喜爱单位同事是有目共睹的。推荐这事若是提前半年,哪怕就是一个名额他也敢肯定地说非他莫属。可惜的是半年前老局长退休了,新局长上任时间不长,他心里敏感地觉得新局长似乎对他有看法,究竟什么看法他也搞不明白。记得新局长刚上班的头两个月对他还是可以的,说话和和气气,单位有啥事也都让他参与意见,可是有一天,风向突然就变了,变得对他爱搭不理了,这让他很纳闷。但是不管怎么样,这次只要是公开推荐他很自信。事情正如他所愿,群众的眼睛是雪亮的,他被推荐上了。然而高兴了没两天,一盆凉水又将他浇懵了。有人私下跟他说,单位开领导办公会的那天,总共有五个人参加了会议,会上有两个人推荐了他,有两个推荐了单位另外一名同事,最终谁能获得再往上推荐的殊荣,局长手中的那一票至关重要。没有投票前局长说,要推荐的这两名同志,论工作能力都强,但是

旅 途

要综合考虑，我觉得列文在处人方面还有些问题。局长话音刚落，一向比较赏识列文的一位领导马上说道，局长那是您还不够了解列文，其实列文是个有故事的人呢。听完这个领导的话，局长思考了一下说，既然你这样说，那我们就慎重些。为了真正推出一位德才兼备的优秀人才，我建议周末大家都再考虑考虑，下周的领导办公会我们再议此事。胸有成竹的列文，闻听了事情的经过，内心感到无比气愤。他在心里认定局长对他就是有成见，这个成见如果不赶快消除，他被推荐的可能性几乎为零。退一万步来说，即便不为自己就是为了老父亲，他也要搏一把。记得当年父亲送他上大学时，曾跟他说了这样一段话，我们列家几代就出了你这么一个大学生，你要好好学习，将来走上社会要做有用之人，我们列家就靠你光耀门楣了。现在机会来了，他能不抓住吗？可是局长竟然是这样的态度，这让他受不了。他不能等闲视之，他要有所行动，一个疯狂的念头就这样闪进了他的脑海。

听到消息的第二天，他带着一腔怒气来到单位。中途有几次去敲局长办公室的门，局长都不在。他艰难地熬过了一天。晚上回到家，老婆跟他说话，他不是答非所问就是默不作声。他的反常使老婆很疑惑，便试探着问咋了？他烦躁地说单位里的事，最好别瞎打听。听他这样说，老婆便识趣地忙自己的事情去了。晚上独自睡在客房里，说是睡觉其实一夜没合眼。他在脑海里一直不停地琢磨着别人跟他说过的那些话，越琢磨越觉得局长就是不想推荐他。经过一番思想搏斗，他决定天一亮就去做这件事，否则他心有不甘。

列文从卫生间里出来，时间已是早晨九点。他推算了一下，局长应该刚到单位，便穿戴整齐匆匆走出家门。

七月的天气，就像是一个发着高烧的病人，烦躁着狂舞着。火球似的太阳，像一个大大的火伞高悬在空中，像要把路上的行人蒸熟了吃似

列文的一天

的。路面被炙烤得泛着白光，冷不丁看一眼，晃得人直流眼泪。路边柳树的叶子也像是被折磨得生了病，挂着尘土在枝上打着卷，一动不动。从家里出来还没走到小区大门口，列文已是汗流浃背。心里正烦着呢，几个熟人又好像凑热闹似的一个接着一个上前跟他打着招呼。刚出楼道门，迎面碰上了一楼王叔夫妇，两个人像是刚从公园里锻炼回来。王叔往日看见他话就多，今天一看日上三竿了，他才出门，便问道，你怎么才走单位呢，不迟啊？年轻人瞌睡就是多。因为心情不好，他敷衍了两句匆匆离去。在小区门口列文又碰到了一个熟人。这个熟人跟他老婆原来是同事，因此见了列文说话也随便些。此刻见他行色匆匆便几步撵上前开玩笑说道，今天脸色咋这么难看？是不是昨晚被你家乔叶收拾了？他没像往日那样停下来和这个熟人调侃，而是冷淡地说，没你想的那么严重，我有急事就不和你聊了。说完撇下熟人急忙往路上走去。在路边等车时，列文又碰到了小区里的一个女邻居。这个女邻居有五十多岁，姓张，几年前和他一起住进这个小区。列文和老婆一直尊称这个女邻居为张姐，张姐也喜欢和他们夫妇相处。逢年过节，张姐家做了好吃的会给他们送些。礼尚往来，他们夫妇有时出差或者旅游也会给张姐带一些小礼物。两家的关系一直相处得很好，可是自从半年前的一天，列文再见到这个张姐就有些拘谨了，不论说话还是做事都小心翼翼。事情的起因是他们认识的这个张姐，居然是单位新任局长的亲姐姐。知道了张姐和局长的那层关系后，列文矛盾了好些日子。按照多数人的想法，以后列文如果想在单位有所进步，这个张姐毫无疑问对他会有很大的帮助。甚至有几次，他老婆也说，张姐是你们局长的亲姐姐，我们应该跟人家建立更亲密的关系。可是一根筋的列文对老婆的话却不认可，他觉得只要通过自己的努力，总会有伯乐视出他这匹千里马，搞那些献媚讨好人的事情，他列文不会干。老婆见无法说服他，以后索性再不提了。列文

旅 途

和张姐的关系还就像以前那样该咋就咋，彼此间也都从来不提他们心知肚明的事。列文觉得这样挺好。这会儿看见张姐笑容可掬地迎面走来，他便上前打了声招呼。打招呼时，他脑海突然闪了一个念头：要不和张姐说知一下？但很快又否定了自己的想法。和张姐道别后，他匆忙拦了辆出租车直奔单位而去。

单位地处县城中心，是一栋独处的三层小楼，每天上班的干部大概有三十多人。一般干部基本都在一楼和三楼办公，几位领导分布在二楼。列文的办公室在一楼紧靠楼梯口处。列文打车来到单位已是上午十点钟了，在单位门口下车时，他碰到了一个急匆匆往外走的女同事。女同事看见他，先是打量了一眼，然后说，列主任你生病了？脸色真难看。列文不知如何回答便嗯了声。在楼梯口他又碰到了匆匆往楼下走的一位男同事，男同事见他板着脸，便开玩笑说，列主任昨晚是不是喝大了？被嫂子关到门外了？因为怀揣了心事，他瞪了一眼男同事没搭话往楼上走去。憋着一肚子火气，他径直走到局长办公室门口，就在他伸出拳头要敲门时，办公室的门突然被人从里面拉开了。

开门的是局长。局长看见列文板着脸站在门口，先是愣了一下，然后说，我正要找你谈谈呢。说完局长转身回到办公室，列文紧随其后跟了进去。在局长办公室，板着脸的列文正要发问时，局长先说道，我来这个单位工作时间不长，有些事不知真相还真是误会你了。局长简单的一句开场白，使列文板着的面孔不由放松了不少，在他踌躇时，局长接着说道，之前我对你的人品的确有看法，举个简单的例子来说，有一天，我去我大姐家吃饭，哦，我大姐和你同住一个小区。那天正好下雨，我吃完饭从小区里出来打车，正好你开着车出来了，你没有看见我，我却看见了你，当时我正想走过去和你打招呼，但是一个带着孩子的女同志走到我前头并且拦住了你的车，我只好避开了。我满以为你会带上那个女同志，可是你没有。你把车窗都摇了下来却又拒绝了人家，我不知道你当时说了些什么，总之我从那个女同志的脸上看出了对你的不满意。还有几次下班，我看见单位有几个同事想搭乘你的车又被你拒载了，从那以后我就对你这个人有些看法了，觉得你对人不够大方，做人小气。周末，我和家人吃饭无意聊起你，才知道对你误会很深。发生在你身上的那件事，我大姐都给我讲了。你好心助人这事没有错，至于后来发生的那些事，我觉得并不代表大多数人都会那样做，你要相信这个世界还是好人有好报。

  局长还在说，但列文的思绪却已飞到了几年前的那场车祸。

  那是一个大雪天，那天应该是早晨，列文送女儿走学校。在小区外的路边，他看到了和自己同住一个小区的一位女同志拉着孩子在焦急地打车。看得出可能是怕孩子上学迟到，女人不停地招着手，列文的车都开过了女人几米远，但是恻隐之心驱使他又倒了回来。车停稳，他摇下车窗玻璃招呼女同志和孩子上了他的车。上车后女同志连连给他说着谢谢，他说举手之劳不用谢。因为在他眼里这些都是再小不过的事情了。如果那天不出事，估计他的这种想法和做法永远不会改变，但是接下来发生的事却彻底改变了他已有的想法和做法。他驾驶着车在穿过一个岔路口时，一个年龄约莫有六十岁的老头，骑着一辆自行车，突然歪歪扭扭地直向他的车头撞过来，不，应该是滑过来，吓得他猛地往左边打了一下方向。老头是避过去了，有惊无险。但是因为路滑，车瞬间就像脱了缰的野马在雪地里急速地转了两圈。突发的事情使他始料不及，他迟钝了那么几秒，等反应过来急刹车时已经晚了。因为他和女儿坐在前排并且都系着安全带，车祸发生的瞬间，他们被牢牢固定在座椅上。后排的母子两人就没那么幸运了，因为都没系安全带，车急速旋转的那一刻，坐在左侧的男孩鼻子撞到了前靠背上，当场流血不止。坐在右侧男

旅 途

孩的母亲不幸被惯性甩出车外，造成右胳膊骨折。

照理列文是好心帮人应该不承担责任，但事情远远没有他想得那么简单。事故发生后，女同志的家人要求他承担部分住院费，说是不管怎么样，人是在他的车上出的事，他感到很委屈，但出于人道主义精神还是承担了部分医药费。女同志出院一段时间后，精神上又出了问题，其家人便找到他，非说与那次车祸有关系，让他再次承担医药费。列文气愤不过便与那家人打起了官司，虽然胜诉，但心情一直不畅快。三年前的那场车祸，在列文居住的小区里被传得沸沸扬扬。此后的几年里，列文便变了，他不再顺路带人，即便就是熟人也常常婉言谢绝，他的做法一开始不被大多数人理解，甚至为乘车还得罪了一些亲朋好友。但是知道事情真相的人，倒也能理解列文了。

不久，列文被单位推荐了。

一路向东

一

一位帅气的小伙子坐在了我母亲的旁边。小伙子穿着一身崭新的军装，手提一个不大的旅行箱。小伙子挨着母亲坐下后，我侧脸瞅了一眼，发现小伙子靠母亲这侧的耳垂上，竟然长着一个指甲盖大的"肉锤"。很小的时候，我曾听村里的老人说，耳朵上长的"肉锤"，也叫"拴马桩"。一些人认为，耳朵上长"肉锤"，代表着一生运气好。但也有人把"肉锤"视作一个不祥之物。

面包车缓慢行驶在凹凸不平的公路上，每逢急刹车或车体强烈颠簸，小伙子都会被惯性摔倒在母亲身上。在他倒向母亲的时候，放在两腿前的旅行箱也会跟着一边倾倒。起初倒靠在母亲身上，他会立即摆正身体，礼貌地跟母亲说声对不起。母亲也会客气地回敬一句没关系。随着颠簸次数的增多，小伙子的身体与母亲的身体有了更多的摩擦，凭感觉我觉得母亲似乎并不怎么讨厌小伙子。

我与母亲早晨七点钟从家里出来，那时天已大亮，但看上去灰蒙蒙一片，不由使人心情压抑。母亲右手拉着一个大皮箱，左手拎着一个手提包，我则背着书包，在村中的一个岔路口，我们搭上了一辆陈旧的面包车。面包车不大，车上有二十多个座位，为了多拉客人，车主在过道

旅途

又摆放了几把小凳子。我与母亲上车后，车上前排位置已经坐了十多个乘客，母亲带着我径直走到面包车后排右边倒数第二排。我紧靠车窗，母亲则坐在靠过道的位置。我们刚坐下，跟着又上来几个乘客，面包车后排的位置不消一刻便全部坐满。小伙子是车行驶途中上的车，上车后被售票员安排坐在了过道中间的加凳上。虽说加凳较矮，但因为身材高大，小伙子的身体几乎与母亲齐平。车行驶当中，我无意扫视了一眼，车厢内全是陌生的面孔。有的人歪着头在昏昏欲睡，有的人则两眼虚空地看着某个地方发呆。由于颠簸，小伙子的身体与母亲频繁地碰撞、摩擦，在又一次的颠簸过后，他侧身看着我母亲，语气温和地问道："大姐，你是出门打工还是旅游？"母亲说："我带女儿回娘家。"小伙子侧身打量了一眼坐在母亲内侧的我，然后惊讶地说："大姐，您不是在开玩笑吧？我看您顶多也就三十岁出头，没想到女儿居然这么大了，您真显年轻啊！"母亲对小伙子的赞誉似乎很享受，立即微笑着说："我没你说得那么年轻吧，我都四十多岁了，女儿也有十三了。"小伙子听完，再次强调说："大姐，我不骗您，您年轻时肯定是个大美女，您要不说四十岁，没人相信。"母亲的虚荣心像是得到满足，不等小伙子发问，跟着说道："我是临夏人，我娘家在临夏的一个乡村，这是结婚后第二次回娘家。头一次回家是我女儿三岁时，事隔近十年，也不知我的家乡现在发展得怎么样了？""您是临夏人？我们是老乡呀。我是一个新兵，正在服兵役，这是当兵后第一次回家探亲，我们真有缘。"小伙子说完，兴奋地看着母亲。他乡遇故知。一听小伙子是老乡，母亲高兴地又是送面包，又是关切地询问坐在凳子上难受不难受。我一直佯装睡觉，耳朵间或飘进他们的聊天内容，但其实思绪早已飞回到了半个月前。

父母亲吵架的那天晚上，母亲很晚回家。因为常年在外地做生意，家对于父亲来说，似乎就是一个驿站。父亲有时一个月回来一次，有时三个月回来一次；有时白天回来，有时晚上回来。对于父亲的作息时间，我基本已习以为常，可是母亲却不然。打我懂事起，便总听母亲在埋怨父亲，说父亲跑野了，说父亲的心不在家里了。可是我却不大认同母亲的说法。因为很多时候，我能从村里人的言谈中，听出对我家的羡慕，对母亲的羡慕。毋庸说这得益于父亲。然而碰到邻居，每当人家夸母亲命好，夸父亲能挣钱时，母亲却总是不屑一顾地说，命好啥呀？！男人一年在家住不了几天，家不像个家，能挣钱管啥用呢？母亲的回答，我明显听出了对父亲的不满。

我的父亲身材健硕，性格开朗，喜欢干净，似乎还很爱打扮。打我懂事，便发现他很爱照镜子。我家的镜子不是很大，就镶在门墙上。他常常是不由自主地踱到门边，拿一把梳子轻轻地刷自己的头发，还往上面抹一种我叫不上名字的液体。有时候，他也会侧过身体，一边和我说话，一边回头看镜子里的自己，皱皱眉头，鼓起腮帮，就像在看一个陌生人。有时候呢，他大约很满意，就会对着镜子中的人笑一笑，颇有些百媚生的风情，他自己意识到了，便呵呵笑一下。父亲的长相，在我来看，是很招女人喜欢的那种。父亲的文化程度仅为初中，但却天资聪颖。在我小的时候，常听人们谈论父亲说，一个连自己名字都写不好的人，做买卖算账却无人能比，真是个天生的商人。父亲具体做的什么生意，我不大清楚，但是从我家的住房和母亲的穿着打扮来看，父亲的生意应该做得不错。我的母亲是我父亲当年做生意时领回来的。我之所以不说娶，是因为母亲确实是独自一个人跟随我父亲来到我们这儿的，按别人的说法就是私奔。我曾听姑姑说，一年，父亲到我母亲居住的地方谈生意，偶遇母亲，母亲的俊秀让我父亲怦然心动，父亲在我母亲居住的地方谈了三天生意，至于三天里都发生了什么，父母亲不说别人也无从得知。总之谈完生意，父亲便带着我母亲回到了家乡。母亲的婚事似

旅途

乎并没有得到娘家人的支持。父亲没有遇到我母亲时，祖母已经为其订了一门亲事，由于母亲的介入，祖母贴了不少彩礼钱，才算是退了那门亲事。母亲和祖母的关系，一直磕磕绊绊，有时她们吵架，我总听祖母骂我母亲是"跟人货"。我猜想父亲不常回家的缘故，一半的原因许是生意忙，一半可能就是因为家庭矛盾吧。

父亲回家那天已是晚饭时间。当时我正一个人在屋里吃中午的剩饭，父亲提着一个旅行包进来了。如果我没有记错，那应该是父亲离家两个月后的一次回家。父亲这次回家，精神大不如以前那样快乐，神情疲惫不说脸色还很灰黄。我放下筷子，高兴地扑进父亲怀里。父亲一边慈爱地抚摸着我的头发，一边询问母亲的去向。我跟父亲说，他不在家的日子，母亲常常出去和邻居们玩，许多时候很晚回家。父亲听完没像往常那样着急出门去找，而是不慌不忙地先掏出给我买的礼物，然后说："剩饭不吃了，你先去写作业，我重新给你做饭。"印象中父亲好像没有做过饭，那天他却破天荒给我做了一碗鸡蛋拌面。那碗面非常好吃，也是我长那么大第一次吃父亲亲手做的饭。吃饭时，父亲问我说："爸不常在家，你生气吗？"我诧异地看着父亲说："爸，你忙着给家里挣钱，我咋能生你的气呢？我就是有时特别想念你。"父亲听我说完，用异样的目光看了我好一会儿，然后感慨地说："一转眼你都十三岁了，是个大姑娘了，你要好好读书，争取考上好大学，爸会一直供你到大学毕业。"父亲最后说的话，我当时并没有在意，事后想来那应该是父亲早已想好了的话。吃完饭父亲叮咛我去休息，说是他要等母亲回家。母亲究竟是什么时候回的家，我不大清楚。我是深夜被父母亲的激烈吵架声惊醒的。睡意蒙胧中我隐约听到母亲哭诉着说："你真没良心，我抛弃尊严与家人跟你结婚，为你生了女儿，没想到你竟然爱上别的女人，还和那个女人生了儿子。如果你不跟那个女人绝交，我就带着女儿离开这个家。"父亲说:"是我对不起你,但你想想那毕竟也是我的孩子,我总不能让我的孩子生下来就是黑户吧。"母亲声嘶力竭地说:"你想得美!我不会让你如愿的,我相信女儿知道了这件事,也不会原谅你的。"我如雷轰顶。我敬仰的父亲,居然背叛了当初义无反顾跟他私奔的我母亲,外面有了女人不说,还和这个女人有了儿子,这是我万万不能接受的。天亮,我像敌人一样仇视地瞪着父亲,跟母亲说我要离开这个家,我要跟她走。半个月后,我和母亲搭上了这班车。母亲说,我们要一路往东去,东边有她的家乡,有她的亲人。

车行途中,母亲和年轻的小伙子一直热聊着。我则靠着车窗一直假寐着,车行驶了大概有三个钟头,突然戛然而止,隐约我听见女售票员大着嗓门说:"到终点站了,大家带好行李下车。"车厢内再次混乱一片,而我和母亲却在小伙子殷勤的关照下顺利走出车厢。

秋天的太阳,虽说火红一片,但却让人感觉不到温暖。我们十点多钟到达县城汽车站。下车后,母亲安排我站在一个僻静的地方看管行李,说是她要和小伙子一起去买下一趟的车票,我答应了。时间不长,母亲突然慌里慌张地跑到我站立的地方,未曾开口已泪流满面。我不知道发生了什么事儿,瞪着眼睛惊恐地看着母亲。

二

母亲,一个长相俊美并且读过高中的女子,竟然做出了与人私奔的事情,这在那个年代算是一个不小的新闻。以至于婚后,在父亲的家乡,如果谁谁家的女儿不见了,总会有人拿我母亲打比喻说,是不是像某人家的女人,跟上人私奔了。头些年,不论母亲走到哪儿,都会有人在背后指指点点。母亲听了也不恼。母亲这个人怎么说呢,在我的印象

旅途

里,我觉得她既是快乐的,也是沉闷的,像是个两面人。白天,母亲会光鲜靓丽地在人前招摇,会大把地花钱,会大方地借钱给左邻右舍。夜晚,则就像变了个人,常常不是无端责备我开灯时间太长,就是责备我洗脸、洗手用水太多,说是不懂得节约。说来也怪,在教育我应该如何节俭这一点上,母亲与父亲的意见惊人地一致。如果硬要让我在父亲和母亲中做出选择,我似乎更喜欢和母亲在一起。

从我记事,母亲虽然也有让我不满意的地方,但她对我确实呵护备至,万分疼爱。在我三岁时,母亲给我留了长头发,每天绞尽脑汁地为我扎许多小辫子,给我买各式各样的头饰,把我打扮得像小公主,还炸我喜欢吃的糖糕。五六岁时,母亲送我学画画,希望我将来当画家,虽然我没能坚持下来,但是足见母亲对我还是给予了很大的期望。我喜欢母亲,还缘于母亲那一头秀发在颈后梳成的两条大辫子。那两条辫子乌溜溜的,又粗又长,一直垂到腰际,走起路来一荡一荡,简直能把人的心都荡飞了。一年,大概是夏天吧,母亲带我到镇上买化妆品,在通往镇上的那条小路上,母亲甩着两条大辫子走在前面,我跟在后面,我们一前一后就像一幅美丽的画,不时引起路人驻足观望。我们悠闲地走着,忽然,一只野兔从路旁的小树林里跑出来,窜上路面,把母亲和我都吓了一跳,母亲慌忙停下来拉住我的手。田里的玉米正吐着缨子,青草的气息潮润润的,带着一股温凉,风很轻,不时拂上我发红的脸颊,虽然被兔子惊扰了一下,但我内心却没那种恐慌,我的小手紧紧攥着母亲温暖的大手,那一刻,我觉得自己是世界上最幸福的孩子,母亲是世界上最慈祥的母亲。事情虽然过去了十几年,但那种幸福的感觉却常常萦绕在我的心头,让我回味无穷。母亲在我眼里还是个坚强的女人。五岁那年,我出麻疹高烧持续了一天,父亲不在家,祖母坚持要用土办法给我治,并告诉我母亲说,我父亲小时候出麻疹,她就是用土方子治好的。母亲无奈只好依了祖母，没想到那天半夜，我烧得更厉害了。祖母吓得一时没了主意，情急下母亲背起我，十万火急地往镇上的医院跑去。要在往常，祖母说天稍黑些，我的母亲上趟厕所都要有手电照亮。那天就神了，漆黑的夜晚，她背着我竟一口气跑到了镇上的中心医院。等邻居把祖母送到，我已经退了烧。医生说那晚如果再迟些，估计我的脑子已烧坏，没准现在不是个傻子就是个呆子呢。稍懂些事时，听祖母讲这件事，我对母亲顿生敬意，觉得母亲平日露富、招摇，白天黑夜的两面性都不能掩盖她爱孩子的天性。

三

一切是从下了班车开始的。我站在母亲为我划定的地方，望眼欲穿地等待着，希望母亲快点买上车票，结果我等来的竟是一脸泪水的母亲。母亲走过来，紧紧抱着我，流着眼泪说："我们不坐快车了，坐普通大巴也能赶到姥姥家，你身上还有钱吗？"我茫然地点了点头，并快速掏出了往日积攒的零花钱。

我和母亲终于挤上了一辆往东边去的大巴车。车体外表很旧，我们上去后座位已坐满了人，过道也挤得水泄不通，几乎没有落脚的地方。目视着这么多的人，我拽着母亲想要下车，不料却被母亲一下推到一个仅能坐半个屁股的座位上。按我坐下后，母亲则像棵大树矗立在旁边，为我遮挡着前后拥挤的人群。我想起身换母亲坐下，可是座位实在是太小了。我的身旁坐着一个皮肤粗黑、面容憔悴、身体结实的妇女。看妇女那身打扮像是农村人。妇女怀里抱着一个正在熟睡的孩子，旁边坐着一个脸上长满雀斑、头发稀疏、年龄和我差不多大的女孩。我几次试着起身都被母亲硬按下，母亲似乎懂得我的用意。我不再坚持，眼光无意

旅途

扫过却见母亲双眼红肿，脸色蜡黄。我突然心疼不已，暗自猜测一个小时前，究竟在母亲身上发生了什么事儿。母亲不跟我说，可见在她眼里，我还是个孩子，即便是天塌下来，也该有她这个母亲撑着。

我们乘坐的这辆车通往临夏方向。车体陈旧不说，车内卫生也不清洁。我真不敢想象往日素爱干净的母亲，如何承受得了这样的环境。以我们家的条件，我和母亲完全可以乘坐舒适的快客，可是母亲竟然选择了坐这样的车，这让我很是费解。面包车颠簸了大概又两个钟头，突然停靠在了一个前不着村后不搭店的地方。乘客们正在纳闷，就听女售票员扯着嗓门说道："想方便的乘客赶快下车，男左女右，接下来的路程更难走，想找个方便的地方也很难。"听售票员这样一说，车上的一大半乘客都忙起身嚷嚷着往车下走去。几个小时前，因为看管行李，我没感觉到有尿意，此刻经售票员一提醒，突然有了方便的意思。于是我拉拉母亲的衣襟，希望母亲陪我下去。没等母亲搭话，坐在我里面的麻脸女孩这时也跟自己的母亲说要下车，两位母亲便叮嘱我俩快去快回。我们嗯了声一前一后走下车。走到车下，我发现根本没有隐蔽的地方，车前车后都是人，一些年长的老人可能憋得太久，也不管身旁有人蹲下就尿，年轻一些的则走到离车稍远些的地方。和我一起下车的女孩似乎已成习惯，跟着几个年长的妇女就地解决。因为实在是羞于在人前解手，我便径直往更远些的地方走去，然而等我方便完，往回走时却发现车已驶出很远。我一边追着车屁股跑，一边忍不住哭出声大喊着妈妈。我气喘吁吁地追着车跑了有十多分钟，大巴车才停了下来，售票员刚一拉开车门，我便迫不及待地爬上去。哄哄嚷嚷的一车人无动于衷地看着我，我擦着眼泪气冲冲走到母亲身旁，刚想发作就听坐在母亲旁边的那个妇女说道："妹子，丫头上来就好了，出门在外为这些事生气不值得。这些生意人坏着呢，故意不等人是在提醒客人，下一站谁要是下去撒尿时间长了，这就是个例子。"女人说得够清楚不过了，我明白了，估计是司机嫌我拖时，故意将车开出很远，母亲不知情，以为真要开走便和司机吵了一架。想到这些，我为误解母亲而感到内疚。接下来的时间里，靠里面的母女，终于把座位让宽敞了一些，她们让母亲坐下，然后又从座位下拉出一个鼓囊囊的袋子，让我坐在上面，说那是她们的铺盖，挤压了没事。我坐定后，母亲再次谢了母女。路上，麻脸女孩的母亲自我介绍说："我是甘肃人，这次是带我的两个孩子回娘家，旁边的女孩是我的大女儿，怀里抱着的是我两岁多的儿子。"母亲俯身抚摸了一下妇女怀中的男孩说："你儿子比女儿好像小很多对吧？"妇女叹口气说："妹子，儿子是我冒着生命危险生下来的，按理我这么大年龄了应该不能再生了，可是不行啊，在我们农村，没儿子是会被人骂绝后的。"母亲听完安慰了妇女几句再没搭话。面包车走走停停，终于于当天晚上十一点多钟到达了临夏汽车站。

　　下了车，看着陌生的城市和漆黑的夜色，母亲拉着我和那对母女一起敲开了汽车站旁边的一家小宾馆。一位五十多岁的胖男人接待了我们。母亲进去便盯着墙上的标价牌一直看，麻脸女孩的母亲许是不识字，进门便直截了当问胖男人一间房子几块钱。结果胖男人不满地瞪了一眼女孩的母亲说："几块钱？你去住农村的大土炕吧，我们这里没有。"见胖男人似乎有些生气，母亲马上说道："老板，我的这位姐妹也就随口一说，我看你这儿的标价是普通房一间二十块钱，二十就二十，我们两个大人加上三个孩子，开一间行不行？"我不解地看着母亲，母亲没理睬我继续说道："老板，你就做个好事，给我们开一间，我们挤挤也行。这么晚了，估计这个点住宿的客人也不多，天不亮我们就走，不会耽误你挣钱的。"母亲的话老板听着似乎很受益，沉思了一会儿老板说："行吧，那就一楼靠门的那间，你们谁付房钱？"母亲谢过老板，然后跟女

旅途

孩的母亲说："大姐，二十块钱，我付一半你付一半，如果我不是情况特殊，二十块钱我都出了。"母亲说这话时，声音好像有些哽咽，女孩的母亲忙说道："妹子，看你说的，人在外都有难的时候，我知道你不方便，我出十五块，我们三个人呢，你出五块就行了，就这么定了。""那怎么能行？"母亲还要说啥，女孩的母亲再次口气坚决地说："你出五块就行了。"说完便给老板掏钱。母亲不再说啥，开始从上下衣兜里翻找，好不容易搜出几张，拿在手里数数可能觉得不够，便拿眼睛看着我。我意识到了，赶忙从书包的夹层里也翻找起来。女孩的母亲看到了，一把拿过母亲手中的钱说："孩子的钱就别动了，留下明天你们还吃肚子呢，你有多少就算多少吧。"似乎被女孩的母亲说到痛处，母亲的脸颊一下红到耳颈，她放下矜持不再坚持。女孩的母亲把两个人的钱合在一起递给老板说："你数数还差多少？"老板数完说："刚够数，我给你们开门吧。"我与女孩疲惫不堪地跟着两位母亲走进了我们合开的那间房。

一夜无眠。

四

天亮，两位母亲互留了联系方式便分道扬镳了。因为离开家乡多年，担心走错路，母亲不断地向行人打问着回老家的路线。问清后母亲便带着我一路往东走去。因为走的是一条乡道，农用车、摩托车川流不息，车尾扬起的尘土和废气不时扑鼻而来。不久我便有些胸闷气短，咳嗽不止。终于我一屁股坐在路边的一个树墩上，任凭母亲怎么劝说，就是迈不开腿，好似脚上被绑了巨石。母亲不得已只好站在路边拦车，然而那些车辆，抑或是开车的司机，就好像压根没长眼睛似的，根本不理会母亲，每一辆经过我们身边的车都疾驰而过。觉得这样下去不仅徒劳无果，而且还有可能耽误赶路时间，我便硬撑着，让母亲拉着手又走了一段路程。在一个岔路口，母亲停下问路，当那个人说至少还需走两个多小时时，我差点哭了。因为我感觉自己已经走到了极限。从小到大，我没挨过饿、受过冷，更没有一次走过这么多路程的经历。虽说父亲常年不在家，但他也让我们母女过着衣食无忧的生活。在那个小镇，我们家算是富户，这次离家要不是因为父母亲关系破裂，此刻我还应该住在那个大大的院子里，嗑着瓜子，看着小人书，吃着可口的美食。然而世事真是难料……

就在我和母亲愁眉不展时，有辆蹦蹦车开了过来。蹦蹦车很小，我猜测也就能坐四五个人吧。车停稳后，从上面跳下来一位腿子似乎有点残疾的男人。这个男人刚下车，便大着嗓门向路边的行人吆喝着说："走沙湖村了，一个人一块钱。"母亲看了我一眼，然后走近车主说："车费还能再便宜些吗？"车主打量了母亲一眼，然后冷笑着说："一看你就是个城里人，一块钱还砍价啊？"说完不再理睬母亲。讨了个没趣，母亲沮丧地走到我跟前，叹息着说："唉！我身上不够两块钱，你还有吗？要是能凑够，我们就坐蹦蹦车回去。"我难受地看着母亲说："妈，就是有两块钱，我们也不坐，你看开蹦蹦车的人，腿子好像有病。""是吗？我怎么没注意。"母亲说完，立即转身去看蹦蹦车主。在我和母亲一问一答的时候，路边的行人有三个陆续上了蹦蹦车，我和母亲提着箱子要走时，又一个人坐进了蹦蹦车。似乎是客满了，蹦蹦车主扫视了我们母女一眼，开着车突突突走了。母亲无奈地拉起我的一只手说："我们慢慢走吧，天黑前肯定也能赶到姥姥家。"我说好。

再次启程，我没有拖母亲的后腿，甚至比母亲走得还快。因为我发现一天一夜的时间，母亲似乎一下老了许多，精神憔悴，肤色暗淡。头发早晨出门虽已打理过，但看上去依旧蓬乱。在我眼里，三天前的母亲

旅途

和三天后的母亲，简直判若两人。三天前的母亲，肤色白净，头发整洁，一看便知是个养尊处优的女人。三天后则像是个辛勤劳作的农家妇女。母亲偌大的变化，让我心疼不已。我们一路向东，迎着太阳走去。母亲毕竟上了年纪，走不了多久便会停下来歇息一会儿。而我像是突然长大了，突然有了要保护母亲的意识。我伸手拉着母亲，一边走一边给母亲讲在学校听来的一些趣事，听着母亲发出的那久违的笑声，我心里感觉很温暖，仿佛又回到了当年，母亲甩着两条大辫子走在前面，我跟在后面，我们母女俩一前一后。那情，那景，真是让我怀念啊。

　　中午时分，我和母亲终于走到了离姥姥家还剩一个小时的路程。离家越近，母亲越激动不已。她不停地用手捋一捋散乱的发髻，不停地掏出手绢擦拭脸上的灰尘，不停地抖落鞋帮上的土屑。我的右手牵着母亲的左手，我们走在一条悠长的乡间小路上，路边的麦地里铺着一层厚厚的麦秸，麦秸在阳光的照射下，金光四射。我们走进那束光里，仿佛置身仙境。那一刻，幸福在我和母亲握紧的手心里沉睡，在秋日午后的阳光里，我和母亲的身影不觉走成了两棵树的风景。

●

阿雅之死

阿雅死了，人们在惋惜之余觉得也是偶然所致，然而我却不这样认为。

阿雅来我们公司上班有两年多时间，来报到的那天，碰巧我在领导办公室汇报工作，领导看到我，用手一指说，这是单位新聘的员工，叫阿雅，正犯愁没有多余的办公室安排呢，不如先在你的办公室凑合一阵子如何？我说行。就这样阿雅和我成了办公室室友，我们相处了有半年之久，直到阿雅搬走。

阿雅身高有一米六，皮肤白皙，眼睛澄亮，脑后扎条马尾辫，这是她给我留下的第一印象。阿雅每天都把自己打扮得漂漂亮亮，穿不同的服饰，提不同颜色的包包，整个人看上去很精致。阿雅的办公桌上永远一尘不染，阿雅也从不主动和不熟悉的人交谈。这是我和阿雅相处一段时间后，通过了解和观察得来的。如果仅仅是这些也就罢了，但是阿雅的另外一些做法也很让人匪夷所思。比如刚上班那会儿，一次一个同事来我们办公室串门，碰巧阿雅出门打水，同事便一屁股坐在了阿雅的凳子上，不久阿雅打水回来看到有人坐在她的凳子上，马上面露不悦并且立即搬来另外一把凳子让同事坐，搞得大家很尴尬。这件事情发生后，单位同事对阿雅的不满、调侃也就随之而来。

因为阿雅的独特，在单位就显得有些不合群，同事都有意无意与

旅途

其保持了一定的距离,由此阿雅每天的喜怒哀乐并没有人关心。因为和我同处一室有半年之久,即便阿雅有洁癖,即便阿雅是另类,但我对其还是格外关心和关注的。阿雅虽不善和人沟通,虽有这样那样的毛病,但和我相处的那些日子里,她还是娓娓向我诉说了许多事情。

阿雅说,她六岁时父母亲离婚,她和姐姐跟随父亲生活。她十岁时父亲再婚,比她大六岁的姐姐高中毕业便开始打工赚钱,她上大学的一大半费用都是姐姐挣的。阿雅与我共处一室时,其姐曾经来过我们办公室一次,阿雅曾不止一次跟我说过,其姐如母。阿雅从我的办公室搬走不久后的一天,单位集中开会,会上领导点名让阿雅汇报工作,那天阿雅竟然戴着口罩站起来汇报,阿雅刚张口说了一句便被领导打断了话题。领导不高兴地把阿雅批评了一顿,意思就是不论什么样的人,讲卫生也罢,有洁癖也罢,但得懂规矩,要分场合,如果不分场合,不懂规矩就有些过分了。阿雅一句辩解的话都没有,自始至终低垂着头。会议结束后,我责备阿雅说,好像你今天做得确实不对,单位集中开会尤其是给领导汇报工作,你咋能戴着口罩呢?阿雅先是没理睬我,她坐在自己的办公桌前,眼睛一直盯着桌子上的东西发呆。见其如此,我自觉没趣便想离开,这时阿雅说,你别走,我知道这个单位里真正关心我的人只有你,我也不知道怎么了,我尽量想给别人留下好印象,结果我却怎么做都不对。我听得莫名其妙便又说,你想给别人留下好印象的方法很多,但独独这种方法不可取,相反会让人觉得你有失礼貌,你是另类。阿雅没再接我的话,她好像是在思考。我又等了一会儿,见其不说话,便说,你心里要是有啥事就和我说说,要是没啥事我就回办公室了。阿雅没作声,因为她就是那么一个不论做事还是说话都慢腾腾的人,在我转身要出门时,阿雅低沉着声音说,谢谢你,我觉得活得好累,我不想在这个单位待下去了,我要辞职了。

我立即提高声音说，究竟发生了什么事？你才多大年龄就觉得活得累了，难道仅仅就是因为开会领导批评了几句你就要辞职？你也太幼稚了，现在工作这么难找，快打消这个念头吧！阿雅突然哽咽着说，并不完全因为这件事，辞职也许能让我的心里更好受些。我着急地再次追问究竟发生了啥事？可是阿雅没再理睬我。我感觉可能真是有什么难言之隐，便没再追问。没想到没隔几日阿雅竟真的不辞而别了，单位里的人都不知道她去了哪儿。

阿雅在公司仅工作了两年多，在这两年中因为性格的缘故，她几乎没有说得来的朋友，我之所以关心阿雅，一是我们毕竟曾经同处一室，较之他人来说，谈心的机会相对多些。二是我这人天生热心肠，好操心别人的鸡零狗碎。与阿雅相处的那段日子里，阿雅有不开心的事情也会常常倾诉于我，慢慢地我便将阿雅的一切喜怒哀乐都装在了心里。随着时间的推移，阿雅就像我的一个亲人，很多事情我会情不自禁地想到她。阿雅的不辞而别，让我伤心不已，也让我牵挂不已。我试着打问了好多人但都不知道阿雅的去处，有一阵子，我很想找到阿雅的姐姐问个原因，但因杂事诸多，终没如愿。

阿雅死了。乍听到这个消息，我几乎被震慑。这个消息若是别人传的或许我会不信，甚至会谴责传播者口德败坏，但是这个消息是从阿雅姐姐嘴里说出的，阿雅千真万确是死了。我除了震惊以外，还有的就是伤心、疑惑和痛惜。

阿雅失踪一年后的一天，我在超市买东西碰见了阿雅的姐姐，于是走过去急忙打问阿雅的消息。阿雅的姐姐先是愣怔了几秒，等想起我是阿雅曾经的同事后，立即拉住我的手，未曾开口已泪流满面，似有千言万语须向我倾诉。阿雅姐姐的容貌相比我以前见到的那次苍老了许多，神情看着很是疲惫，我心里立即有了一种不祥的预感，但没

旅途

急着追问。阿雅姐姐情绪稳定后哽咽着跟我说,阿雅死了,是车祸。惊闻此讯,我震惊不已。

阿雅姐姐说,阿雅是个苦命的孩子,打小就没享受多少母爱。父母离婚后我们跟随父亲生活,没几年父亲再婚,随着弟弟的出生,阿雅像变了一个人,她很依赖我,梦中常常会把我叫成妈妈。很多时候常会对着一个地方发呆,没有人知道她心里究竟在想些什么。阿雅没有朋友也没有能谈得来的同学。从小到大,阿雅很忌讳别人用她的东西,而别人的东西她也从来不动。阿雅很爱美,她不允许自己散乱着头发或者穿着有污垢的衣服上学。阿雅去你们单位工作,是我托朋友给介绍的。阿雅辞职开始我不知道,有一阵子,我突然发现阿雅不上班了,并且整天神思恍惚才追问了事情的缘由。

原来辞职前的某天,领导让阿雅到办公室汇报工作,阿雅进去时领导坐在桌子前正看文件,阿雅便径直走到办公桌旁边。虽然平日有些矜持,但那天阿雅见领导很慈祥便很放松。开始汇报工作后,阿雅一开始汇报得很流畅,可是就在她将要完成汇报任务时意外出现了,因为说得太流畅,不经意几点唾沫星子不偏不倚竟溅到了领导的脸上和桌子上,阿雅的脸颊瞬间变得通红,领导倒啥也没说只是下意识拿起桌子上的抽纸,擦了一下脸,擦了一下桌子。就因为领导这个下意识的动作,阿雅窘得恨不得有个地缝钻进去。领导做完这一切啥也没说便让阿雅走了。从那天起阿雅便有了心病。一见该领导便窘得不知所措,总觉得自己在领导眼里已经形象俱毁。开始是怕见领导,发展到后来是躲着领导。每天都活得战战兢兢,这种情况持续了很长一段时间,因为没有朋友她无处倾诉。阿雅姐姐说完,我突然明白了那天阿雅为什么戴着口罩给领导汇报工作了。

阿雅是在送货途中误闯红灯瞬间被疯狂而过的大货车碾压身亡的。

不了解阿雅的人可能觉得被车撞伤致死纯属意外，而我却觉得置阿雅死亡的真正原因应该是那几点唾沫星子。那不经意的几点唾沫星子，不仅击碎了阿雅自恃完美的形象，而且还击碎了阿雅脆弱的生命。

　　我在心里为阿雅叹息！

（发表于《小小说大世界》2017 年第 10 期）

猫 女

老王是市电视台的一位编导，编的最多的就是《百姓故事》《城市一角》之类的微电影、小视频。老王一直梦想能导一部像模像样的大电影，只是苦于找不到好的剧本。翻过年老王就奔五十岁了。老王说五十岁这一年，要是再导不出一部让人能记得住的作品，他就自动跟台里提出辞职。老王说那话时的神态和语气，听起来就像是在跟谁赌气似的。

晚上吃过饭，我在离小区不远处的健康步道上散步，老王打来电话，说要立即跟我见个面，说他有好的素材要提供给我。我答应在小区门口的茶楼里面谈。

在茶楼一个僻静的包间里，我等来了老王。老王中等身材，肤色偏黑，体型有些发福，但浓郁的粗眉和韩式的大双眼皮，使其看上去倒也英武了不少。我们要了一瓶羽皇红酒，一人倒了一高脚杯，然后互相碰了一下喝起来。半杯酒下肚，老王的话匣子打开了。

老王说你是个作家，你的许多小说我都看过了，写得都好。前些日子我下乡采访，听人讲了一件事，这件事里的女主人公有故事，我觉得经过你们作家的笔描写出来，应该是一篇不错的小说，若能改编成剧本正好也圆了我的梦。我说你先讲，等我听完再说。老王端起酒杯说，来，碰一下我开始给你讲。我说好。

老王说道，我之所以给你说女主人公是个有故事的人，其一是因为名字。猫女。你想想谁家能给女孩起这么个名字？这肯定有故事吧。其二叫猫女的这个女人，据人传有可能是猫咪转世呢，不可思议吧。反正不管你信不信，我似乎有点信。那你就快讲来我听听。老王说好。

猫女是个农村女人，传说出生时还带点邪说。听人讲在距猫女出生还有两个月的一天晚上，猫女已经熟睡的母亲，突然被窗外一声尖利的猫叫声惊醒。受到惊吓，怀有身孕的猫女母亲，肚子开始一阵一阵疼痛，见情况越来越危急，猫女父亲急忙找来邻居，连夜将孕妇送到镇医院。天亮，还差两个月才出生的猫女，降临到了这个世界上。在医院的病床上，猫女父亲看着像猫咪一样小的女儿，跟自己的老婆说，几声猫叫就把她吓了出来，看来这个丫头是跟猫咪有缘呢，以后就叫猫女吧。猫女母亲说，女孩叫这个名字怕是不好吧？她父亲立即解释说，老辈人都讲，孩子小时候长得丑，起个丑点的名字，将来长大或许就变好看了。也不知是真是假，反正猫女母亲听完再没说啥，猫女这个名字就是这么来的，并且被人一叫叫了几十年。来，再碰一下，我给你接着讲。

猫女居住的那个村庄很偏僻。有人曾经计算过：从村里到镇上买东西，坐车得用半天时间。从村里若到县上办事，得先到镇上坐车，然后再转车到县城，仅坐车就得用掉一天时间。村庄有人家不到七十户，多半是庄稼人。那些人日出而作日入而息。在那里出生，长大，如果有的人在村里就地解决婚配，那就直到终老。世代生活在这个村庄里的人，谁谁家的鸡下了几个蛋，谁谁家的媳妇和婆婆干了仗，谁谁家的男人和老婆不和，这些个杂事就像有阵风吹着，不出半天工夫，便会传遍村里的角角落落。猫女家祖辈几代生活在这个村庄里，由此有关猫女家的家世，在村里也就不算是什么秘密了。据说猫女祖父小时候因为家里穷，六岁起便给村里的富户放驴、放羊，长大后用积攒不多的一点钱与同村的一个大龄女结了婚，婚后生了猫女的父亲。猫女父亲生性敦厚老实，

旅 途

直到三十多岁才娶了猫女母亲。两人结婚时间不长便生下了猫女。前面说了因为几声猫叫猫女早产，生下来由于体型瘦小，被他父亲起名为猫女。时间在一天天过去，猫女也在一天天长大。还真是被他父亲说准了，猫女十个月大时，不仅长得白胖可爱，眼睛还特别双，特别大，邻居见了都喜爱不已。但村里也有个别的人，因为对猫女母亲的身份颇多微词，加之猫女又是不足月出生的，便总阴阳怪气地说些不好听的话。有的说，生下来的婴儿大多七死八活，猫女不足八个月便出生了，并且还长得这么好看，真是让人不解。有的说，猫女是被几声猫叫吓出来的，将来不定要出什么怪事呢。还有的说，猫女父母亲都是小眼睛，单眼皮，而猫女的眼睛却那么大，那么双，猫女母亲肯定有问题，话里话外透着鄙夷。更甚者一些好管闲事的人，碰见猫女父亲直截了当便说，猫女那丫头长得可是一点不像你们两口子啊？！猫女父亲是个老实人，起初不论谁这样说都不吭声，后来听人说得多了，又眼见邻居总对自己的老婆指指点点，心里头便有些不舒服。终于有一天，老实人被惹得跟人吵了一架。来，酒倒上，我再给你讲。

　　吵架那事发生在猫女小时候。据说有一年，村里通知开大会，那天猫女被她母亲抱到会场。会间休息，村里几个年轻媳妇争着抢着要抱猫女玩，可能都希望自己以后生的女儿也像猫女一样可爱吧。几个年轻媳妇的举动惹起了一个连生两胎儿子胖妇的不满。胖妇一脸不屑地看着身旁的几个人说，爹妈长得倒是一般，想不到丫头生得却是如此俊秀，这里面有故事呢？！胖妇说完，嘴一撇，眼一斜，边上几个好事的男人立即不怀好意地附和说，管她有啥故事呢，反正有人叫爹就行。说完嘻哈声一片。猫女母亲的嘴笨，不知道如何应答，抱着猫女，低着头一声不吭。一旁和别人正扯闲话的猫女父亲听见了，便板着脸走到胖妇跟前说，你给我听着，猫女就是我女儿，以后要是再拿我老婆和女儿说事，别怪我对你不客气。别说老实巴交的人，冷不丁发一通脾气，还真震慑了那个胖妇。但就此也毁掉了猫女的一段美好姻缘。那是后话。

　　猫女还是个敏感的人，那份敏感好像天生就有。猫女六七岁时的一天晚上，她父母亲以为女儿早已睡熟了，便有一搭没一搭地扯起闲话。她父亲先感叹地说道，我这一辈子活得值，不仅娶了一个好老婆，还拥有了一个好女儿，这就是我想要的生活。她父亲说完她母亲说道，你说你身体挺健康的一个人，咋就得个不生育的病呢？要不然我们现在也有两个孩子了。好在你好人有好报，那个骗子害人终害己，当年要不是被骗失身，你也就不会有我和这个女儿了。她母亲说完她父亲接着说道，那是我们有缘啊！其实早在你当姑娘时，我就已经注意到你了，只是那时我们家里穷，我哪敢奢望到你们家里去提亲。后来听说你处了一个外地生意人，我心里还难过了一阵子，可是时间不长突然又听人说，你和那个人分手了，你家托人四处在给你说婆家，听到消息我便赶忙找媒婆上门提亲，没想到你妈居然爽快地答应了。唉，世事真是难料。那年被骗失身，我差点寻了短见，幸亏我妈发现得及时，苦口婆心地劝慰我说，肚子里的孩子是无辜的。也谢谢你没有嫌弃我，不但娶了我还养大了我的女儿。她母亲说完她父亲接着说道，说到底一切都是天注定。那个时候，我们家里真是穷，你想想我三十多岁才娶上老婆，跟你结了婚才知道自己先天不育，这应该是老天爷爷早就给我们安排好了的姻缘吧。谢谢你让我有了家也有了后。她父亲刚落话音，猫女一下从炕上爬起来说道，你们说的话都是真的吗？毫无防备的父母，突然被女儿的问话惊住了，还是她父亲反应快，马上说道，闺女，爸是在给你妈讲故事呢，你想想你要不是爸的亲闺女，这些年爸妈能把你当个宝贝似的养着？猫女没再搭话。但从那以后心里便藏了事。

　　应该说猫女六岁以前是快乐的，无忧的。因为父母亲就生了她这么

旅途

一个孩子，无论生活上还是精神上，她都比别的孩子过得好，过得充实。但从那晚以后，猫女便变得有些过于敏感了。上小学时，一年学校要求每个同学给山区捐一两件旧衣服。接到通知，猫女高兴地问母亲要了两件拿到学校去捐。交衣服时，一位帮忙登记的男同学，一边翻看着猫女捐来的衣服，一边嘀咕着跟旁边的同学说了句什么，猫女忽然扔下衣服大哭着跑出教室，弄得两位同学十分尴尬，不知发生了什么事儿。

还有一年，猫女帮父母亲在自家地里收麦子，中途休息时，她看见隔壁邻居家的麦地里，有两个十多岁的男孩在割倒的麦子上追打戏耍，便走过去像个小大人似地跟两个男孩说，农民伯伯种地十分辛苦，在麦堆上玩耍会糟蹋粮食。两个男孩都是村里的孩子，一贯很调皮。其中一个男孩看了猫女一眼，一边继续打闹着一边嘻嘻哈哈地唱着说，哪里来的野丫头，有大哥，有二弟，要你来管？这下捅了马蜂了，一贯不言不喘的猫女，气愤地追过去就要暴打两个男孩，被她父亲拦住了。上高中时，一年放学回家的路上，猫女碰到两个女同学在打架。一个拽着对方的辫子不放手，一个咬着对方的胳膊不松口。两个女孩从路东撕扯到路西，又从路西撕扯到路东。猫女放学正好经过，便走过去劝架，没想到两个女孩忽然把矛头一起指向了猫女。她们气势汹汹地一起向猫女走来。恰在此时，和猫女一起上高中的同村一个男同学路过及时拦住了两个女孩。那天要不是那个男孩，猫女没准被两个女孩狠狠暴打一顿呢。来，碰掉这杯酒，我再给你讲。

高考时，猫女以六十分之差名落孙山。那年头农村女孩考不上大学，又没门路招工，剩下的出路也只有等着嫁人了。其实猫女上高中时曾经也喜欢过一个男孩，那个男孩和猫女同村同校，打小便暗恋着猫女，猫女似乎也喜欢着对方。那个男孩便是前面提过的从两个打架女孩手里救出猫女的那个男同学。上学时，男孩私底下给猫女写过几张像情

猫 女

书一样的纸条，但两人的爱情尚未开始便被男孩的母亲扼杀在摇篮里了。世间的事有时真是让人难以预料。男孩的母亲就是当年一连生了两胎儿子的那个胖妇，胖妇一来对猫女的出身一直持鄙视的态度，二来因为当年吵架一事，心中一直嫉恨着猫女父母，当听说自己的儿子暗恋着猫女，便发狠地跟儿子说，要是他胆敢把父母不喜欢的女人娶进家门，她就死给他看。男孩被母亲吓住了，不久在父母亲的张罗下娶了邻村一个女孩。好在猫女陷得也不深，男孩结婚后，猫女便重新设想着将来要么嫁一个军人，要么嫁一个干部，这样她不但可以离开这个村庄，还可以随军，还可以当干部家属。然而把她当宝贝养大的父母亲，在猫女过完十九岁生日那天，无情地粉碎了她的梦。

前面说了猫女是被几声猫叫吓出来的。说来也怪，在猫女成长的二十年里，她的生活真是与猫密不可分。打小只要看见猫咪便驻足不前。长大后更是与猫形影不离。但凡经猫女之手饲养过的猫咪，长得都很好。曾经有只猫咪不小心误食毒鼠强死了，猫女可是伤心难过了一阵子。猫女饲养时间最长的是一只黑猫。那只黑猫从猫女当姑娘时便一直伴其左右，直到猫女生病。那是后话。据说高考那年，一天，猫女放学回家，在村口突然发现了一只拳头一样大的黑色小猫咪。小猫咪眼睛很亮，眉宇之间有一片白毛，模样十分可爱。当时猫咪蹲在路边，看见猫女便喵喵叫着迎了过来，给人的感觉好像就在等猫女。猫女像往常一样习惯性地蹲下身，小黑猫走到猫女脚下，顺从地任由猫女抚摸，就这样猫女抱回了黑猫。来，喝完，我再给你讲。

那天晚上，吃过生日长面，她母亲坐在外屋炕头纳着鞋底，他父亲盘腿坐在炕中间，猫女则像往常一样抱着捡回来的小黑猫，准备到里间屋子休息，这时她父亲说道，过了今天你就二十岁了，你妈盼这一天都盼了十九年了。村里王五家的媳妇比你还小，去年就生娃当妈了。我和

旅途

你妈商量了，你这个年龄嫁人正好。猫女没吭声，好像是从高中起，也或许时间更久远些，她就不大爱跟父母亲说话了。她父母一直也搞不明白，究竟是女孩年龄大了自然跟父母有了代沟，还是心里藏了事不愿意和父母亲说。农村父母不像城里的父母亲，一旦发现孩子心里有了事，便会想方设法地去和孩子沟通。在猫女成长的岁月里，她和父母亲似乎缺少了这一课。她父母不问，不说，猫女便总是沉默不语。此刻，猫女看着她父亲，依旧是默不作声。前面说过猫女从十个月起，便一天比一天变得好看。如果说童年的猫女是朵含苞欲放的花蕊，那二十岁绝对就是一支怒放的鲜花。她不知道自己有多美，但那种美似乎又缺少了些什么。猫女的长相，和村里一起长大的几个女孩比起来是恬美的，按村里人的说法，猫女的性格是那种温柔的、内向的。猫女坐在炕沿边，既不问话也不抬眼，她低头专心地逗弄着那只黑猫。这时她父亲清了一下嗓门说道，你不是一直想知道你的身世吗？今晚我告诉你。她父亲的这句话，似乎起了震慑力，在猫女愣神的工夫，许是早就被她拨弄烦了的黑猫，趁机从手中溜走。因为父亲的阐述，即将要揭开十九年来萦绕在她心头的疑虑，所以猫女没有起身去追黑猫，而是不由得抬起头，神情凝重地看着坐在炕上的父母亲。她母亲依旧在纳着鞋底，她父亲看了她母亲一眼继续说道，我今天跟你说的这件事是和你妈商量过的，我代表你妈跟你说。你妈怀着三个月的你嫁给我，打从你出生到长这么大，这么多年来，我对你咋样，你心里应该有杆秤。她父亲说的最后一句话，使猫女惊讶不已。许是感觉到了猫女的诧异，她母亲终于停下手里的活计说道，你爸说的是真的，你亲生父亲不是个人，当年骗我失身后便没了踪影，在你六七岁时，我听人说又去骗人被人打折了腿，后来得绝症去世。那个年代，农村姑娘未嫁先孕那是有辱门风的。被骗有了身孕后，我几次想到了死，但都被你姥姥发现了。你姥姥是个吃斋念佛的人，见不得杀生，便苦口婆心劝慰我。就这样，我怀着三个月的你和你爸成了一家人。这些年幸亏有你爸的照顾，我们母女的日子过得还算平静。你爸是个好人，以后你要替妈好好孝顺。往事重提，母亲难过得有些说不下去了。她父亲看了她母亲一眼，接过话题继续说道，我们以前不告诉你，是觉得那时候你太小，过了今天你就二十岁了，我们觉得可以告诉你了。不管怎么说，从你妈怀着你走进这个家的那天起，我没让你们母女受过一丁点儿委屈，我自问是对得起你们母女的。今天我不光跟你说这个事，还有一件更重要的事情要跟你说。我们打算把你嫁给邻村我外甥，那个小伙子人不错，虽然不是我亲外甥，但我们有亲戚关系，家里条件也不错。小伙子小时候来过我们家，背部有点罗锅，但人实诚，你嫁过去肯定不会受罪。她父亲说的最后一件事情，使猫女更为震惊。是的，她父亲说得没错，在她母亲走投无路时，他娶了她，保全了母亲的脸面。作为女儿，她应该心怀感激，应该报恩。可是对于父亲要给她包办婚姻，她想她是无论如何不能答应的。虽然近些年，她一直沉默寡言，但是她觉得自己的心是活的。就像小树自然长成大树，就像花开自然就会结果。每当设想着即将有一个帅气又高大的男人将和她携手共度余生，睡梦中她都在笑。然而这一切即将被粉碎，于是她跟父母抗议说，那个人是亲戚，既然是亲戚，亲戚嫁亲戚，她坚决不能接受。还有从小到大，她与那个所谓的亲戚几乎没见过面，没感情不说，那个人也不是她心目中的理想伴侣，她更不能嫁。她将来要嫁的那个人，长得一定要高大，五官一定要端正，即便不是个军人、干部，最起码也该是个挣工资的工人。猫女的一番话，首先激起了她母亲的愤怒。她母亲啪地一下将手中的鞋底摔到炕中，然后情绪激动地说，打从你出生，我们娘俩受的白眼还不够多吗？你啥身份你不清楚？妈过的桥比你走的路多，你能嫁给你爸的外甥，那是你的福气。亲戚咋了，亲上加亲多好的一件事。罗锅咋了，只要人好，只要家境好，只要人家不嫌弃你，你还图啥呢？这事你得听妈的，等你将来日子好过了，你就知道妈对你的好了。

　　对于她母亲，猫女一直没有做过认真地研究。她眼里的母亲，基本上是个柔柔弱弱、说话不多、凡事对她父亲言听计从的一个人。印象中，家里的大小事情都是由父亲在做主，可是今天咋了？她母亲居然就像变了个人，说话的口气和神态与以往竟是那么的不一样。她母亲气愤地还要说啥被她父亲打断了。她父亲接过话题说道，闺女，你才过了几个腊八月，吃了几个炒蚕豆。我和你妈把你拉扯大不容易，我们做这一切都是为了你好。如果你嫁到一个不知底细的人家，遭人家嫌弃不说，家境不好肯定会吃许多苦头。你在这个家里，从小到大，我们没有让你受丁点儿委屈，你想想冷不丁走到一个陌生的环境，该让我和你妈有多担心，你嫁给我外甥，首先我保证他不会嫌弃你，其次人家家里条件好，你嫁过去衣食无忧，我们也就不用老为你担心了。她父母亲轮番上阵还说了很多，猫女最终被说服。唉！来，喝完这一杯，我再往下给你讲。

　　按村里人的说法，猫女能嫁给罗锅做老婆，是再满意不过的婚姻了。首先她在别人眼里来路不明，就凭这一点有人能娶就不错了。其次罗锅家境好，进门不愁吃穿，那是打着灯笼也难找的好人家。可是猫女却不那样想。前面说了没嫁罗锅前，猫女在心里设想着将来要嫁的那个人，一定得是个军人或者是个干部，最不行也应该是个吃公家粮的工人。然而这一切都化为了泡影。结婚后，猫女不但没有过上像她母亲所说的那种生活，而且备受罗锅冷落。据说缘由是新婚之夜，看着矮自己一头还背个锅的丈夫，猫女伤心不已。可是罗锅却不管那些，你想想一个二十多岁的成年男人，即便身体矮小，即便容貌不佳，可是体内的荷尔蒙却是爆满，冷不丁身边出现了一个像花儿一样美丽的女人，那种欲望可想而知。可是猫女就是不从，两人一推一搡，就这样扫了罗锅的兴。那晚后罗锅和猫女之间便有了隔阂。

猫女娘家据说离婆家不过二十里路。婆家村里的人大多也以种地为主。说起罗锅与猫女父亲那点亲戚关系，那可就扯得远了。当年猫女祖父逃荒路过此庄，因为饥饿昏倒在村口。那年罗锅外祖父也就和猫女祖父年龄一般大，一天，正在村口玩耍，忽然看见路边一个少年饿得奄奄一息，恻隐之心突发便告知了家里人。那以后，猫女祖父便在罗锅外祖父家里当起了长工，直到猫女父亲出生。那时罗家有一儿一女。罗锅其实不姓罗，他是罗家的外孙，关系复杂吧。因为罗锅母亲家祖上家境殷实，罗锅母亲出嫁时，娘家给的嫁妆不菲，因此罗锅家的生活也不错。罗锅其实不叫罗锅，因为打小背部有个锅便被人罗锅罗锅地叫了下来。罗锅的父亲姓李，是个土生土长的农民，除了种地外听说还有个木工手艺，一年有半年时间都在外地给人做家具补贴家用。罗锅母亲，因为娘家生活条件好，自小性格强势。打从跟罗锅父亲结婚，便是家里的一家之主。罗锅初中毕业，先是跟着父亲学了一段时间的木工，后来吃不了苦便回家帮着母亲种地。罗锅虽然驼背，容貌虽然不佳，但其家境好，就凭这一点到了谈婚论嫁的年龄上门提亲的人倒也不少。但是罗锅母亲最终却选择了猫女。猫女父亲和罗锅母亲打小是认识的，猫女没有出生前，两人几乎没啥往来。打从猫女出生，他父亲和这个熟人的交往便多了起来。猫女十二三岁时，罗锅母亲曾带着罗锅来猫女家里转过一次，那以后两家人便成了亲戚。那是猫女第一次见罗锅，两人再见面便是结婚那天。新婚之夜被猫女拒绝后，罗锅心里很不舒服，觉得可能是猫女嫌弃他，不愿意与其同房。婚后两人的关系便一直不冷不热。好在猫女结婚时随同嫁妆一起带过来的还有那只黑猫，虽然备受罗锅冷落，但每日里只要有那只黑猫陪伴左右，日子倒也不觉得无聊。可能在猫女的心

旅途

里，黑猫比罗锅更贴心吧。据说有一次，为了那只黑猫，猫女和罗锅还差点打了一架。事情的缘由是，一天，那只黑猫不慎碰翻了罗锅的半瓶酒，瓶子碎了，酒洒了一地，罗锅恼羞成怒，手提一根木棒就要暴打黑猫，被猫女奋力拦下了。那天猫女发誓地跟罗锅说，如果他胆敢把黑猫赶走，她就疯给他看。罗锅被猫女吓住了。黑猫就这样留了下来，但不幸也被猫女预言中了。像大多数农村夫妻一样，猫女每天机械地随同罗锅，日出而作日落而息。那样的日子直到两年后，猫女有了身孕才有所改变。结婚的第三年，猫女生下了儿子。按说有了儿子，猫女应该变得充实而快乐，但恰恰相反。生了儿子后，猫女的世界里就只有儿子和黑猫，除此之外的一切人和事都似乎与她无关，这其中也包括了罗锅家里的人。有一年，猫女和罗锅正在地里干活，路边忽然人声鼎沸，不久，一个村民火急火燎地跑来跟罗锅说，快去看看吧，你妈为了一车土，和隔壁李四家的婆姨在打架呢。听了村民的话，罗锅二话不说拽起猫女的胳膊就要走，竟被猫女一下甩开了。罗锅看着猫女正要发问，猫女说，要去你去，你妈的事跟我有啥关系呢？猫女的冷漠，让罗锅十分生气。猫女终究没去。等罗锅跑到现场，事情已经告一段落。罗锅母亲的门牙被打掉了一颗，经村委会主任现场调解，李四一家答应赔偿罗锅母亲补牙的医药费。但那件事情后，猫女婆婆气愤地逢人便说，自己真是瞎了眼，千挑万挑竟挑了个和罗家人不是一条心的一个人。因为记恨，婆婆一气之下提出了分家。分家时，婆婆单方撕毁了当初许诺给儿子的一头猪、一只羊、两只鸡。自从分家后，猫女的生活便乱成了一团麻。每天忙完家里忙地里，而罗锅却是一人吃饱全家饱，对家里的大事小情漠不关心。这一切，终于在猫女三十多岁那一年爆发了。来，喝完这杯，我的故事也就讲完了。

那一年的秋天，因为地里有一些稻秸要烧。补充一句，在猫女居住的那个村庄，村民有个习惯，收完稻谷后，隔段日子会到地里放一把火，把稻秸烧了等到来年当肥料使用。猫女在地里干活一直忙到很晚回家。进门后看到上小学的儿子，饿得自己在伙房里找吃的，而罗锅却睡在炕上鼾声如雷，猫女很生气，强忍着给儿子做好饭，吃饭时，她突然想起黑猫便问儿子，儿子说，放学回来后没看到。猫女便连忙叫醒罗锅追问黑猫的下落。睡眼惺忪的罗锅，不耐烦地跟猫女说，可恶的黑猫又打翻了家里的一瓶酒，我气愤不过一个棒槌打过去，黑猫逃跑了。闻听此言，猫女愤怒地抓起屋里的东西就砸。打砸完毕，人便跑出家门。开始罗锅没在意，想着猫女发泄一下不久就会回来。可是当夜色越来越深，猫女却还不见回来时，罗锅吓坏了，急忙和儿子出门寻找。他们问遍了邻居，大家都说不知道。猫女跑了的消息一时间传遍了整个村子，当天晚上便有很多热心人帮忙寻找。第二天终于有邻居在村部的柴垛里发现了猫女。事后邻居跟人说，他发现猫女时，猫女的样子看上去就像四五十岁的大妈，脸色蜡黄，头发稀疏，眼神呆滞。猫女坐在柴垛里，怀里抱着那只已经断了气的黑猫，口里念念有词。猫女的反常，吓坏了邻居。猫女住院了，而且住了很久，至于得了什么病，罗锅不说村里人也不大清楚。猫女出院后便被他父母亲接了回去。有人常看见，在猫女出生的那个村庄，有一对老夫妻，一人抓着猫女的一只胳膊，猫女痴痴呆呆地走在中间，嘴里一直不停地发着像猫咪一样的叫声。我的故事讲完了。老王说。时间静止了大约十分钟后，我问老王，猫女究竟有多大年龄？这病得了有几年？老王回答我说，听人说猫女三十多岁得的病，病了有十几年了。不管怎么样，猫女确有其人，得病也是真的。至于病因可能也有人为演绎的成分，你可以发挥你的想象力用其他视角去写。我说，你讲的这些，也许只能算是个素材，我不确定应该通过哪个视角去写，能不能写成一篇小说，容我再想想。老王说，我期待着！

监控下

爷爷是突发心脏病去世的。爷爷去世的当天曾和小姑发生了激烈的争吵。争吵的原因是奶奶又一次摔倒住院，在外地工作的小姑闻讯赶回家，当在医院看到备受病痛折磨且越发形销骨立的奶奶，小姑心疼不已便当场责备了爷爷一顿。爷爷性急，在跟小姑辩解的过程中突发心脏病去世。

爷爷去世的那天，将近冬至，天气异常寒冷。原本家里就奶奶住院这么个事情，爷爷的突然离世，使得全家人的心情亦如天气似的，冰冷到了极点。爷爷共有三儿二女五个孩子。爷爷入棺时，我最后看了一眼爷爷的遗容。爷爷的脸上写满了年轮，当我的眼睛将要移离棺柩时，我清晰地看到了爷爷手臂上的一团淤青，但那一刻也没有多想。埋葬爷爷时，大伯召开了家庭会议。会议上家人没有过多地责备小姑，可能为了让爷爷走得安心，让活着的奶奶再多活些时日，家人都尽量隐瞒了自己内心的真实想法吧。

爷爷出殡的那天，除小姑留下照顾奶奶外，家里的其他人都悲伤不已。然而真正让亲人们肝肠寸断的是安葬完爷爷后，家人看到的一段监控视频。

爷爷在世时，奶奶的吃喝拉撒全有身体健康的爷爷所承揽，而小姑因为在外地工作的缘故，一年回家一两次也犹如度假。然而这份快乐伴随着爷爷的离世、奶奶今后的归属以及那段原本被人遗忘的视频击打得粉碎。

爷爷家里安装的那个视频，是前几年有一阵子奶奶身体不佳，晚上常常失眠，为了查清病因医生让安装的。奶奶的病情后来诊断为老年期精神障碍（也即精神分裂症），病由清楚后那个视频也就被家人遗忘了。

安葬完爷爷的第二天，大伯召开了家庭会议。会议上就奶奶的归属要家里人提出意见。大娘首先说，自己要看护孙子，要给儿子媳妇做饭，没精力照顾奶奶。而小婶则直接气势汹汹地说，谁气死了老爸谁就把老妈接过去赡养到底。小婶的话一下激怒了小姑，眼看着小姑就要和小婶剑拔弩张，大姑忙解围说，要不是老妈有病，我们就雇一个人全天伺候，但是大家都知道老爸在世时家里曾经也雇佣过几个保姆，但都没干过半月就被老妈骂走了，依我看我们把老妈的财产处理了，让老妈每家轮流住咋样？我的爸妈一贯被人称为老实人，听完大姑的话立即举手赞成。大伯则沉默了一会儿说，本人没意见，只要大家同意就按这个办。大伯话音刚落，大娘站起来想说啥却被大伯制止了。小叔见大家都不再吱声后说，按理我不该有反对意见，但现实是我常年下乡不在家，让老妈住我们家实在是让人不放心。小叔刚说完，小姑接着说她在外地工作，说老人住她们家显然也不现实。小婶气势汹汹地站起来正要说啥，大姑却抢先说道，妹妹和弟弟说的也是实情，要不老人轮到他们两家时就住我们家，反正我工作也不忙，不过他们两家可要给我付照顾老妈的辛苦费啊。小姑和小叔异口同声说没问题。大娘、小婶没再说啥，奶奶的归属就这样解决了。

小姑要回家的那一天，天空竟纷纷扬扬飘起了雪花。家里人全部齐聚在奶奶家吃最后一顿团圆饭。因为吃完这顿饭，奶奶就要去大姑家，而小姑也要回家了。奶奶家的各种物件也都将跟随新主人移住新居。饭

旅途

间，一家人互相说着体己的话语，逐个叮咛着小姑要常回家看看，那一刻我觉得沉浸在温馨的、浓浓的亲情里真好，然而接下来小叔拿出的一个东西，把那美好的场景瞬间击打得粉碎。

那是奶奶家里安装的那个摄像头。吃过饭，小叔说要搬家了，客厅房顶上装的摄像头也应该摘了吧？大姑说你不提醒还真忘了那个东西，先别摘，你把录像调出来让我们大家最后再看一眼老爸生前的模样吧。全家人一致赞同。

视频一：

某天晚上9：30，奶奶穿着睡衣裤从卧室里走出来，从客厅抽屉里翻出两盒药，在屋子里转悠了两圈，随手把药放到沙发的靠背上，然后回到卧室。10：10，奶奶从卧室里再次走出来，又一次拉开放药的抽屉，奶奶突然对着爷爷睡觉的卧室门大骂起来。几分钟后爷爷睡眼惺忪地从卧室里走出来说，大半夜的你不睡觉骂啥呢？奶奶一脸凶相地大声骂着爷爷说，你是不是偷了我的药？你把药给我拿出来。说着奶奶伸手就抓爷爷的脸，爷爷一个趔趄奶奶没抓上，奶奶急了扑过来又要抓爷爷，被爷爷一把推坐在沙发上，然后爷爷看到了沙发靠背上的药。爷爷气愤地把药拿给奶奶，奶奶接过药安静地进了卧室。

视频二：

某天下午，爷爷拎着一袋子米从外面回来，奶奶弯着腰，两手提着裤子从卫生间里走出来说，你疯到哪里去了？我要憋死了，点了开塞露也没用，你快过来用手给我掏。爷爷慌忙放下米袋子，走进卫生间里拿了一个盆，然后跟随奶奶走进了卧室。

视频三：

某天早晨，爷爷戴着雷锋帽，提着早餐打开了客厅门。听见门响，奶奶披散着头发从卧室里走出来说，我今天不吃包子。爷爷把早餐放到茶几上，一边摘帽子一边说，不吃包子你不早说，今天就先凑合着吃，明天我给你买别的。奶奶走到茶几前一把抓起包子便摔到地上，爷爷瞪了瞪奶奶啥话没说蹲下身就要捡起包子，奶奶见爷爷不理睬，突然从客厅墙角拿起拐杖对着爷爷的肩头就打，反应过来的爷爷立即用手抓住了拐杖，哪知奶奶猛地抓过爷爷的手臂就咬，爷爷疼得一甩胳膊奶奶摔倒了，连同奶奶摔倒在地的还有身后的一盆花。

在爷爷蹲下身艰难地要扶起奶奶的那一刻，小姑撕心裂肺的一声哭喊，将屋子里所有人的心瞬间震疼。

几天后爷爷去世，享年 75 岁。

能人王

精明了一辈子、算计了别人一辈子的王算盘,这次可是栽在能人王手里了。

五十多岁的王算盘,其实不叫王算盘,真名叫王前进。估计他父母起名时,是希望他能好学上进,永远向前进。可是事与愿违,自打上学的那天,王前进就没把脑子用在学习上。举个例子来说,上小学时不论哪门代课老师布置作业,别的同学都是老老实实,一道一道认真完成,而王前进却不。他自作聪明,每次都是一二三题写完,跳过四五六,然后再把七八九十题写完,他天真地以为老师们不会发现。结果各科老师比他还聪明,自从老师们发现了他的伎俩后,都更加关注他。往往别的学生作业写完交给学习委员就行了,他的作业不行,每次都被老师抽去亲自批改检查。长大后尤其是有了手机,他的聪明更是无人能比。比如他想给人打电话,绝对是拨通电话之后只响三下,便迅速挂断,让人搞不清是他打错了还是你接听慢了。有时心里过意不去,不得不给他回个电话。提起问熟人借钱那更是一绝。这么多年,但凡熟悉的人都被他借过了。王算盘问熟人借钱时,大多都是慌里慌张地碰巧遇到你,并且心急如焚地对你说,能不能借三十块钱给我,我刚在那个商店买了件东西,正好差三十,改日一定还你。就三十块钱,挺熟悉的一个人,你看借不借。不过百分之九十的人都说借给王算盘的钱,从此以后是"肉包子打狗——有去无回"。就三十块钱好像也没听什么人和他翻过脸，相信大家都觉得不值。但仔细算算，王算盘可真是聪明。一人借三十，十人借三百，依次类推也是一笔不菲的收入啊。就这么着，王前进被人们冠名为了"王算盘"。可是这次王算盘却没算计好，栽了，栽在能人王手里了。

王算盘生活在一个仅有三十万人口的小县城里，本县为了庆祝成立五十周年大庆，近期下文要对县城周边的农房进行环境整治和拆迁，王算盘的家恰在拆迁之列。文件下发的第二天，郊区镇政府迅速召开会议，成立了拆迁办公室。办公室主任由镇党委副书记担任，副主任由镇土地管理站站长王强担任，其他成员是土地管理站的所有干部。拆迁办成立的第二天，王强便带领干部下乡宣传。他们进村入户给群众广泛宣传拆迁政策，说明安置意向，为拆迁户答疑解惑。没有料到的是第一站，王算盘家就让王强他们卡了壳。按拆迁赔付政策，新房建好后拆迁户原来是砖房的按面积大小拆一赔一，原来是土坯房的入住新房时个人多少得掏点。对于暂时没房需要租房的群众，租金一律由政府垫付。按说政府为拆迁户考虑得够周到了，可是王算盘就是不领政府这个情，总觉得离自己的期望还差许多。因此任凭王强一行人说破嘴，跑断腿，他就是不答应搬迁。而且强词夺理跟王强说，政府若想拆他一栋房，少说也得赔他两栋房。一栋用来居住，一栋将来出租攒生活费。不愧是王算盘呀，想得真周到。对于王算盘其人，王强之前多少有些了解，可他心里想：王算盘再怎么算计也总该讲个理吧。于是他动之以情晓之以理，耐心地做王算盘的工作，说到最后甚至把天下王姓本一家都说上了，他想王算盘这下该给他个面子了吧。没想到王算盘非但没给王强这个面子，还把和王强一起来的几个干部骂了个狗血喷头。王强被激怒了，也活该他王算盘不事先打听一下王强何许人也。提起城郊镇政府土地管理

旅途

站王强的工作能力，那是无人不知无人不晓。据说这几年王强抓拆迁，整治胡搅蛮缠的、跟人炮蹶子的拆迁户可不算少。但凡经了他手的拆迁户，一开始都横得很，根本不把王强放在眼里，但闹腾到最后大多人非但一分钱没多要，还自己乖乖把房子拆了，由此王强被一些人私下称为能人王。为了早日完成拆迁任务，连日来能人王已不知是第几遍上门苦口婆心跟王算盘说，老王，你家的四间土坯房，赔付拉尺寸时，在不违规的情况下，我私下把尺寸给你家拉宽些，院子里的苹果树长得差不多大的我都按大树给你计算，这样赔付下来多得的赔偿数目也不少，你再好好考虑考虑。能人王话都说到了这份上，王算盘还是不领情，并且以不容商量的口气跟能人王说，绝对不可能，我在这里住了几十年了，赔付达不到我的心愿，我看谁敢拆我家的房？能人王耐着性子又劝道，王算盘呀王算盘，你真不愧是个铁算盘，树得翻倍给你赔，拆一房赔两房，我看你的胃口大得有些离谱了，那你就耐心等着实现你的梦想吧。说完能人王带领干部们离开了王算盘家。看着能人王一行人离去的背影，王算盘连呸两口说，啥叫大得离谱，我又不是弱智，为什么不争？不争，王算盘这名我不就白叫了。

　　隔日，王算盘在家正计算着多赔一套房是多少钱，翻倍赔偿的树是多少钱时，邻居李四着急忙慌过来说，算盘，快走，三缺一，就差你了。一听三缺一，王算盘立即喜笑颜开地穿上鞋就走。跟随李四来到一家常玩的麻将室，王算盘撸起袖子便大战了起来。真是怪了，那晚，王算盘的手气出奇地好，玩了不到三个小时，就赢了近一千元，这在平时是不曾有的。就在王算盘兴高采烈地准备激战到天亮时，麻将室的门突然被人撞开，几个魁梧高大的干警像天兵天将围住了麻将室。原来有人电话举报该村村民聚众赌博，便有了前面那一幕。可怜王算盘不但赢的钱当场被没收，而且身上仅有的几百块钱也被搜索一空。之后王算盘还被带到派出所行政罚款一万元。这下王算盘可傻眼了，硬着头皮，使出浑身解数，求派出所领导少罚些。可是没用，派出所领导铁面无私分文不少。在求助无望的情况下，一同被抓进去的李四给王算盘出主意说，听说政府拆迁办的王强和派出所所长是哥们，如果能找他帮忙说说情，说不准被没收的钱还能要回来些，款可能也会少罚些。听李四如此说，一向精明的王算盘也只能抱着试一试的心情，找王强帮忙了。

几天后在能人王家里。王算盘似乎忘记了不久前为拆迁之事他跟能人王说过的话。看见王强，他一脸哭相地说，王领导，你大人不计小人过，我说过的一些狠话，请你别放在心上。现在我有一件事想请你帮忙。事情是前几天我和李四去耍赌被派出所抓了个正着，连收带罚了一万多。一万多块钱对我们农村人来说数目实在是太大了，我听人说你和派出所所长是哥们，能不能给我说说情，把抄收的钱退还一些。日后你的大恩我一定报答。能人王看着低声下气求他的王算盘说，连收带罚一万元多，对于一个农村家庭来说数目确实大了，这个忙我帮不了，你还是找别人吧。王算盘一听王强要拒绝，立即带着哭腔说，王强兄啊，天下王姓是一家，无论如何你要帮我这个忙，只要帮了这个忙，从今往后你就是让我叫你爷都行。能人王见王算盘把话说到了叫爷这个份上，便沉思了一下说，叫爷就算了。算盘，既然你这样求我那我试试，不过你得答应我一件事，上次我去你家和你商量的拆迁事宜，你考虑得怎么样了？如果你答应无条件地搬家，我立即帮你去说情，不但把抄收的钱给你要回来，说不准还能再少罚些。王算盘见王强终于答应帮忙，便忙不迭地说，我答应你明天一定搬家，不过你一定要帮我把那一万多块钱要回来啊。能人王口气坚定地说，我说话算数，但你答应我的事明天也一定要兑现啊。王算盘作揖式保证了又保证。算计了别人一辈子的王算盘，不知是一时被蒙哄住了还是没来得及细算账。总之，这次算是栽在能人王手里了,不但一分钱的利没多得还乖乖地自己搬了家。

王算盘是栽了,然而能人王却也被单位分流了。据说分流的原因是,为了完成拆迁工作任务,唆使村民引诱王算盘参与赌博,然后又派人举报,工作方法有悖公务员操行,单位领导经过商榷将其调离原岗位。

(发表于《黄河文学》2011年第12期)

小　鹤

到上海学习的前一周，我给外甥女小鹤打了个电话，说学习班结束，我会顺道过去。听说我要去，小鹤的笑声恨不能穿透电话一下子钻进我的耳朵里。

小鹤是我乡下大表姐家的孩子，上中学时在城里住校，因为学校离我家近，每周我都会炒上几个菜，然后让丈夫到学校接小鹤来我家改善生活。那时我正担任县里一家杂志的文字编辑，恰巧作文写不好是小鹤的一个短板，于是，每次小鹤过来吃完饭，我要么给辅导作文，要么推荐一些好文章让她看，有时也会买上几本书送给小鹤。在我的帮助下，小鹤的作文进步很快，中考作文差点考了满分。为此，小鹤一直很崇拜我，尤其在我连续出版了三本小说集后，对我更是佩服得五体投地。小鹤考上大学在外地上学的那几年，只要到当地出差，我都会顺道过去看望，由此更加深了我们之间的感情。很多次我从学校出来要坐车回去时，小鹤就像送母亲一样，红着眼睛，拥抱着我久久不肯松手。小鹤大学学的是口腔美容专业，按理毕业应该接着考研才是，但受家庭条件限制放弃了。大学一毕业，小鹤便应聘到本市一家私人牙科所打工，原指望挣些钱补贴家里，但因牙科所生意不好，干了一年挣了不到两万便跳槽到一家美容院了。这家美容院规模很大，里面的服务项目也多。除了做双眼皮、隆鼻、取眼袋、瘦脸、除皱、祛斑外，还增加了口腔美容及

旅 途

专业减肥项目。小鹤大学几年学的牙齿美容专业正好在这里有了用武之地。在美容院干好本职工作的前提下，小鹤又钻研了理疗和按摩等一些美容项目，听说干得还不错。我以为从此便安定了下来，可是时间不久听说又辞了，随一个闺蜜去闯上海。据表姐说，小鹤刚到上海那会儿，和闺蜜一起给别人打工，后来积累了一些经验和人脉，两个姑娘便在一个小区里的一楼租了一套民宅合伙开了自己的美容院，说是生意不错。三年后，和小鹤一起打工的闺蜜回老家结婚生孩子，小鹤便独子盘下了美容店。

我给小鹤打电话那天，是美容院开业的第二个月。美容院暂时没招人，客人都是通过微信和电话预约，美容时间基本能错开。电话中小鹤这样告诉我。小鹤说要到机场接我，被我拒绝了。我让小鹤在小区门口等我即可。小鹤答应了。

下了出租车大概是晚上八点半，因是深秋，夜色降临得比较早。我在小鹤给我说的小区门口等了有十多分钟，小鹤才慌里慌张跑出来接我。借着小区门口敞亮的路灯，我发现两年没见，小鹤越发变漂亮了。在我的记忆中，小鹤一直留着齐肩齐眉的短发，婴儿般的脸蛋，粉嘟嘟的皮肤，眼睛不大。而此刻不仅头发顺长，皮肤白皙，而且眼睛很大、很双，身材也是高挑清瘦，使人看着很养眼。看到我站在门口，小鹤一下扑过来紧紧抱住我。我亲了一下小鹤的额头，慈爱地说："好久不见，越发漂亮了，大姨都快认不出你了。想我们吗？听说你自己开了美容店，生意怎么样？我顺道过来看看，回去给你妈汇报一下，让她放心。"小鹤松开我，伸手拉过我手中的箱子说："大姨，我也很想你们，一会儿我们回店里说好吗？"我说好。带我走进小区大门，小鹤指着我眼前正前方的一排楼房说："大姨，你看清这排楼最后面最高的一栋楼没有？"我站定仔细看了下说："看清楚了，咋了？"小鹤说："大姨，我住在那栋楼一层一单元102室,我先赶回去,房间里有个老板夫人,特别难伺候,刚才我说出去接你,人家很不高兴呢,我好说歹说才勉强同意。你慢慢溜达回去,门我给你留着。"没等我应答,小鹤已经拉着箱子匆匆忙忙往前跑去。看着小鹤跑远的背影,我心里头很不是滋味。

二十分钟后,我溜溜达达走进了小鹤的美容店。门是虚掩的,客厅里的灯光是那种淡淡的很柔和的粉色,房间里静悄悄的。在门厅的鞋柜旁,我看到了一双号码很大的女士高跟鞋。如果我没猜错,鞋的主人应该就是前面小鹤所说的那位客人的。放下包,换上拖鞋走进客厅,我仔细打量了一下房间里的格局。

客厅入户门面西,正对大门是过道,过道左手有个房门,应该是厨房。过道尽头是客厅,客厅很大,南面一堵墙有一排很高的玻璃柜子,在一个很显眼的位置上,摆放着几本书和杂志,习惯促使我走过去拿起一本一看,发现居然是我几年前出版的一本小说集,小说集旁边放着几本穴位指南和杂志,其他玻璃柜里则放满了化妆品。东面是窗户,窗户下面是一排沙发,沙发前面摆放着一个一米多长的茶几。往北正中是卫生间,紧靠卫生间两边各有一间房子,房门紧闭。隐约我听到靠东面的一间房子里有说话的声音,毋庸说是小鹤在给客人做美容。找到饮水机倒了杯水,我静静地坐在沙发上等待小鹤。二十分钟后,小鹤穿着一件粉色工作服从东面房间里走出来,并轻轻关上了房门。我正要搭话,小鹤再一次扑过来双臂搂着我的脖子低声说:"大姨,我很想家,再有二十分钟这个客人走了,我请你吃小火锅。"我说:"这么晚了,你也忙了一天,今晚我俩凑合一下,明天再说。""那怎么行,我俩可以少点些,我要让你陪我吃,平常都是我一个人,别看这儿的美食那么多,可我吃啥都没胃口。"我说:"我还以为大城市的美味把你吸引得早忘本了呢。"小鹤呵呵一笑说:"大姨,咋可能呢,虽然在这儿待了好几年了,但我还

旅途

是想家啊。再过两年钱攒够了，我就回老家开个店，然后赶三十岁之前把自己嫁出去，不然我妈要疯了。""咋不想着在这里找个对象成家呢？"我说。小鹤立即说道："大姨，我们这些打工妹，哪敢有那些想法啊。上海这个地方可不是谁想住就能住得下的，房价高得离谱，找本地有房有车的人倒好，但那得超优秀才行。找外地人一起在这儿打拼买房子，恐怕到老也难以实现，还是我们那儿好。吃得可口，房价也不高，还能天天和家里人在一起。我想好了三十岁之前回去。"小鹤的话让我听着很舒服。在我们母女一问一答聊得正开心时，房间里的客人忽然大喊了一声小鹤，吓得小鹤一句话再没说便匆忙往房间走去。

不久，东面房间走出了一个留着短短的卷发、年龄在四十五岁左右，体型很高很胖的女人。我从沙发上立即站起来打招呼说："您好。"女人看了我一眼口气冷淡地说："小鹤为了接你，可是耽误了给我服务的时间，下次我来美容她要给我补上。"我不知该如何应答便笑了笑。这时小鹤从屋里走出来，接过话题笑吟吟地说道："王姐，我正要给您介绍一下呢。这就是我大姨，是个作家，在我们那里可有名了，小说写得特别好，已经出了三本小说集了，也得了不少奖，下次您来我送您一本我大姨的书。"小鹤说完，得意地看着被她称之为王姐的女人。我想小鹤可能很希望客人在听完她的话后，露出羡慕抑或惊讶的神情吧，然而女客人竟出乎意料地用平淡的语气说："哦，作家啊，还出了三本书，现在大家都在网上看电子书，又方便又省钱，你们作家出的书都卖给谁呀？反正我从来不买书。"女客人的一席话，使我听着很不舒服，小鹤似乎也有同感，便话题一转说："哦，王姐，每个人的爱好不同，今天我确实耽误您时间了，按我俩之前说好的，耽误了您五分钟，下次您过来，我免费给做两次背部刮痧按摩。另外，我这儿有一套两千六百八十元的系列按摩精油，本身打算要送给我大姨，作为补偿，我打个折两千二给您,我大姨等下次提货时,再给补一套就行。"说完,小鹤用好看的眼睛看了我一眼。说实话自从女客人说完那番话后,我便对其没了好印象,此时虽然一头雾水,但我还是顺着小鹤的意思说:"大姨不着急,要是客人喜欢,你就先紧着客人吧,下次记得给我买一套邮寄过去就行。听你妈说那套产品的效果确实不错啊。"在我说话时,小鹤已经从客厅的玻璃柜里拿出了一个大套盒,女客人似乎对精油很感兴趣,接过去便立即打开翻看。在小鹤逐一介绍产品时,我仔细端详了下,发现女客人脸上的皮肤虽然很白,但脖子以下却很暗黄。双眼皮虽然很双,但一看就是手术做的那种。体型不知是女人本身就胖,还是过膝碎花羊绒裙显胖的缘故,猛然看上去很像个孕妇。说实话女客人的形象并不怎么样,但是往下小鹤跟女客人的一段对话,却不禁使我有些瞠目结舌。

我安静地站在一旁,就听小鹤跟女客人说:"王姐,您长得这么富态,一看就是贵妇命,姐夫那么能挣钱,您要好好保养。您虽说四十岁,但跟您的同龄人比起来年轻好多岁呢。再过几年,我到了您这个年纪肯定不如您。最近我给您设计的塑形按摩,您一定要坚持,但如果配上这款精油,效果还要明显。因为这是款高端精油,是我托朋友专门从泰国清迈给我大姨带过来的,如果您喜欢就先给您用了。另外下次您来了,我再赠送您一次卵巢按摩,女人的雌激素只要不下降,面相看上去至少还要再年轻十几岁呢。您把自己捯饬得美美的,姐夫不得成天围着您转啊。"小鹤还说了很多,女客人最终被小鹤说得心动了,经过讨价还价,当场用微信支付二千元买下了那套精油。热情送女客人离去后,我一边收拾包里的东西,一边问小鹤说:"你啥时变得这么能说会道了?不仅能说会道而且还会睁着眼睛说瞎话呢。那个女客人不丑就算谢天谢地了,你居然还夸她漂亮,我真是服你了。老实给我说,那盒价值两千六百八十元的精油,当真是给我买的还是为了推销产品临场发挥的?"

旅途

小鹤走到我跟前,一边帮我从箱子里往外掏洗漱用品,一边笑嘻嘻地说:"大姨,你们文化人真是老实,现在的生意这么难做,你不这样夸着点客人,哪有生意可做啊?"我说:"就是没生意也不能胡说八道啊,做人一定要实诚。"小鹤用鼻子哼了一声,然后叹息着说:"大姨,刚来上海打工那几年,我就像你说的那样,待人很热心实诚。可是慢慢我发现,有些人你对她热心实诚她心存感激,一定会通过其他方式回报给你。就像我租的这套房子的房主,一个七十多岁的老奶奶,地地道道的上海人。我租这套房子的时候跟老奶奶打过几次交道,都说上海人小气,但我认识的这位老奶奶就很大方。老奶奶有个儿子在英国工作,两三年回来一次。儿子到英国工作后,老奶奶便搬去给儿子看房子,把自己的房子出租出去。知道我是外地打工妹后,不但房租没多要,隔三岔五还来我们店里坐坐,有时煮了好吃的东西也会给我带些,让我很感动。但有些客人就不行,你待她有多实诚,她都觉得理所应当,觉得你就是个打工妹,她就是上帝,她要你怎么样你就得怎么样。就像我前面服务的那位女客人。其实她不是上海人,就是一个家庭妇女,只是早几年到这里打工罢了。因为她老公生意做得好,便在上海买了房子。前几年,这个女客人孩子小,没时间做美容。这两年孩子上大学走了,老公生意忙没时间陪,便有大把的时间花钱和美容。女人对自己倒是很大方,可是对我们小气得要命。每次来我这儿都呼三喝四,要么说我室内环境不好,要么说我按摩不上心。搞得人心情很不爽,今天我给她按摩结束,面膜敷上正好有二十分钟空闲时间,这都是我之前算好的,正好得空去接你,可是她就是不同意,偏让我给她按腿。我好说歹说并答应下次来了免费给做两次经络按摩,人家才算勉强同意,就这还给我限了时间,接你就十五分钟,超过时间再多送一次。您想想给客人按摩一次至少一个多小时,很费体力,要不我让你慢慢溜达回来,结果还是迟了几分钟。"听小鹤说完，我心疼地不由一把将其揽入怀中说："像这样的客人以后不服务也罢，大不了不挣她的钱，大姨可是希望你要开心地挣钱啊。"小鹤仰脸看着我，笑呵呵地说："大姨，我可是跟钱没仇，对待这样的客人我也有我的生意经啊。实话告诉你，我的那套精油满打满算也就五百多元的成本，碰上飞扬跋扈看不起我们的那些客人，我会翻倍地挣她们的钱。就像今天的这位女客人，不过就是个暴发户，不尊重我也就罢了，竟然敢对我作家大姨说那样大不敬的话，活该她挨宰。"

看着眼前美丽的小鹤，我实在是无话可说了。

后 记

　　时光荏苒，日月如梭。自2007年出版《"骆驼"的罗曼史》（与包作军合著）小说集、2012年出版《为你开门》散文集以来，我仍初心不改，笔耕不辍，由最初的微型小说、短篇小说到中篇小说的创作。题材由"乡村"到"都市"，由"农民工"到"公务员"等。小说人物基本都有原型，极个别为虚构，还有部分是拟人化的写作。

　　比如，《一只羊的独白》是以拟人化的手法描写的，用一只刚出生的小羊羔的眼睛来看这个纷繁复杂的世界。通过一只小羊羔娓娓道来的叙述，吸引读者想象小说中发生的事件和事件背后的意义。整篇小说用温情的笔触，描写出了人与自然、人与动物天人合一的和谐。小说主旨也有探讨生命的价值以及如何善待生命的问题。拷问心灵，人心是万物的尺度，善爱无疆，给人希望，给人光明，给人信心，给人温暖。这篇小说2011年获得了第20届全国"梁斌小说奖"。小说《旅途》是一次我到市区足浴店治疗甲沟炎，中间无意与店主聊天得到的素材。小说主人公有法国著名短篇小说家莫泊桑的代表作《羊脂球》的影子。阿慧心底善良，在旅途中，尽管那些干着体面工作的人对她表示了极大的轻视和诋毁，可当那些人有了脚病不能行走时，她还是慷慨地用自己的手艺为他们治病。"赠人玫瑰，手留余香"。旅行的8个人，除了一个像花苞儿一样的女孩外，只有身份卑微的主人公可配得上称为高尚的人和有爱心的人。小说通过描写主人公的善良和正直，揭示出另外几人的虚伪、自私及冷漠，发掘这些现象背后的社会及人性原因。这篇小说荣获了第23届全国"梁斌小说奖"。小说《一双红舞鞋》的素材源于乡下表姐的讲述，我以第一人称"我"，以忏悔、痛苦、悔罪的心向读者讲述了因为"我"的妒忌心，使得像花苞儿一样美丽的表妹忽然间香消玉殒，"我"是制造这起悲剧的刽子手。诚实、守信是中华民族的优良传统，也是当今中国特色社会主义人生价值观的体现。主人公"我"把内心的纠结与矛盾晾晒于阳光之下，相信读者阅后定会有所裨益。小说《阿雅之死》的素材来源于我身边的一件真人真事。创作时我作了精心的提炼，文中个别人为虚构。主人公阿雅是一位刚参加工作不久的大学生，因为与生俱有的洁癖和天性爱美的心理，一天到领导办公室汇报工作，几滴唾沫星子无意中溅到了领导的脸上，看似是小事，"领导倒啥也没说"，只是用纸擦了脸，又擦了桌子。但这却令阿雅十分不安和恐惧，感觉自己在领导眼里已经形象俱毁，先只看见领导"便脸色通红"，发展到"怕见领导"，"躲着领导"，直到"和人说话便戴上了口罩"。小说结尾阿雅辞了职，但却更是"神思恍惚"，直至遭遇车祸身亡。主人公的恐惧心理不是单一的，具有普遍性。这是社会生活的一个症结，亦是此篇小说的主旨。

创作迄今，我对自己的每一篇（部）作品都倾注了很多心血和情感。盘点近年来我创作的作品基本上反映的都是生活在社会底层的"小人物"。这些小人物均是平等的关系，他们是人们现实与理想生存的一面镜子，可以照见许多人。小说其实就是用文字将一些现实或者人放大，再放大。小说存在的意义，就是让我们低下头，去思考各种人生，以及人性的价值，相信生命里的真善美。

怎样才能创作出有活力、让人"动心"的作品呢？作家不仅要"身入"，更要"心入""情入"。2014年10月15日，习近平总书记主持召开文艺工作座谈会并发表重要讲话："文艺创作方法有一百条、一千条，但最根本、最关键、最牢靠的办法是扎根人民、扎根生活。""人民不是抽象的符号，而是一个一个具体的人，有血有肉，有情感，有爱恨，有梦想，也有内心的冲突和挣扎。"良心是作家创作的首要"准心"。作家要琢磨百姓的需求，以满足百姓的需求为创作的价值坐标。作家只有主动接地气，自觉与百姓同呼吸、共命运、心连心，才能写出反映百姓关切、温润百姓心灵、启迪百姓心智的作品。要走进生活深处，体悟生活本质，吃透生活底蕴，充满对百姓命运的悲悯、对百姓悲欢的关切，用百姓最喜欢的形式和语言写出百姓最为切身的人物与事件。对于生活在社会底层的小人物的温情、爱与体贴始终贯穿于我的创作过程中。

这本小说集收录了我的23篇小说，16万余字，都是2007年以来创作的，均已发表或转载。尽管存在这样或者那样的缺憾，但我依然还是喜欢的。没有办法，我的无奈就好像看着《杀死比尔》中的女主角乌玛·瑟曼拿着雪亮的长刀一脸决然地登场的时候，你无论如何也无法讨厌，因为她毕竟找到了她的武器。

2018年10月，将迎来宁夏回族自治区成立60周年大庆。为深入贯彻习近平总书记在党的十九大报告中提出的"要坚定文化自信，推动社会主义文化繁荣兴盛"的重大部署，2017年9月，青铜峡市委、市政府面向全市文艺工作者征集向宁夏回族自治区成立60周年大庆献礼文学作品集。经过近3个月的作品征集与专家评审，最终遴选出了《大河文丛》这套文集，其中小说集3本、散文集2本、诗歌集1本，这便是我的这本《旅途》小说集出版的由来。最后，真诚地感谢青铜峡市委、市政府；感谢关心和支持这套文集出版的青铜峡市委常委、宣传部部长杨旭年同志；感谢著名作家、油画家马知遥老先生为这套文集题写书名；感谢宁夏文坛"新三棵树"之一、国家一级作家、《朔方》杂志副主编张学东先生为这套文集作序；感谢宁夏文学院院长、著名诗人杨梓和《朔方》杂志副主编、著名作家梦也两位老师为这套文集的诞生而付出的宝贵时间和精力；感谢我的父亲鲁忠义对我创作的影响；感谢在宁夏大学工作的哥嫂鲁晋、井惠敏对我的抬爱和指导。他们都是具有文学情怀的人，希望世界人心皆美好的人。同时，感谢亲朋好友们一直以来对我的帮助和鼓励；感谢读者朋友的阅读。祈盼大家能够从作品中有所收获！

　　写作虽然很辛苦，但也撑起了我的精神世界。我想，只要我的作品是正能量的话题及素材，能够对社会、对他人有所裨益，哪怕只是一点点，我就已经很满足、很幸福了。

　　文学不能忘却精神的创造，不能忘却对人性的温情与关怀，作家应该通过自己的作品展现对时代的担当。因为，一个作家的义务与责任莫过于此。

鲁兴华

2018 年 3 月 8 日